KB271821

YS
와
나
그리고
茶

茶人圖書 002　傘壽記念又史閑筆

YS 와 나 그리고 茶

명예정치학박사 **又史 朴權欽 著**

(사)한국차인연합회 · 이른아침

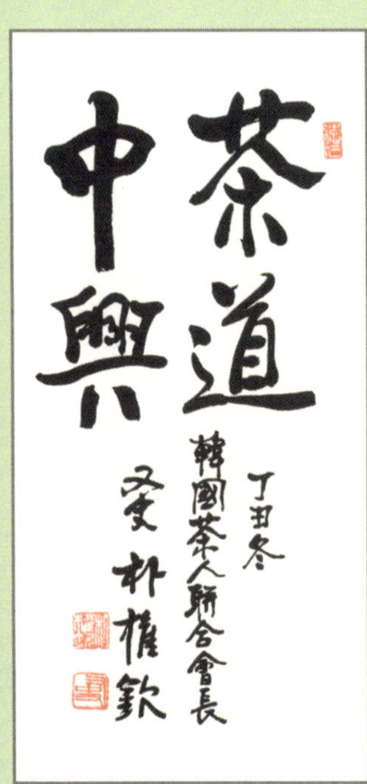

茶道
中興
丁丑冬
韓國茶人聯合會長
愛 朴權欽

신문기자로 활동하던 시절의 필자(1960)

수단 대통령과 함께(1981)

사마란치 IOC 위원장(中)과 함께(1986)

필리핀 마르코스 대통령과의 접견(1975)

YS와 함께 활동하던 시절의 필자(1983)

필자의 글씨로 새긴 개마고원반공유격대 위령탑(1986)

국회에서의 연설

청와대 회의 모습(1985)

레이건 대통령을 접견하는 필자(1983)

국회 문공위원장 시절(1986)

세계차연합회(WTU) 회장 취임 연설(2010)

국제차문화연토대회 서울대회 개막기념 만찬(1996)

한국차인연합회 다도대학원 졸업식

한국차인연합회 회원들과 함께

다도대학원 졸업식 기념촬영

전국 차생활 지도자 연수회

운현궁 차문화 큰잔치 개막식

필자의 글씨를 새겨 한국차인연합회가 육우의 묘 앞에 일주문을 세웠다.

차례

제2부 우사한필(又史閑筆)

제3부 우사다담(又史茶談)

풍운風雲의 80년 돌아보니 내가 대견하다

올해 팔순을 맞았다. 살아온 길을 돌아보면 내 자신이 대견하다고 느낀다. 살아남은 그 자체가 그렇다. 지나온 80년은 그야말로 풍운(風雲)의 세월이었다. 태평양 전쟁, 해방, 그 후의 좌우 사상 투쟁, 6.25전쟁, 4.19, 5.16 등 격동의 세월을 살면서 죽지 않고 살아남아서 신문기자, 3선 국회의원, 국회 건설위원장, 국회 문교공보위원장, 한국서화작가협회장, 한국도로공사 이사장,《대구일보》사장, 국민체육진흥공단 상임고문, 그리고 한국차인연합회장, 사명당(四溟堂) 기념사업회장, 임진란정신문화선양회장 등 과분한 영광을 누렸다.

6.25전쟁이 벌어져 인민군이 낙동강 전선까지 밀고 내려와 내가 태어난 경북 청도군 각북면 남산동에까지 포탄 소리가 들리던 어느 날 아침 경찰이 찾아왔다.

종형 원흠(元欽)과 나를 불러내더니 가자고 했다. 처음에는 전투경찰을 모집하는 줄 알았는데 그게 아니었다. 청도경찰서로 끌려가 보니 빨갱이로 모는 취조를 시작했다. 종형도 빨갱이 활동에 참여한 바 없고 나 또한 어렸기 때문에 빨갱이 활동에 참여한 적이 없었다. 그런데도 야전용 전화기에 양손 엄지손가락을 연결시켜 전기고문을 하는 데는 견딜 수가 없었다. 나는 꾀를 내었다.

그냥 부인만 하다가는 죽을 것 같아서 빨갱이들이 모여 있을 때 망을 봤다고 거짓 진술을 했다. 그랬더니 고문을 중단했다. 옆자리에서 취조받던 종형은 끝까지 빨갱이 한 일이 없다고 주장하였다. 그 결과 전기고문에다 몽둥이까지 엄청나게 맞았다. 그 후 우리는 특무대 창고에 수십 명이 함께 억류된 채 하루에 주먹밥 하나씩을 얻어 먹으며 연명하게 되었다. 그러던 어느 날 밤중에(그 날은 칠월 칠석날로 기억된다) 경찰이 우리 이름을 하나하나 부르더니 밖으로 데려갔다. 종형 박원흠의 이름도 불려졌다. 종형과 함께 10여 명이 그렇게 새벽에 끌려갔다. 죽음으로 가는 길임을 짐작했지만 인사도 못하고 벌벌 떨고 있었다. 낙동강 전선이 무너졌으면 나도 그 죽음의 길로 갔을 텐데, 다행히 낙동강 전선이 북으로 밀려 올라가게 되자 풀어주었다. 종형과 함께 갔다가 혼자 살아온 죄인의 심경을 씻지 못해 지금도 종형수 앞에 머리를 들지 못한다. 풀려나자 나는 곧 부산으로 피난을 갔다.

거기서 헌병 대령 박재열(朴載烈, 재종숙)의 수행비서 문관으로 따라다녔다. 박 대령이 부산 제3포로수용소 경비대장으로 있을 때 그 부대 작전과 문관으로 근무하던 나는 어느 날《동아일보》광고란에서 고려속기(高麗速記)고등기술학교 학생 모집 광고를 보았다.

속기를 배워 국회 속기사를 해볼 생각으로 문관직 사표를 내고 속기학교에 등록했다. 그 때의 내 결단이 80까지 오는 내 인생길을 열게 될 줄 그 당시는 몰랐다. 이것만이 살 길이라 생각하고 사력을 다해서 속기 공부를 해 1년 뒤 통신사 속기사로 취직이 되었다. 속기사를 열심히 하니 부산《민주신보》기자로 발탁되고 기자로 열심히 하니 차장, 부장으로 승진되고 마침내 지방신문으로는 가장 큰 부산《국제신문》정치부 차장으로서 국가재건최고회의 출입기자가 되어 중앙 무대에 진출했다.

《국제신문》정치부장으로 재임 중이던 1968년 지방기자의 딱지를 떼고 중앙지인《경향신문》의 정치부 차장이 되었다.

부산《국제신문》정치부장 때부터 부산 출신 국회의원 김영삼(金泳三) 의원과 친하게 되었다. 김영삼 의원과의 만남이 내 인생에 가장 큰 축복이었다. 김영삼 의원은 중학교 때부터 '미래의 대통령 김영삼'이라고 써붙여 놓고 공부할 정도로 일찌감치 '대통령의 꿈'을 키웠다. 어릴 때부터 대통령이 되겠다고 목표를 공개적으로 밝히고 노력해서 실제로 대통령이 된 사람은 세계 어디에도 김영삼 대통령 한 사람 밖에 없다. 정치인 김영삼은 결국 1993년 봄에 대한민국 대통령에 취임했다.

그 YS가 대통령에의 길로 달려갈 때 나는 16년을 함께 했다. 스피치라이터(speech writer)로 시작해서 특별보좌역, 비서실장, 대변인까지 16년간 그를 위해 글을 썼다. 내가 신문사에서 일하던 시절부터 시작해서 김영삼의 이름으로 신문·잡지에 나가는 글, 김영삼의 이름으로 나가는 성명서, 연설문, 기자회견문은 특별한 경우를 빼고는 모두 내가 썼다. YS가 박정희(朴正熙) 대통령과 맞서 유신체제에 도전하고 유신체제를 붕괴시킬 때(10.26)까지의 모든 발표문을 내가 썼던 것이다. YS는 누가 뭐라 해도 유신체제를 무너지게 한 투쟁의 주역이고 그 옆에 나는 항상 붓을 들고 함께 했다. YS는 박정희 대통령과 대결해서 유신체제를 붕괴시키는 과정에서 대통령이 될 수 있는 지도자로 부상되었고, 야당 총재로서 목숨을 건 투쟁으로 '닭의 목을 비틀어도 새벽은 온다.'고 했던 바로 그 새벽을 오게 했는데 그 귀중한 기록이 YS의 회고록에는 없다. 그러나 이것은 우리나라 야당사에 빠져서는 안 되는 역사라 할 수 있다.

그래서 나는 나의 팔순(八旬)을 기념해서 펴내는 이 책에 'YS와 나'라는 제목으로 그 16년간의 이야기를 역사에 남기기로 하였다. 나는 항상 김영삼 전 대통령에게 감사하는 마음을 가지고 있다. 나는 YS와의 인연이 없었다면 국회의원이 될 수 없었을 것이다. 내가 16년간 YS에게 봉사한 보상은 그것으로 충분하다고 생각한다.

나는 정규 학교 공부라고는 일제 말기 초등학교 6년 졸업한 것밖에 없는데, 언론인 20년, 정치인 20년, 차인(茶人) 20년으로 살았고, 거기에다 명예정치학박사 학위까지 받았다. 이것은 오직 그 동안 수많은 아름다운 인연을 만났기 때문이다. 그 기나긴 세월 동안 학력도 부족하고 능력도 부족하고 덕(德) 또한 부족한 나를 도와준 모든 분들에게 감사한다. 1992년 한국차인연합회장으로 취임한 이래 20년 동안 회원 차회 500개가 될 정도로 발전시키는 과정에서 아름다운 수많은 차인을 만난 것이 내 인생 후반기를 행복하게 하였다. 특히 중국 호주시에 있는 중국의 다성(茶聖) 육우(陸羽) 선생 묘역에 일주문을 세우고 내 글씨로 '모우방(慕羽坊)'이라는 현판을 새겨 기나긴 한중 문화 교류 역사 속에 뚜렷한 공적을 남겼다는 것, 그리고 경주 보문단지에 '충담사(忠談師) 안민가비(安民歌碑)'를 내 글씨로 세우고, 진주 신안공원에 '차(茶)의 날 선포 30년 기념비'를 세운 것이 가슴 뿌듯한 보람이 아닐 수 없다. 이 모든 일들이 우리

차인들의 귀한 성금으로 이루어졌으니 내가 하자는 일에는 아낌없는 사랑으로 협력해준 차인 동지들에게 무한한 감사를 드리지 않을 수 없다.

그래서 'YS와 나'에 더하여 그 동안 신문 잡지에 기고했던 글과 《차인(茶人)》지(紙)에 발표했던 〈우사다담(又史茶談)〉 칼럼을 모아 이 책을 꾸몄다. 이 책은 한국차인연합회의 '차인도서' 가운데 한 권으로 발간되는 것이며, 도서출판 이름아침이 애를 많이 써주었다.

2011. 2.

又史 朴權欽

제1부

YS와 나

YS와 나

우리가 기댈 언덕은 없다

김영삼(金泳三) 의원은 25세의 젊은 나이로 국회의원에 당선된 그 시간부터 '스타'가 될 수밖에 없었다. 그 때까지 25세의 젊은 국회의원은 나온 적이 없었기 때문이기도 하지만 서울대 철학과 출신에다 미남이었기 때문이었다.

YS가 제3대 국회의원으로 활동할 때 나는 부산의 《민주신보》 기자로 정당에 출입하고 있었다. YS가 지역구(부산 서구)에 내려오면 기자들과 어울려 대화를 나누는데 언제나 바바리코트를 입고 나타나는 그의 인상은 멋쟁이였다. 그 무렵 YS와 나의 관계는 정치인과 기자 사이의 평범한 인연일 뿐이었다. 그러다가 결정적인 인연이 1964년 가을에 이루어졌다.

1961년 5.16군사혁명이 일어나고 《민주신보》가 자진 폐간한 뒤 나는 부산 《국제신문》 정치부 차장이 되어 서울로 진출, 국가재건최고회의 출입기자로 활동하였다. 1963년에는 《국제신문》 정치부장으로 승진해 있었다. 그 무렵《국제신문》은 지방지로서는 가장 발행부수가 많은 신문이었고, 따라서 YS의 지역구에 큰 영향을 미치는 신문이었다. 그런 이유로 YS는 나에게 관심을 기울여 우리는 상당히 친숙한 사이가 되었다. 1964년에 박정희 대통령이 공화당정부 대통령으로 취임하자 한일국교정상화 교섭에 박차를 가하기 시작했다. 5대 대통령 선거에서 15만 표라는 근소한 차이로 패배한 윤보선 민정당 총재는 한일국교정상화 교섭을 굴욕 외교로 규정, 범국민 반대 운동을 전개했다. 이때 YS는 민정당 대변인으로서 그 데모에 학생을 동원하는 역할을 담당했다. ‘대일 굴욕 외교 반대’ 데모 행렬이 매일같이 광화문 네거리에 쏟아져 나와 일대 혼란이 벌어지자 박정희 정부는 6월 3일 비상계엄령을 선포, 또다시 헌정(憲政)이 중단되는 사태가 벌어졌다. YS의 측근 김동영 등은 계엄군에 구속되고 YS도 체포되는 위기에 처했는데 미국은 ‘국무성 초청’이라는 명목으로 YS를 구출하였다.

120일간 미국과 유럽, 동남아, 일본 등을 여행하고 돌아온 YS는 64년 가을 어느 날 태평로 국회의사당 건너편에 있는 풍림(豊林)이라는 식당으로 점심 초대를 했다. 만났더니 두툼한 대학노트를 한 권 보여주면서 이것을 가지고 책을 써달라고 청하는 것이었다. 노트를 펼쳐보니 가본 곳, 만난 사람, 그 곳에서 느낀 것들을 메모해놓은 것이었다. 즉석에서 해보기로 결심하고 그 날부터 회현동에 있는 경동호텔에 방을 하나 얻어 들어갔다. 낮에는 신문사에 나가 정치부장으로 일을 하고 밤에는 경동호텔에서 집필하기를 한 달여 만에 탈고했다. 나는 그 때 이미 YS가 대통(大統)의 꿈을 갖고 있음을 간파했다. 중학교 때부터 하숙방 벽에 ‘미래의 대통령 김영삼’이라고 써붙여 놓고 공부했다는 이야기를 들었다. 그래서 이 책을 통해 사람들에게 YS가 대통령감이라는 이미지를 심어주어야 한다는 생각으로 글을 썼다. YS의 노트에는 이런 대목이 있었다.

'워싱턴D.C. 사람들은 국회의사당보다 높은 건물을 짓지 않는데, 이는 법으로 금지해서가 아니라 미국 민주주의의 상징인 국회의사당보다 높은 건물을 지어서는 안 된다는 불문율을 지키기 위함'이라는 것이었다. 나는 이런 것을 부각시켜야 한다는 생각에 「워싱턴은 미국 의회 정치의 성지」라고 제목을 붙였다.

외국이라고는 한 발짝도 나가본 적이 없던 그 때, 노트에 적어놓은 빈약한 자료를 가지고 책을 한 권 만든다는 것은 사실 내게도 매우 힘겨운 일이었다. 하지만 YS의 비서 정태수 씨를 시켜 국회도서관 등으로부터 YS가 다녀온 나라들의 자료를 수집해서 원고를 썼다. YS 역시 거의 매일 저녁마다 내 방에 들러 원고를 중간 검토하고 의견을 제시하고 돌아가기를 한 달여, 마침내 원고가 탈고되었다.

책의 제목을 어떻게 할 것이냐를 놓고 YS는 '세계 속의 한국'으로 하면 어떻겠느냐고 했지만 나는 '우리가 기댈 언덕은 없다'로 주장했다. YS의 노트에 '미국은 한국을 잊어가고 있다. 미국인 중에는 한국이라는 이름조차 모르는 사람이 많다.'는 대목이 있었다. 우리가 미국에만 기대서는 안 된다는 젊은 정치인다운 생각을 적어 놓았었다. 나는 이 대목을 부각시킴으로써 YS의 이미지를 대통령 감으로 부상시킬 수 있다고 판단하고 '우리가 기댈 언덕은 없다'를 고집했던 것이다. 내 의견을 듣더니 YS도 좋다고 했다. 저명한 출판사인 동아출판사(東亞出版社)에서 기꺼이 출판을 해주었다. 그 때만 해도 야당 정치인의 출판은 자비출판도 잘 받아주지 않던 때였다. 그런데 동아출판사는 자체 출판을 했던 것이고, 책은 베스트셀러가 되었다. 출판사는 그 덕에 톡톡히 재미를 보았을 것으로 짐작이 되지만, 또 말 못할 탄압이 뒤에 있었는지도 모를 일이다.

『우리가 기댈 언덕은 없다』의 광고가 신문에 났을 때 기뻐하던 YS의 밝은 얼굴이 지금도 기억 속에 있다. '정치인의 여행기'가 2쇄, 3쇄 베스트셀러가 되기는 출판 사상 처음이었고 이 책이 나온 뒤 YS의 인기는 크게 상승했다.

YS의 스피치라이터가 되다

한일회담이 타결되고 한일국교정상화조약이 국회에서 비준 통과된 이후 야당은 민중당(朴順天 총재)과 신한당(尹潽善 총재)으로 갈라지고, YS는 민중당 원내총무가 되었다. 정치인 YS는 원내총무 자리를 활용해서 이미지를 크게 부각시켜 나갔다.

『우리가 기댈 언덕은 없다』를 한 달 만에 만들어내는 나의 글솜씨를 보고 YS는 나를 '스피치라이터'로 기용했다. 그 때까지 대학교수 한 분이 필요할 때 원고를 써주었는데 그 스피치라이터의 자리가 나에게 자연스럽게 넘어온 것이다.

낮에는 신문사 일을 하고 밤에는 YS를 위한 원고를 썼다. 정치문제, 경제문제, 사회문제 등 모든 이슈를 검토하여 중요한 것을 뽑아 논평하거나 문제제기를 하는 글을 써서 YS에게 보내면 원내총무 김영삼의 이름으로 신문을 장식하곤 했다. 내가 써준 YS의 성명이 정치부장 데스크에 기사가 되어 올라올 때의 쾌감은 누구에게도 말할 수 없는 혼자만의 즐거움이었다. 그 때부터 《사상계》, 《세대(世代)》, 《신동아》 등에서 청탁이 오는 원고는 내가 다 썼다. 심지어 수필까

지 썼다. 미국 민주당 대통령지명전당대회에 다녀와서《신동아》에
서 청탁한 '미국 대통령지명전당대회 참가기'를 가보지도 않은 내가
장문으로 써서 내었던 기억이 생생하다.

대통령 후보 출마 선언문 작성

1969년 박정희 대통령은 장기 집권을 위한 3선 개헌을 강행했고
김영삼 신민당 원내총무는 3선 개헌을 원내에서 저지하는 투쟁의 총
사령관이었다. 공화당의 김종필 계 등 일부 세력은 막후에서 김영삼
총무와 손잡고 3선 개헌 저지 투쟁에 동조했다. 그러나 3선 개헌은
모든 권력을 동원해서 강행되고, 야당의 반대 투쟁은 실패로 돌아가
고 말았다. 당시 신민당은 유진오(兪鎭午) 박사가 총재였으나 건강이
나빠 활동을 제대로 하지 못하고 사실상 당수 역할을 YS가 했다. 야
당은 3선 개헌 저지 실패로 실의에 빠져 있었고 야당의 앞길은 암울
하기만 했다. 69년 가을 어느 날 YS는 또 나를 풍림(豊林)에 불렀다.

거기서 YS는 나를 깜짝 놀라게 했다. 71년에 있을 대통령 선거에
대비해서 신민당 대통령 후보 경선에 나설 것을 선언하는 기자회견
을 하겠다는 것이었다. 나에게 의견을 묻는 형식이었지만 사실은 이
미 결심이 확고했다. 국민이 납득 못하고 언론이 긍정적으로 평가하
지 않으면 웃음거리가 될 수도 있지 않느냐고 걱정을 했더니 절대로
그렇지 않을 것이라면서 오히려 국민에게 희망을 주고 침체되어 있
는 야당에 새바람을 일으킬 것이라고 했다. 그러면서 기자회견에서
발표할 선언문을 집필하라는 것이었다.

그의 지론은 이랬다. 신익희(申翼熙), 조병옥(趙炳玉) 선생 모두
연로했기 때문에 건강 문제로 대통령 선거에 임해서 서거함으로써

평화적 정권 교체가 실패했다. 그러니 이번에는 연부역강한 40대 기수가 나서야 한다는 것이었다.

나는 그 때 역사적인 선언문을 내가 집필한다는 자부심으로 신민당 대통령 후보 출마 선언문을 썼다. 그 때《경향신문》정치부 차장이었던 나는 다음과 같은 '40대기수론'을 썼다.

우리는 지금 위장된 민주주의 하에 살고 있습니다. 민주 체제의 외형은 있으나 이것은 현 정권이 민주 정치를 하고 있는 것처럼 위장하고 있는 데 불과하고 내실로서 민주 정치는 이미 빈사 상태에 떨어지고 있으며 그 맥박이 날로 식어져가고 있는 것을 우리는 분명히 의식하고 있습니다. 박정희 씨의 3선 개헌 강행을 통해서 이와 같은 위장 민주주의의 지향하는 바를 명백히 체감한 우리 야당은 빈사 상태에 헤매는 민주주의를 기사회생(起死回生)시키기 위해 새로운 결의와 새로운 각오로 선두에 서서 전진하지 않으면 안 된다는 사명을 지니고 있습니다.

나는 이 중대하고도 심각한 사명의 대열에 야당의 일원으로 강한 의무감과 확고한 결단, 그리고 희생을 각오하면서 1971년 대통령 선거에 신민당이 내세울 대통령 후보에 출마하겠다는 뜻을 사랑하는 당원 동지와 친애하는 국민 여러분 앞에 오늘 이 자리에서 명백히 밝힙니다.

(중략)

1971년에는 반드시 우리 당을 승리로 이끌고 우리 국민의 위대성을 세계에 과시할 수 있도록 거국적인 민주 세력을 집결시키는 중대과업의 구심점이 되지 않으면 안 되겠다는 결심을 하게 되었습니

다. '평화적 혁명을 불가능하게 하는 자는 폭력 혁명을 불가피하게
한다.'고 존 F. 케네디가 일찍이 말했지만 우리가 71년에 평화적 혁
명을 이루지 못하면 그 기회는 완전히 사라지고 말지도 모릅니다.
우리 신민당은 1971년의 승리를 위하여 오는 전당대회에서 차기
대통령 후보 지명을 겸하고 즉각 선거 체제에 돌입, 일사불란한 단
결로써 집권 능력과 용기와 자신을 보이는 데 주저해서는 안 된다
고 믿고 있습니다. 이제 결단과 용기가 중요합니다. 결단의 시간은
다가오고 있습니다.

나이 42세의 YS가 당시 유진산(柳珍山) 신민당 당수와의 사전 협
의도 없이 기자회견을 통해 출마 선언을 하자 당황한 유진산 총재는
'구상유취(口尙乳臭)'라는 말로 혹평했다. '아직도 입에서 젖비린내
나는 소리'라는 뜻이었다. 혼자 힘으로는 당에 포진해 있는 노장들
을 제압하기 힘들다는 것을 깨달은 YS는 같은 40대인 김대중(金大
中), 이철승(李哲承) 의원에게 함께 경선을 하자고 제의했다. 두 사
람의 동참을 이끌어내고 세 명의 40대 기수가 함께 바람을 일으키
자 분위기가 달라졌다. 당내 분위기도 달라지고 언론 보도의 호응도
높아졌다. 유진산 총재도 40대 3인의 바람을 막지 못하고 세 사람을
불러 '내가 지명할 테니 받아주겠느냐'고 물었다. 김대중 씨는 거절
했고 김영삼, 이철승 씨는 수락했다. 그 때 나는 YS에게 물었다.
　"이철승 의원은 유진산 총재와 함께 월남에 다녀올 정도로 가까
운 사이인데, 유 총재가 이철승 의원을 지명하면 어떻게 할 것입니
까?"
그 때 YS의 답변은 이랬다.

“설마 유진산이 그렇게 하겠나? 그렇게 한다면 할 수 없고.”

그 때 나는 YS가 과연 큰 인물이구나 하는 생각을 하게 되었다. 다행히 과거 신민당 구파였던 유진산 총재는 신파인 이철승 씨를 지명하지 않고 구파의 골수인 김영삼 의원을 지명하였다. 유진산 당수가 YS를 지명하자 국민들은 당내 역학관계로 볼 때 가장 큰 계보인 유진산 계가 YS를 지지하면 대세는 확정적으로 YS가 차기 신민당 대통령 후보가 되는 것으로 보았다. 나는 YS의 지시로 대통령 후보 지명 수락 연설문을 썼다.

1970년 9월 29일 열린 신민당 대통령 후보 지명대회에 나는 지명 수락 연설문을 준비해서 갖다 놓고 지명이 되면 바로 나누어줄 생각이었다. 그러나 뜻밖의 사태가 벌어졌다. 1차 투표에서 1등이 되었으나 과반을 넘지 못해 2차 투표에 들어갔는데 이철승 씨 지지표 80여 표가 김대중 씨에게 넘어가는 바람에 김대중 후보의 승리로 끝나고 말았던 것이다.

역전이 확정된 순간 YS는 발언권을 신청, 단상으로 올라갔다. YS가 과연 무슨 말을 할 것인지 장내가 숨죽은 듯이 조용해진 그 순간, 나는 가슴이 뛰고 숨이 막혀 YS의 얼굴을 볼 수도 없었다. 패자인 YS는 승자인 김대중 후보의 손을 잡아 번쩍 들고 ‘김대중 동지의 승리는 바로 나의 승리이며 이 나라 민주주의의 승리입니다. 나는 김 동지의 당선을 위하여 제주도는 물론 무주구천동까지 갈 것입니다.’ 하고 외쳤다.

우레와 같은 박수와 환호가 터졌다. 그 장면은 이 나라 정치사에 일찍이 없었던 명장면이었고 YS는 그 순간 이 나라에 일찍이 없었던 ‘승복의 전통’을 심었던 것이다.

필자는 YS의 특별보좌역으로 정계에 처음 입문했다.

YS는 쓰라린 가슴을 안고 71년 대통령 선거에서 전국을 누비면서 약속을 지켰다. 그 때부터 YS는 차기 '박스라이벌(Park's Rival, 박정희의 라이벌)'로 부상하기 시작하였다.

YS는 이 나라에 승복의 정치 문화를 심은 지도자로 성장, 마침내 1992년 40대 후보 3인 가운데 가장 먼저 대통령이 되었다. 뒤이어 DJ(김대중)가 대통령이 되고 그 때 신의를 지키지 않았던 이철승 씨는 대통령 후보조차 한 번 못해보고 정치의 장막 뒤로 밀려나고 말았다.

YS 특별보좌역으로 정계 입문

71년도 대통령 선거는 박정희 공화당 후보와 김대중 신민당 후보의 격렬한 경쟁 끝에 박정희 대통령의 3선으로 끝이 났다. 박정희 대통령은 김대중 후보의 만만찮은 추격을 겨우겨우 물리치고 간신히 당선된 셈이 되었다. YS는 눈물을 머금고 초라한 유세 길을 다니면서 DJ에게 약속을 지켰지만 다음은 내 차례라는 생각을 가슴에 안고 4년 후인 75년 대권의 꿈을 위한 준비를 일찍 서둘렀다. 71년도 어느 날 YS는 《경향신문》 정치부 차장이었던 나를 불렀다. 그러더니 이렇게 말했다.

"이제 신문사 그만두고 나를 도와주시오."

75년을 위하여 서울 시내 관철동에 '한국문제연구소'라는 사무실을 낼 테니 특별보좌역으로 와달라는 것이었다. 그 때만 해도 여당에 가서 전국구 국회의원이나 청와대 비서관이 되는 언론인은 있었지만 장래가 불확실한 야당에 가는 언론인은 거의 없었는데 나는 이미 YS의 스피치라이터를 하고 있었으니 결심하기가 쉬웠다.

신문사에서 월급을 얼마 받느냐고 묻기에 10만원 정도 받는다고 했더니 역시 10만원을 주겠다고 했다. 신문사에 사표를 내고 15년이나 계속해온 기자 생활을 청산하고 관철동 한국문제연구소로 출근했다. 그 때 YS는 제8대 국회의원에 재당선됨으로써 5선의원이 되었다. YS는 초선의원으로 원내에 진출한 양산 출신 신상우(辛相佑) 의원을 비서실장으로, 나를 특별보좌역으로 임명하였다.

나는 관철동 한국문제연구소와 YS의 의원회관 사무실을 오가면서 열심히 일했는데 신상우 비서실장은 사무실에 잘 나타나지 않아 말이 많았다. 그런데 1972년 10월 17일 청천벽력이 떨어졌다. 10월 유신이 단행된 것이다.

YS는 그 때 국회 외무위원으로서 주미대사관 국정감사차 미국에 가 있었는데 비상계엄이 선포되고 국회는 해산되어 버렸다. DJ도 함께 미국에 가 있었다.

그 때 부인 손명순(孫命順) 여사가 '여기 상황이 불투명하니 당분간 그곳에 머물면서 사태를 관망하시라.'고 완강히 권했지만 YS는 '이런 때 내가 이곳에 있는 것은 옳지 않다.'고 단호히 거부하고 '구속되는 한이 있어도, 그보다 더한 일이 있어도 돌아가겠다.'고 하여 급거 귀국하였다. DJ는 망명을 선언하고 미국과 일본을 오가면서 반유신 운동을 전개하다가 일본에서 납치되어 서울로 왔다. YS가 꾸던 75년의 꿈은 사라졌다. 한국문제연구소를 개설할 때 YS의 자동차 번호도 '1975'로 달았지만 1975년의 꿈은 이렇게 사라지고 유신정권 출범 후 긴급조치의 발동으로 유신헌법을 비판만 해도 구속되는 살벌한 분위기 속에서 YS는 국회에 등원해서 기회가 있을 때마다 유신체제를 비판하는 유일한 야당 지도자의 길을 걸었다. 김대중 의원이 납치되었을 때 국회 발언을 통해 이 문제를 정치 테러로 규정, 통렬히 비판하고 김종필 총리를 향해서는 '일본에는 사과 서한을 보내고 국민에게는 한 마디 사과도 하지 않느냐'고 따졌다. 73년 12월 YS는 민주 회복을 위한 개헌을 주장했다. 유신헌법을 개정하겠다는 것은 바로 긴급조치 위반으로 구속되게 되어 있는 상황에서 유신체제에 정면으로 도전하는 선언을 한 것이다. 그 때 그 회견문도 내가 썼는데 국내 신문에는 한 줄도 못나고, 일본 신문 등 외신에는 대서특필되었다. 그 때부터 YS는 외국 신문에 '박 스라이벌'로 크게 부상되었다.

YS는 그로부터 유진산 신민당 총재에게 신민당이 유신헌법 개정을 당론으로 결정할 것을 강력히 주장하였다. 마침내 1974년 1월 18일 신민당 정무회의는 개헌을 당론으로 결의하였다. 온건노선을 고집해온 유진산 총재는 YS의 주장을 받아들이고는 그 길로 병환으로 입원하여 74년 4월 28일 서거하고, 신민당 내에서는 후임 총재를 향한 당권 경쟁이 불붙었다.

김영삼 총재, 박권흠 비서실장

새 당수 선거를 위한 신민당 전당대회 일자가 74년 8월 22일로 결정되었다. YS는 7월 18일 신민당 총재 출마 선언 기자회견을 준비하였으나 중앙정보부의 저지를 당했다.

그 선언문도 내가 썼다. 그 내용은 역시 민주 회복을 위한 개헌 주장과 김대중 씨 연금 문제가 포함돼 있었다. 그런데 이것이 인쇄 과정에서 사전에 누출된 것이 분명했다.

그날 10시에 신문로에 있는 한국문제연구소에서 출마 선언 기자회견을 하기 위해서 나는 한 발 먼저 한국문제연구소에 나가 준비를 하고 YS가 도착하기를 기다렸는데, 당시 나는 새도 떨어뜨릴 만큼 위세가 대단했던 중앙정보부 이용택 수사국장(6국장)이 전화를 걸어왔다.

"오늘 기자회견은 못합니다. 유인물은 압수되었으니 한 부도 나가면 안 됩니다."

사뭇 위협적인 통고였다. YS가 연금되어 사무실에는 나오지도 못하는 상황이라는 것도 알 수 있었다. 그 시간에 벌써 사무실 주변에는 정보경찰과 정보기관원들이 수십 명 나와 있었다. 나는 즉각 문을 닫고 정동(貞洞)에 있는 동생 집으로 피신했다. 이튿날 나는 중앙정보부 수사국에 출두해서 조사를 받아야 했다. YS는 별 일 없을 테니 가서 조사받고 오라고만 했다. 그러면서 '출마 선언문은 내가 부르는 대로 썼다고 말하라'는 것이었다. 아침 10시쯤 긴장된 가슴을 안고 악명 높은 중앙정보부 수사국에 나가서 하루 종일 시달렸다. 출마 선언문을 누가 썼느냐는 질문을 되풀이했는데 내가 썼지만 'YS가 부르는 대로 적었다.'고 했다. 그 말을 믿지 않고 하루 종일 같은 질문만 하다가 저녁 7시가 되어서야 풀어주었다. 이용택 국장은 출마 선언문을 배포하지 말라고 했지만 나는 기자들에게 이미 나누어주었다. 그러나 신문은 한 줄도 보도하지 못했다. YS의 총재 출마 선언 기자회견이 중앙정보부에 의해 원천 봉쇄되고 YS는 연금되었다는 소식이 곧 신민당 당원들에게도 전해졌다. 이것이 결과적으로 YS를 선명한 후보로 만드는 데 일조한 것을 안 것은 한참 뒤였다. 유신 치하에서 벌어진 총재 경선전은 유신정권에 타협적인 싸구려 야당과 유신체제에 정면으로 맞서는 선명 야당의 대결 양상이 되었다. 그 때 YS의 주장은 이랬다.

"나는 당권을 위해 도전하는 것이 아니라 민주 회복을 위해 도전하는 것이다."

총재 경선은 김영삼, 이철승, 정해영(鄭海永), 김의택(金義澤), 고흥문(高興門)이 참여하는 5파전이었는데, YS는 선명의 깃발로 마침내 역사상 가장 젊은 야당 당수가 되었다. 최연소(25세) 국회의원 기록을 가진 YS가 최연소(46세) 야당 당수 기록까지 차지한 것이었다.

선명의 깃발을 내걸고 야당 당수가 된 김영삼 총재의 등장은 유신정권으로서는 비상사태에 버금가는 위협이었다. 당시 YS의 총재직 수락 연설문 요지는 다음과 같다.

나는 이 영광을 선배 동지들에게 돌리겠습니다. 이 영광에 따르는 무거운 짐만 제가 지겠습니다. 이 중대한 책임을 완수, 국민에게 희망을 주고 용기를 주기 위하여 첫째도 단결, 둘째도 단결, 셋째도 단결입니다. 민주 회복을 위하여 우리는 국민의 편에 서서 위대한 승리를 쟁취해야 합니다.

박정희 정권은 그 해 8.15 경축 행사장에서 북한이 보낸 문세광(文世光)의 저격으로 육영수(陸英修) 여사가 피살되는 바람에 신민당 총재 경선에 큰 신경을 쓸 여유가 없었던 것 같다. YS가 야당 총재에 취임하자 정국은 박정희와 김영삼의 정면대결 구도가 되었다. YS는 나를 비서실장에 임명, 험난한 반유신 투쟁에 있어서 무거운 짐을 내 어깨 위에 올려놓았다.

YS는 총재에 취임하자마자 8월 29일 김재광(金在光) 의원을 비롯한 무소속 국회의원 6명을 신민당에 입당시키고 10월 7일에는 국회 대정부 연설을 통해 유신체제에 대한 포문을 열었다. 유신체제에 대한 정면도전 선언이었던 대정부 질문 연설 요지는 다음과 같다.

우리나라는 지금 국내외적으로 중대한 난국에 처해 있습니다. 반민주적인 긴급조치에 의하여 인권탄압이 사상 유례를 찾아볼 수 없을 정도로 심각한 국면에 직면하여 국민적 저항이 여러 가지 형태로 폭발하고 있어 누가 보더라도 정권안보(政權安保)로밖에 볼 수 없습니다. 인권탄압의 극한 사태는 국가의 위신을 실추시켜 국제사회로부터 외교적 고립을 자초하고 있습니다. 여기에 덧붙여 에너지 쇼크 이후 살인적인 물가고와 여기에 대처하는 정부의 정책 부재로 국민 생활은 곤궁에 빠졌고 살인적인 저임금과 최악의 노동 조건으로 고통 받는 근로자들의 불만은 분노의 경지에 이르러 중대한 사회문제로 발전되고 있는 것입니다. 그러나 오늘의 박정권은 국제 여론을 악화시킨 결과 미국 여야로부터 제기되고 있는 대한비판론은 한국을 군사적으로 지원할 의미가 없다는 극단론으로 발전되어 대한군사원조 정책에 심각한 영향을 주기에 이르렀습니다. 박정희 정권은 재작년 10월 정변을 통해서 정권을 성역화할 수 있는 제도적 장치를 마련하고도 부족하여 몇 차례나 긴급조치를 발동해야만 정권을 지탱하는 상태에 놓였습니다. 어떠한 능변(能辯)으로, 어떤 명분으로 설명한다고 하더라도 10월사태(YS는 유신이란 말을 거부했다)는 역사의 후퇴를 가져왔다는 것은 부인할 수 없습니다.

역사의 강은 때로는 역류하지만 결국은 하류로 흘러가는 것입니다. 10월사태는 하나의 정변이었고 그것은 개혁을 위한 정책이 아니라 역사의 후퇴를 가져온 정변이었습니다. 현 정권은 지금 국가안보의 명분 위에 정권안보를 놓고 있습니다. 정부의 일거수일투족을 보면 국가안보를 우선에 두는지 정권안보를 우선에 두는지 분별할 수가 없습니다. 그 동안 정권안보를 위한 일련의 조치가 결과적으로 국가안보를 위협하고 있는 엄연한 현실을 지적하지 않을 수 없습니다.

유신헌법 개정대강 발표

김영삼 총재는 10월 12일 그 동안 서둘러 성안한 유신헌법 개정대강을 확정하고 14일 이를 발표, 투쟁 계획과 함께 성명서를 발표하였다. 정국은 일촉즉발의 긴장 상태로 한 발 다가섰다. 유신정권에 큰 충격을 가하는 YS의 도전이 구체화되어 가고 있었다.

YS의 개헌대강의 내용은 이랬다.

① 대통령 권한의 독재적 요소를 제거한다.

② 3권분립의 원칙을 지키기 위해 대통령의 법관임명권을 폐지한다.

③ 국민의 인권을 보장하기 위해 구속적부심사제를 부활한다.

④ 통일주체국민회의를 폐지한다.

⑤ 헌법위원회를 폐지하고 선관위가 일체의 선거 관리 임무를 장악한다.

⑥ 지방자치제를 실시한다.

⑦ 공무원의 정치 중립성을 헌법으로 보장한다.

⑧ 헌법 개정은 국회에서 의결하고 국민투표제도도 폐지한다.

⑨ 노동3권을 완전 보장한다.

정권의 입장에서 보면 실로 충격적인 내용이었다. 정부는 민주 회복을 위한 각계각층의 운동을 모두 정치적인 범법 행위로 규정하고 외국인 선교사를 추방하는 등 강경 조치를 발동하기 시작했다.

기적의 사나이 YS

YS 총재의 등장은 한국 정계에 새바람을 불러일으켰다. 국내는 물론 국제사회의 주목을 받아 YS는 박정희의 라이벌로 크게 부상하였는데 그 결정적 계기가 1975년 1월 9일자로 보도된 미국의 세계적 시사주간지 《뉴스위크》지에 보도된 B. 크리스 셔 기자와의 인터뷰 기사였다. 그 내용은 다음과 같다.

46세의 신민당 총재 김영삼 씨는 거칠고 혼란스러운 한국의 정치 풍토에서 '기적의 사나이'로 불리고 있다. 사실상 종신 집권을 보장하고 있는 현행 한국 헌법의 개정을 위한 최선봉에 서 있는 김영삼 총재와의 회견 내용은 다음과 같다.

기자 : 개정을 추진하고 있는 헌법의 내용은 무엇인가?
김 총재 : 국민이 자유롭게 직접 대통령을 선출할 수 있는 대통령선거법, 3권이 분립되는 가운데 견제와 균형이 보장되는 헌법, 언론의 자유, 집회결사의 자유와 함께 인간의 기본권이 보장되는 헌법이다.
기자 : 총재께서는 한국에 진정한 민주주의가 회복되지 않으면 안

된다고 주장하고 있는데 일부 인사들은 유교의 전통이 뿌리 깊은 한국과 같은 나라에서는 미국식 민주주의는 그 기능을 발휘할 수 없다는 견해도 있다. 여기에 대한 총재의 견해는?

김 총재 : 정부 당국자들은 한국에 미국식 민주주의가 적합하지 않다고 강변함으로써 국민을 오도하고 있다. 그러나 민주주의는 하나뿐이다. 순수하고 진정한 민주주의는 그것뿐이나 무엇보다 중요한 것은 국민이 그들의 대통령을 선거하는 데 직접 참여하는 것이다. 한국 국민은 민주주의가 무엇인지 알고 있다.

《뉴스위크》의 보도를 계기로 한국의 정치 상황은 속속 외신에 보도되기 시작했고, 국내 언론을 아무리 통제해도 YS의 반유신 공세는 유신정권을 곤경으로 몰아가고 있었다.

그 무렵 나는 접근해오는 외신기자들을 YS에게 소개하기 바빴고 기자회견 준비에도 매우 분주했다.

대구 금호호텔에 연금된 YS

재야에 있던 윤보선, 함석헌 선생 등의 민주회복국민회의와 조직적으로 연계하고, 신민당 의원들이 원내 농성까지 벌인 뒤, YS는 이번엔 지방으로 나섰다. 각 도 지부에 개헌촉진지부 현판식을 갖는다는 명목으로 먼저 74년 12월 27일 대구로 내려갔다. 경북지부 현판식에 참석하고자 금호호텔에 머물렀는데 동원된 상이군인들이 호텔을 포위, 김 총재는 사실상 감금되고 상이군인들은 호텔 기물을 파괴하면서 YS를 위협했다. 경찰은 수수방관했다. 신민당의 청년 당원들이 이에 맞서 저지하는 과정에서 청년 당원 10여 명이 중경상을 입었지만 이 사건은 국민들에게 개헌 운동을 알리는 데 오히려 도움이 되었다. 김 총재는 감금에서 풀려나자 김동영, 최형우를 선두로하여 당원과 대구시민이 뒤따르는 반유신 데모를 벌였다. 대구시 중심가에는 순식간에 일대 혼란이 왔다. 다음은 경북도지부 개헌촉진지부 현판식에서 했던 김 총재의 연설 요지다.

소위 유신(維新)이라는 것은 박 정권의 장기 집권을 위한 것이며 이룬 업적은 없고 한 것이 있다면 긴급조치로 죄 없는 사람 잡아넣은 것뿐입니다. 국민은 박 정권으로부터 배신당한 것을 알았습니다. 박 정권은 국민으로부터 고립되고 국제사회로부터 고립되었습니다. 이제 더 이상 독제체제를 유지할 명분도 능력도 통치 기술도 바닥이 드러나고 말았습니다. 박 대통령은 지금이라도 민주적 개헌을 하고 대통령의 자리에서 하야하는 것이 명예로운 길입니다.

그 시점에서 보면 엄청난 폭탄선언이었다.
박 대통령의 하야를 언급한 김 총재의 발언은 정국을 크게 긴장시켰다.

상이군인에게 한 때 납치된 비서실장

금호호텔 연금 사건이 있은 뒤 어느 날 아침 7시경 상도동 총재댁으로 가기 위해 신림동 집을 나섰던 나는 대문 밖 근처에 서 있던 택시를 불렀다. 기다리던 택시가 와서 올라타니 그 속에는 상이군인 세 명이 타고 있었다. 그러다가 내가 차에 타니 양어깨를 잡고 위협하는 것이었다. '신민당이 발행하는 《민주전선》에 상이군인들이 갈

고리로 위협했다는데, 이것이 갈고리냐 손이냐'하고 따지는 것이었다. '나는 비서실장이지 《민주전선》 편집 책임자가 아니다, 만약 《민주전선》의 기사가 잘못되었다면 시정하도록 하겠다'고 했으나 '《민주전선》은 실제로는 박 실장이 다 만든다는데 무슨 소리냐?' 하고 위협했다. 갈고리 같은 손을 휘두르며 위협하는 절박한 상황에서 택시는 계속 달렸다. 《민주전선》 기사를 보고 정정기사를 낼 테니 이러지 말라고 타이르며 택시에서 내려달라고 했더니 상도동 가까이 와서 풀어주었다. 그 때 박 정권은 걸핏하면 상이군인들을 내세워 정치 테러를 했는데 내가 대변인 할 때는 아파트 경비실에 상이군인이 와서 위협하고 전화 협박을 하는 바람에 아내가 심장병에 걸리기도 했었다.

6자회담 원조, YS

YS는 1975년 1월 17일 민주 회복 운동의 국제적 기반을 구축하기 위하여 일본과 미국 방문길에 올랐다. 나는 비서실장으로서 수행하였다.

일행은 최형우 중앙당 사무차장, 오세웅 국제국장, 이택돈 대변인 등이었다. YS는 1월 18일 동경 외신기자클럽에 초청되어 '동북아의 장래와 한국의 민주 회복 운동'이라는 제목으로 연설하였다. 이 연설은 YS의 한반도 평화와 통일을 위한 비전을 밝히는 매우 중요한 연설로, 이 연설문은 내가 쓰고 그 당시 국회 외무위원회 전문위원이던 김병훈(金炳勳) 씨가 영문으로 번역했다. YS는 이 연설에서 한반도 평화를 위하여 남북한, 미, 소, 중, 일이 참가하는 동북아 6개국 평화회의를 제의했다. YS는 이 연설에서 남북한 유엔 동시 가

입, 남북한 교차승인 등을 주장하였는데 이와 같은 YS의 동경 연설은 일본《아사히(朝日)신문》을 비롯한 일간지와 미국 주요 신문에 대서특필되었다. 그 뒤 키신저 미 국무장관이 유엔총회에서 YS의 동경 연설과 비슷한 내용의 연설을 하자 공화당 대변인 손인석(孫仁錫) 씨가 나에게 'YS는 키신저와 짜고 하는 것 같다.'며 의미 있는 한 마디를 던진 기억이 있다. YS는 '동북아시대론'에서 '앞으로 동북아는 세계 정치와 경제의 중심이 될 것이고 그렇게 될 때 한국의 위치는 크게 클로즈업되어 향상될 것이며 이 때에 가면 동북아의 중심에 위치한 한반도의 지정학적 조건은 정치적 또는 경제적으로 그 비중이 크게 향상될 것으로 믿는다. 일찍이 영국의 세계적인 역사철학가 아놀드 토인비가 금후 30년에 동북아는 세계 문명의 중심이 된다고 예언했던 것이 현실로 나타나고 있다. 작년 11월 미소 정상회담이 블라디보스토크에서 열린 것이 바로 동북아 시대의 여명이 아니고 무엇이냐?'라고 주장했는데 그로부터 35년이 지난 지금 G20 정상회의가 한국에서 열린 것을 생각하면 그 때 YS의 예언은 조국의 미래를 정확하게 내다본 것이라 볼 수 있다.

뒤통수 맞고 도중에 귀국한 YS

YS 일행은 동경에서의 일정을 마치고 미국 샌프란시스코를 방문했는데 샌프란시스코에서 하루를 보내고 로스앤젤리스로 떠날 준비를 하고 있을 때 서울로부터 정부가 유신헌법을 국민투표에 부치고 여기에 박정희 대통령에 대한 신임도 묻기로 했다는 연락이 왔다. YS는 민주 회복 운동에 대해 뉴욕과 워싱턴 등 미국 조야에 설명함으로써 박 정권을 궁지에 몰 전략이었는데 YS의 워싱턴 방문을 막기 위해 뒤통수를 친 것이었다. YS는 로스앤젤리스에서의 일정을 서둘러 마치고 귀국할 수밖에 없었다. YS는 귀로에 다시 동경에 들러 기자회견을 열고 국민투표 공고를 취소하고 개헌안을 발의하라고 요구하는 성명을 발표하고 박 정권이 국민투표를 강행할 때는 투표 거부 운동을 전개하겠다고 선언하면서 박정희 대통령에게 여야 영수회담을 하자고 제안했다.

YS는 1월 29일 귀국하자 당내 의견을 종합하는 절차를 밟고 2월 5일 국민투표 거부 운동을 선포하고 국민투표가 실시된 11일부터 12일까지 중앙당사에서 단식농성을 함으로써 비장한 결의를 보였다. 국내 신문에는 이러한 YS의 투쟁이 한 줄도 보도되지 않은 가운데 국민투표는 유신헌법을 지지하고 아울러 박정희 대통령도 신임한다는 결과로 끝나고 말았다.

박정희와 김영삼의 영수회담

김영삼 총재는 민주 회복 운동의 폭을 넓히기 위하여 3월 31일 윤보선, 김대중, 양일동 씨와 4자회담을 갖고 통일당 당수 양일동 씨와는 별도로 신민당과 통일당이 통합하는 문제를 추진하기 위해 회담하는 등 분주히 활동했다. 그러나 그와 같은 노력은 그 후 월남 사태의 급변으로 결실을 보지 못하였다. 4월 30일에 이르러 월남전은 월남 정부의 무조건 항복과 사이공 함락으로 이어지면서 미국의 패배로 끝났다. 월남에 파병했던 우리나라는 큰 충격에 빠지고 4월 30일에는 국회에서 여야 공동으로 ①전 국민의 총화단결, ②북한에 대한 경고, ③평화통일 외교 지지, ④미국 등 우방의 지지 촉구, ⑤ 부조리 제거 및 서정쇄신 등 5개 항의 결의문을 채택하였다. 정국은 안보 분위기로 급변하였다. 이러한 상황에서 YS가 박 대통령에게 영수회담을 정식으로 제의한 것은 4월 23일이었는데 여기에 아무런 반응을 보이지 않던 박정희 대통령이 5월 13일 유신헌법 반대 행위를 금지하는 긴급조치 9호를 발표하고 그로부터 일주일 후인 5월 20일 영수회담을 할 테니 다음 날인 21일 오전 11시 청와대로 오라고 통보를 해왔다. 김 총재는 대변인 이택돈(李宅敦) 의원, 비서실장 박권흠을 대동하고 청와대로 갔다. 나는 청와대로 가는 차 안에서 '총재님, 이야기가 잘 안 통하면 빨리 끝내고 나오십시오.' 했다. 잘못하면 이 회담이 국민들에게 오해를 불러일으킬 분위기였기 때문이었다. 총재는 대통령 집무실에 들어가고 나와 이택돈 대변인은 비서실에서 김정렴 비서실장과 김성진 대변인을 마주하고 커피를 두 잔이나 마시며 기다렸다. 영수회담은 오찬을 함께 하지도 않으면서 두 시간이나 계속되었다.

한 시가 다 되어서야 회담이 끝났는데 대화 내용은 밝히지 않기로 합의했다고 했다. 김성진 청와대 대변인과 이택돈 신민당 대변인이 공동으로 '좋은 분위기에서 기탄없이 의견을 교환했으며 현하(現下) 미증유의 난국에 처하여 여야가 다함께 국가적 차원에서 노력을 기울여야 한다는 데 의견을 같이 했다.'고만 발표했다. YS는 비교적 밝은 표정으로 명동에 있는 YMCA식당으로 가자고 해서 그곳 식당에서 점심을 먹었는데 나에게 살짝 들려준 말씀이 이랬다.

"'김 총재도 앞으로 이 자리에 와보면 알겠지만, 이 자리가 외로운 자리입니다. 나 좀 도와주시오.' 하더군."

박정희 대통령은 이 한 마디로 YS의 마음을 풀어줌으로써 대화의 분위기를 만들었던 것 같다. 김영삼 총재는 다음 날인 22일 중앙당사에서 확대간부회의를 열고 박 대통령과의 영수회담에 관해 보고를 했다.

'국정 전반에 대해 진지하고 격의 없이 충분한 의견을 교환했다.'고 말하고 '대통령과의 약속을 지키기 위해 면담 내용을 다 털어놓고 이야기하지 못하는 것을 미안하게 생각한다.'고도 말했다. 김 총재는 이어서 '모든 문제가 하루아침에 해결되는 것은 아니지만 이번 회담은 퍽 유익했다.'고 덧붙였는데, 비밀에 붙인 회담 내용에 대해 당내 비주류를 비롯한 재야 세력의 반발이 만만치 않았다.

김 총재는 평소 여야 지도자들이 회담을 해놓고 미주알고주알 까발리는 것은 모양이 좋지 않다고 이야기했었다. YS는 박정희 대통령이 세상을 떠난 뒤에도 긴 시간 비밀을 지켰다.

YS는 그 후 1987년 11월 1일자로 발간된 『나의 결단』이라는 저서에서 다음과 같이 기록하였다.

박 대통령은 나에게 한반도와 그 주변의 군사 정세를 먼저 설명해주었다. 나는 본론으로 들어가 유신헌법을 빨리 개정하여 멋진 민주주의를 해보자고 말했다. 박 대통령은 '김 총재!' 하고 불러놓고는 한동안 말을 끊었다. '김 총재, 나 욕심 없습니다. 여편네는 공산당에 맞아죽고 이런 절간 같은 데서 죽기 살기로 오래 할 생각 없습니다. 민주주의 해야지요. 김 총재, 날 믿으시오. 민주주의 꼭 할 겁니다. 그러나 한국 사람들 문제가 있어요. 권력을 내놓겠다고 하면 새로 권력을 잡게 될 사람에게 몰려 통치가 되지 않아요. 그러니 이 이야기는 우리끼리 한 걸로 그칩시다.' 나는 이 때 박 대통령의 말을 믿었다. 그 때의 분위기가 그랬고 아내를 들먹이면서 눈물을 보이고 인생의 허무함을 이야기한 뒤의 말이고 해서 민주주의 하겠다는 말을 정치 지도자의 좋은 약속으로 받아들였다. 그러면 언제까지 민주화 조치를 끝내겠느냐고 다그쳐 묻지 못한 것은 내 마음이 너무 여렸기 때문인지도 모를 일이다. 그 때 박 대통령의 말투로 미루어 나는 그의 대통령 임기가 끝나기 전, 곧 78년 이전에 유신헌법을 개정할 모양이라고 생각했다. 나는 이 영수회담이 민주화의 계기가 되기를 바랐으나 박 대통령은 그 뒤 이상한 방향으로 나오기 시작했다.

김 총재는 밝히지 않았지만 박정희 대통령으로부터 비밀 약속을 받은 것이 있다고 나에게만 귀띔해주었다. 《동아일보》 광고 탄압을 중지하고 구속 중인 조윤형, 김상형, 김한수 의원을 석방할 것을 약속했다는 것이었다. 그 약속은 박정희 김영삼 회담 후 실제로 실천되었다. YS는 《동아일보》나 석방된 세 명의 의원에게 한 마디 생색도 내지 않았다.

"YS는 대한민국 공안부를 어떻게 보는 거야? 당신이라도 들어가야겠어!"

김영삼 총재는 인도차이나 사태 이후 동남아 정세를 살피기 위하여 8월 4일부터 19일까지 홍콩, 필리핀, 대만을 방문하였다. 나는 비서실장으로 수행하면서 여행 실무를 담당했다.

홍콩에서 현지 신문과 회견하고 한국은 중공과 외교관계를 터야 한다고 주장했는데 홍콩에 뒤이어 대만에 갔을 때 대만 정부의 김 총재 일행을 맞는 태도는 매우 싸늘하였다.

대만에 이어 필리핀에 갔을 때 우리 일행이 마르코스 필리핀 대통령궁을 방문해서 다 함께 마르코스 대통령을 면담하였다. 이튿날 조간신문을 보니 마르코스 대통령과 김영삼 총재가 악수하는 사진은 내지 않고 비서실장인 내가 마르코스 대통령과 악수하는 사진을 보도하였기 때문에 내 마음이 편치 않았는데, 필리핀 신문의 상식에 벗어난 보도 태도는 의도적이었는지 실수였는지 파악할 길이 없었다.

김 총재는 귀국 후 8월 23일 기자회견을 열고 동남아 순방 소감을 밝혔다. 김 총재는 이 회견문에서 미중(美中) 협력의 중요성을 강조하고 안보를 위해서라도 민주 회복이 필요하다고 역설, 다음 5개 항을 정부에 요구하였다.

① 긴급조치 9호를 조속히 해제할 것
② 긴급조치로 구속되어 있는 인사를 석방할 것
③ 빠른 시일 안에 헌법을 개정, 민주주의를 회복할 것
④ 부정부패와 사회의 부조리를 일소하고 민생 안정을 위한 대담한 조치를 단행할 것
⑤ 언론, 학원의 정상화를 조속히 실현할 것

김 총재의 회견 내용은 바로 긴급조치 9호 위반에 해당했고, 서울 지검 공안부 정치근(鄭致根) 부장은 즉각 입건하고 김 총재에게 다섯 번이나 소환장을 보냈다. 하지만 김 총재는 이를 거부하고 출두하지 않았다. 김 총재가 다섯 번이나 소환을 거부하자 비서실장인 나를 소환하였다. 검찰에 출두하는 날 아침 김 총재는 나에게 '기자회견문은 내가 부르는 대로 썼다고 말하라.'고 일렀고, 나는 실제로

아침 10시부터 저녁 6시까지 같은 말만 되풀이했다.

저녁 6시가 되자 정치근 공안부장이 직접 나타났다. 그러더니 'YS는 대한민국 공안부를 어떻게 보는 거야? 다섯 번이나 소환했는데도 출두하지 않으니 당신이라도 긴급조치 위반으로 고생 좀 해야겠어.' 하며 느닷없이 구속영장을 보이면서 수갑을 채우는 것이었다. '구속은 좋은데 며칠 후 내 딸 결혼식이 있으니 그 결혼식을 마친 뒤에 구속하면 안 되겠느냐?' 했더니 정 공안부장은 그럴 수 없다고 단호히 거절하고 구속을 집행했다. 싸늘한 수갑이 팔목에 채워지는 순간에도 나는 조금도 당황스럽지 않고 오히려 잘 되었다는 생각이 들었다. 비서실장이 구속되었다고 국민들에게 알려지면 YS의 반유신 운동에 훈장이 하나 더 붙는다는 계산을 하고 있었던 것이다. 즉각 서대문구치소로 압송되었는데 도착하자마자 구치소에 걸려 있는 소형 칠판에 또 한 사람의 구속이 집행되었다는 기록이 추가되는 것을 보았다. 구치소 감방 앞에 가서 죄수복을 기다리며 한참 머뭇거리고 있는데 나를 다시 불러내더니 봉고차에 태우는 것이었다. 나는 섬뜩하였다. 정보부 지하실에 끌고 가서 반 죽이는 것이나 아닌지 불안했던 것인데 봉고차가 서울지검 공안부로 가고 있는 것을 보고서야 안도의 한숨을 쉬었다.

공안부에 도착하니 나를 심문하던 서익원(徐翼源) 검사가 대기하고 있었다. 그는 나를 보자 '구속영장 집행을 보류하겠습니다. 돌아가시오. 필요할 때 다시 부를 겁니다.' 하는 것이었다. 한편으로는 싫지 않았으나 다른 한편으로는 무엇인가 쥐었다 놓친 기분이었다. 7시 뉴스에서는 김영삼 총재 비서실장이 구속되었다고 보도하고 있었다. 구속영장이 집행된 뒤에 구속적부심사 없이 나오는 경우는 대통령의 지시 없이는 불가능하다는 것이 전문가의 견해였다. 박 대통령이 YS 비서실장 구속이 가져올 정치적인 불이익을 계산해서 나를 석방시켜준 것이 아닌가 생각되었다. 그 때 그대로 구속되어 유죄 판결을 받았다면 나는 그 다음 제10대 국회의원 선거에 출마할 자격을 상실하게 되어 있었으니 아찔한 순간이었지만 그 당시는 오히려 실망스러웠으니 나의 투지도 만만찮았던 것 같다. YS는 1976년 1월 21일 불구속 기소되었지만 한 번도 재판정에 출두하지 않고 있다가 박정희 대통령이 시해된 뒤인 1979년 12월에 면소 처분되었다.

"정권에 도전하지 않는 정당은 정당이 아니다!"

1976년은 YS에게 있어서는 안팎으로 도전이 많은 고통스러운 해였다. 먼저 신민당 총재로서의 2년 임기가 끝나는 해였다. 다가올 전당대회를 앞두고 당권경쟁이 불붙고 여기에 편승해서 공화당 정권의 'YS 몰아내기' 정치 공작이 기승을 부리고 있음을 감지할 수 있었다. YS는 중도통합론(中道統合論)을 내세우며 당권에 도전해 오는 이철승(李哲承) 씨를 중심으로 하는 비주류의 연합 공세가 거세어질수록 선명 야당의 깃발을 높이 들었다. 김영삼 총재는 76년 1월 17일 연두기자회견을 열고 '행정만 있고 정치는 없는 오늘의 상황에 종지부를 찍고 정치를 부활시키지 않으면 안 된다.'고 전제하고 국회 기능의 강화와 정치의 활성화를 위해 국회법, 정당법, 집회시위에 관한 법률 등의 개정을 주장하였다.

YS는 또 당내 비주류들에 대해 '쥐를 잡지 못하는 고양이는 이미 고양이가 아니다. 정권에 도전하지 못하는 정당은 이미 정당이 아니다.'라고 경고하고 '우리 신민당은 정권에 도전하는 정당이다. 어떤 상황에 처하더라도 어떤 권력의 힘이 강요하더라도 우리 당의 존립 목적은 포기할 수 없다.'고 말하면서 다음 4개항을 주장하였다.

① 하루 빨리 민주 회복을 위한 체제 개혁이 단행되어야 한다.

② 긴급조치에 의한 비상정치를 종식시키고 긴급조치 9호를 해제하라.

③ 민주헌정의 동맥경화를 가져오는 언론통제 정책을 중지하고 국민의 알 권리를 회복하라.

④ 부당하게 인권을 침해당하고 있는 모든 민주 인사와 학생들을 즉각 석방하라.

그러나 YS의 이와 같은 강경노선에 제동을 거는 비주류의 반격은 날로 거세어지고 있었다. YS가 전 공화당 의원 김달수(金達洙), 예비역 육군준장 윤혁표를 정무위원으로 영입하자 비주류는 전당대회를 앞둔 시점에서의 세력 확장이라고 비난하고 2월 24일에는 이철승(李哲承), 신도환(辛道煥), 고흥문(高興門), 정해수(鄭海水), 정운갑(鄭運甲), 김원만(金元萬) 씨 등이 주동이 되어 비주류연합전선을 형성, YS를 당권에서 몰아내기 위해 단합하였다. 그들은 5월 전당대회에서 집단지도체제를 채택하여 YS를 몰아낼 전략에 합의하고 있었다.

반당대회(半黨大會)가 된 전당대회

마침내 5월 22일 서울시민회관 별관에서 전당대회가 열리는 날, 비주류연합전선의 모든 수단을 동원한 전략이 드러났다. 대회가 열리기도 전에 비주류 측이 동원한 비당원 폭력배 수십 명이 각목을 들고 습격, 대회장을 경비하던 중앙당 청년국 젊은 당원들을 각목으로 난타하고 대회장을 점거해버렸다.

중앙당 청년국에서 만일의 사태에 대비, 철통같이 경비를 했지만 각목에다 '이철승'의 이름을 새긴 피켓을 달고 흔들다가 피켓을 떼어버리니 피켓을 달았던 자리의 튀어나온 못 끝이 흉기로 변해 청년 당원들이 순식간에 피투성이가 될 수밖에 없었다. 현장에 나온 경찰은 폭력 현행범들을 방관하고 있었다. 주류는 당사로 후퇴해서 당사에서 전당대회를 치르고 비주류는 폭력으로 장악한 시민회관 별관에서 그들만의 대회를 치렀다. 언론은 이 대회를 각목대회, 반당(半党)대회라며 비판적으로 보도했다. YS는 이 폭력 사태에 대해 법적 대응을 할만도 한데 그 길을 가지 않고 오히려 반당대회로 끝난 이 사태에 책임을 지고 총재직에서 사퇴하고 이충환(李忠煥) 전당대회 의장에게 총제대행을 맡겼다.

YS는 비통한 심경을 안고 비서실장인 나만 데리고 미국 여행을 떠났다. 쓸쓸한 행차였다. 샌프란시스코에 가서 맏딸 혜영(惠英) 씨 내외를 만나 '레이크 타호', '요세미티 국립공원' 등을 여행하고 골든게이트 아래 바다에 나가 바다낚시도 하였다. 레이크 타호는 카지노 도시였다. 그 때 공연장에 갔더니 우리나라 리틀엔젤스 합창단이 미국 독립 200주년 기념 공연을 하고 있어 크게 감명을 받았다. YS는 카지노에는 손도 대지 않았지만 나는 블랙잭을 해서 90달러를 따 기분이 좋았던 기억이 난다. 골든게이트 밑 바다낚시를 하루 종일 했는데 거제 바다 사나이인 YS도 낚시에는 소질이 없었는지 하루 종일 낚시 수확은 상어 새끼 한 마리뿐이었다. 귀로에 하와이에 들러 와이키키 해변에서 하루를 보냈는데 와이키키 백사장에 두 사람이 누워서 파란 하늘을 바라보며 나라 걱정에 우울한 감회를 달래야만 했다. 나는 YS를 혼자 모시고 여행하는 기쁨보다는 그늘진 YS의 얼굴을 10여 일 간이나 지켜봐야 하는 여행 뒷바라지가 매우 힘겨웠던 기억이 난다.

주류와 비주류가 협상한 끝에 9월 15일 수습 전당대회가 다시 열렸다. 주류와 비주류가 협상한 끝에 집단지도체제를 채택, 6명의 최고위원과 1명의 대표최고위원을 선출하기로 한 대회는 먼저 최고위원에 주류의 이충환, 유치송, 김재광, 비주류의 이철승, 신도환, 고흥문 씨를 선출하였다.

16일에 속개된 대회에서는 대표최고위원 자리를 놓고 김영삼, 이철승, 정일형(鄭一亨)의 삼파전이 벌어졌는데 1차 투표에서는 김영삼 349표, 이철승 263표, 정일형 134표로 나타났다. 김 총재는 월등한 표차로 1등을 했지만 과반수를 얻는 데 실패했기 때문에 2차 투표에 들어가 정일형 씨 지지표가 이철승 씨로 넘어가는 바람에 이철승 씨가 389표로 대표최고위원에 당선되고 말았다. 김 총재는 364표를 얻는 데 그쳐 당권은 이철승 씨에게 넘어가고 말았다.

김 총재는 각목부대의 난동으로 시작된 이 당권 경쟁의 결과에 대해서 공화당 정권의 악랄한 정치 공작임을 알고 분노하면서도 이철승 대표최고위원에게 축하의 꽃을 보내 대회 결과에 승복하는 모습을 보였다. 신민당의 당권이 강경파에서 온건파로 옮겨진 것은 결과적으로 공화당 정권의 승리나 마찬가지였다.

5월 27일 박정희와 이철승의 회담이 이루어져 '거국적인 태세를 갖추기 위한 국민적 대화와 정치 발전을 위한 상호 노력'에 합의했다고 발표하였다. 뒤이어 김 총재 시대에는 없었던 정치자금 모금이 이루어지고 10월 24일에는 3억 5,000만원의 정치 자금이 거두어져 중앙선관위에 기탁되고 그 중 1억 4,000만원이 신민당에 배달되었다. 이철승 대표최고위원은 미국을 방문해서 '한국은 자유민주주의와 안보의 균형 유지가 중요하다.'고 말하고 '한국의 자유는 유무(有無)의 문제가 아니라 레벨의 문제'라고 말하여 그 중도통합론의 실체를 드러냈다. 이철승 당수의 미국 발언은 당 내외에 큰 파문을 불러일으켰다. 여기서 김 총재를 지지하는 당원들이 들고 일어나 야당성회복투쟁위원회를 구성하고 소위 중도통합론을 비판했지만 이철승 당수는 정부의 협조를 얻어 마포에 당사를 신축하였다.

제10대 국회의원 출마와 당선

나는 지역구 나가서 국회의원에 당선되겠다는 생각을 하지 못했다. YS의 비서실장 하기도 힘겹고 시간도 없다고 생각하여 YS가 전국구 국회의원을 시켜준다면 그것으로 만족하겠다는 생각이었다. 그런데 78년에 있을 제10대 국회의원 선거를 2년이나 앞둔 76년 어느 날 경주월성청도지구당 위원장이 사표를 내는 돌발사태가 벌어졌다. 내 지역구 지구당 위원장 자리가 생겼는데도 나는 그 지구당 위원장 자리에 관심이 없었다. 그런데 YS 비서실의 문정수(文正秀) 비서관이 '실장님이 지구당 위원장을 맡아야 합니다. 전당대회를 앞두고 지구당 위원장 자리 하나가 얼마나 중요한데, 왜 관심을 갖지 않습니까?' 하는 것이었다. 나는 그랬다. '나는 지역구 출마할 생각이 없다. 그러니 지구당 위원장 할 생각이 없는 거야.' 그러자 문 비서관은 '출마 하고 안 하고는 그 때 가서 결심하더라도 지구당 위원장을 일단 맡아야 합니다. 그 지구당 위원장 하겠다고 우리 총재님

에게 와서 충성 맹세하는 사람 중 한 사람도 우리 사람 없습니다.'
하는 것이었다. 나는 문 비서관에게 설득을 당했다. 그래서 김 총재
에게 문 비서관이 강력하게 건의했다.

"박 실장이 경주지구당 위원장을 맡아야 합니다."

그랬더니 김 총재 말씀이 이랬다.

"쓸데없는 소리! 박 실장이 그 거 할 시간이 어디 있노? 선거 때
내가 공천 주면 되잖아."

그러나 문 비서관의 고집도 여간은 아니었다. 결국 김 총재는 문
비서관의 논리를 받아들여 나를 지구당 위원장 조직책으로 임명했
고, 여기에 반발하는 김재광(金在光) 계의 김덕수(金德洙) 당원 일
당의 위협 속에서 지구당 개편대회를 치르고 경주월성청도지구당
위원장이 되었다.

지구당 위원장이 되고 보니 경주월성청도 지역구를 관리할 수밖
에 없었다. 다가오는 국회의원 선거에 출마하기 위해 주말이면 경주
에 내려가 방방곡곡을 누비고 다녔다. 드디어 제10대 국회의원 선
거가 있는 78년이 되었다. 김영삼 총재는 비주류로서 당내에서 탄
압받는 입장이고 김 총재 계열인 야당성회복투쟁위원회 간부 12명
이 당에서 제명되는 사태까지 일어났다.

드디어 제10대 국회의원후보 공천심사위원회가 구성될 때, YS는
공천심사위원회에 들어가지 않겠다고 했다.

그렇게 하면 YS 지지 세력은 누가 보호하느냐고 비서진이 아무리
이야기해도 YS는 막무가내였다. 어느 날 아침 내가 이충환 최고위
원을 자택으로 찾아가 지원을 요청했다.

"총재님을 좀 설득시켜주세요. 공천심사위원회에 들어가지 않겠

다고 하시는데 그렇게 되면 우리 다 죽지 않습니까?”

이충환 최고위원이 나서서 겨우 공천심사위원회 위원이 되기는 했지만 YS계 국회의원 중 한병채, 오세응, 박찬, 김명윤 의원 등이 공천에서 탈락되고 비서진 중에도 비서실장인 나 하나밖에 공천에서 건지지 못했다. 중앙당에 공천신청서를 접수하는 날 아침 상도동의 총재 댁에 갔더니 녹차 한 잔을 우려주면서 공천 신청 공탁금은 마련했느냐고 묻는 것이었다. 나는 ‘700만원을 내야하는데 500만원밖에 마련하지 못했습니다.’ 하고 대답했다. 그러자 기다렸다는 듯 ‘내 그럴 줄 알았다.’ 하고는 서랍을 열어 100만원 다발 두 개를 주면서 그걸로 당장 접수를 하라는 것이었다. 나는 이 대목에 두고두고 감동하고 감사하고 있다.

과연 역지사지(易地思之)로 그 때 내가 YS 입장이라면 이 한 마디는 했을 것 같다. ‘국회의원 하겠다는 사람이 그 돈도 마련하지 못하면 어떻게 선거할 것이냐?’라고. 그러나 YS는 그 말을 하지 않았다. 나는 그 때 김 총재는 나를 국회의원 만들 생각을 확실하게 하고 있다는 것을 확인할 수 있었다.

공천심사는 치열하게 계속되었는데 결국 마지막에 김영삼, 이철승, 신도환, 김재광 네 분이 한 자리씩 갈라먹는 것으로 끝났다. 그 때 내가 김영삼 케이스로 공천된 것이다.

그 때 지역구에는 여러 사람이 다니면서 공천은 자기가 받는다고 선전을 하였는데, 막상 내가 공천을 받고 지역구에 내려가자 공천 자체가 국회의원 면허증을 딴 것처럼 인식되어 있었다. 나는 당의 공천을 받고 지역구로 내려갈 때 단돈 1,100만원밖에 없었다. 그런데도 나는 당선되지 못할지도 모른다는 생각을 한 적이 없었다. 국

회의원이 된다는 집착이 강해서였는지 철이 없어서 그랬는지 모르
겠다. 청도 고향에 가서 문중의 어른들을 만났을 때 재종숙(7촌 아저
씨)이, '이 넓은 지역(경주, 월성, 청도의 3개 시군)에서 선거를 하자
면 돈이 많이 들 텐데 돈은 얼마나 가지고 왔나? 통일주체대의원 선
거도 몇 억을 쓰는데 몇 억 가지고 왔나?' 하는 것이었다.

나는 '돈은 안 가지고 왔습니다. 문중에서 좀 뛰어주세요.' 했다.
재종숙은 '야, 이거 큰일 났다. 그래가지고는 선거 못한다. 집안 망
신시키지 말고 그냥 서울로 올라가거라.' 하는 것이었다.

그 때 신문 보도에 따르면 나는 3등밖에 못할 것으로 예상되었다.
먼저 청도의 인구는 경주, 월성에 비해 4분의 1밖에 안 되는데, 청
도에서 공화당(박숙현), 신민당(박권흠) 양당의 공천이 나왔다. 반면
경주에서는 제9대 국회 임기 6년 동안 열심히 운동을 한 무소속 이
영표 의원이 역시 무소속으로 출마하고 있었다. 다수 인구를 배경으
로 한 현역 의원과 여당 후보를 상대로 싸워야 했으니 당연히 내 자
리는 잘해야 3위였던 것이다.

그러나 나에게는 YS가 있었기 때문에 당선된다는 자신감을 가지
고 열심히 뛰었다. 마침내 YS가 경주에 왔다. YS도 부산에서 지역
구 출마 중이었지만 두 차례나 경주와 청도에 와서 지원유세를 해주
었다. YS가 경주에 오던 날 시내 극장을 빌려 강연회를 가졌는데 극
장 안에 들어간 사람은 신민당원 50여 명 정도 밖에 없었다. 경주시
민들은 극장 근처에 왔다가도 경찰의 감시가 무서워 안에 들어가지
못하고 밖에서 서성거리면서 스피커에서 흘러나오는 연설만 들었
다. YS는 유신체제를 비판하고 이번 선거에서 유신체제를 심판하자
고 외쳤다. YS는 며칠 후에 다시 청도를 방문했는데 동부의 동곡과

서부의 풍각에서 각각 연설회를 가졌다. 그 때도 형사들의 눈이 무서워 시골 극장 안에는 당원 몇 사람만 들어가고 일반 군민은 극장 밖에서 서성이면서 스피커를 통해 흘러나오는 YS의 연설만 들었다. YS가 다녀갔다는 소문은 순식간에 경주와 청도 지역 시골까지 전해지고 YS의 비서실장 박권흠은 5개국어를 구사하는 천재로 미화되어 홍보되고 있었다.

나는 청도는 고향이니까 내 동생 신흠 군과 지구당 당원들에게 맡기고 경주 쪽에서 집중적으로 뛰었다. 경주 시내 아주머니들을 집중적으로 만났다. 저녁마다 당원의 집 또는 조직이 연결되는 집, 심지어는 경찰관 집까지 여성 유권자를 모아 아주머니들을 상대로 선거 운동을 했다.

'나는 돈이 없다. 돈이 있어도 경찰이 따라다니기 때문에 쓸 수가 없다. 그러니 맨입으로 말할 수밖에 없다. 나를 도와달라. 여러분이 나서서 내 선거 운동을 해달라. 당선되면 보답하겠다.' 하며 열심히 뛰었다.

하루 저녁에 200명, 300명의 아주머니들 만나기를 10일 정도 하고 나니까 경주 시내 분위기가 달라졌다. 재래시장에 내가 나타나니까 박수 소리가 자연스럽게 날 정도가 되었다.

드디어 1978년 12월 12일 실시된 제10대 국회의원 선거에서 YS의 비서실장 박권흠이 국회의원에 당선되었다. 그 때 만났던 아주머니들은 큰 힘이 되었고, 그 때 진각종 홍원 심인당 교도였던 아내 김난옥의 활동으로 경주 월성 청도에 있는 진각종 심인당 교도들이 또한 큰 힘이 되어 주었다.

청도에는 우리 문중의 종원들이 사돈의 팔촌까지 찾아다니면서 운동을 한 사실을 뒤에 알았다. 그 때 이미 민심은 공화당을 떠난 듯했지만 공화당의 박숙현 의원과 신민당 박권흠이 청도 사람으로서 동반 당선되었으니 경주 쪽의 반발이 없을 수가 없었다. 당선이 발표된 뒤 당선 인사차 자동차로 월성군 양북면으로 가는 길에 그 지역 유지 황선학 옹을 다시 찾아간 것은 매우 의미 있는 일이었다. 내가 선거 운동 과정에서 황 옹을 찾아갔을 때 그는 나에게 이런 말을 했다.

"박 위원장, 나는 국회의원에게 부탁할 일이 아무것도 없소. 자식 취직 부탁할 일도 없고, 시골에서 먹고 사는 데 별 어려움도 없소. 그런데 한 가지만 약속하시오. 박 위원장이 국회의원에 당선되거든 날 찾아와서 술 한 잔 나누겠다고 말이오."

그러면서 황 옹이 하는 말이, 그 동안 국회의원 출마한 사람이 모두 자길 찾아와서 도와달라고 했지만 당선되고 나서 다시 찾아온 사람은 아무도 없었다는 것이었다. 나는 분명하게 약속했다.

"약속하겠습니다. 그리고 틀림없이 지키겠습니다."

경주 시내와 양북면 사이에 큰 산이 있다. 그 산길을 자동차에 스피커를 달고 '감사합니다!'를 외치면서 가다가 그 황 옹 생각이 났다. 구멍가게에서 정종 한 병을 사들고 황 옹 집에 찾아가 마주앉았다.

"약속을 지키려고 왔습니다. 술 한 잔 받으시지요."

황 옹은 술잔을 받아들고 눈물을 글썽이면서 약속을 지켜주어 고맙다고 여러 번 되풀이했다. 그 후 나는 경주월성청도 지역구에서 3선을 하면서 약속을 지키는 신의 있는 정치인이 되려고 최선의 노력을 다했다. 그래서 상대가 어떤 사람이든 만날 약속을 했으면 5분 전에 그 자리에 가는 것을 철칙으로 삼고 실천에 옮겼다.

김영삼 총재는 부산 서구에 출마해 놓고 전국을 다니면서 신민당

현역 국회의원 시절의 의정 보고서(1985년)

후보들 지원유세를 했다. 가는 곳마다 유신정권을 심판하자고 외쳤는데 선거 결과 신민당은 77명을 공천해서 71명을 당선시켰고, 의석은 신민당이 공화당보다 일곱 석 적었지만 득표율에 있어서는 신민당이 공화당보다 1.1%를 더 얻어 승리하였다. 철옹성 같은 유신체제도 이 1.1%의 명분 앞에 서서히 흔들리기 시작하였다.

정권에 도전하기 위해 당권에 도전한다

79년에 접어들자 YS는 5월 30일에 있을 전당대회에서 당권을 되찾을 준비를 서둘렀다. 제10대 국회의원 선거에서 야당이 1.1% 승리한 것을 최대의 명분으로 내세운 YS는 신임 받지 못한 유신정권은 물러가야 한다는 주장을 계속 펴나갔다. 그런 가운데 2월 15일 미국 예일대학 폴리티컬 유니온에 초청되어 연설하였다. 예일대 폴리티컬 유니온의 역사를 보니 존 F. 케네디 전(前) 미국 대통령도 초청되어 연설한 바 있었다. 뉴헤이븐에 있는 예일대학에서 한국 유학생을 비롯한 여러 나라에서 온 젊은 학생들과 대화를 나누고, 24일에는 로스앤젤리스 힐튼호텔에서 연설하였으며, 29일에는 에드워드 케네디 상원의원과 요담, 한국의 정치적 장래 문제에 대한 의견을 교환하였다.

에드워드 케네디와의 요담은 그 당시 워싱턴 정가에서 비상한 관심을 끌었다. 게다가 1.1%의 명분에 몰리자 유신정권은 하는 일마다 실수를 범하였다. YS의 한국문제연구소는 3월 8일 〈현 시국에 관한 국민의식 조사〉를 실시, 신민당원, 농어민, 교육자, 상인, 기업가, 공무원, 작가, 대학생, 노동자 등 각계 인사 1만여 명에게 우편으로 설문지를 보냈는데 당국은 이를 모두 압수해버렸다. 이것은 결국 신민당원들에게 YS가 가장 선명한 지도자라는 사실을 깨닫게 해주는 결과를 가져왔다. YS는 이를 우편의 자유를 정면으로 억압한 사건으로 부각시키면서 크게 항의하였다.

YS는 4월 30일 본인의 지역구인 부산 제2지구당 개편대회에 민주 회복 운동의 재야 지도자 함석헌 선생과 영남지방의 민주 회복 지도자 최태묵(崔泰黙) 목사를 초청해서 축사를 하게 함으로써 유신정권을 긴장하게 만들었다. 드디어 5월 23일 총재 경선에 나설 것을 공식으로 선언하였다. 김 총재는 '이번 당권 경쟁은 당권의 문제가 아니라 박 정권을 상대로 하는 집권 투쟁'이라고 규정하고 '이것은 구당(救黨)의 차원이 아니라 구국(救國)의 차원'이라고 말했다.

이 무렵 박정희 대통령은 청와대 출입기자들과의 만찬에서 YS를 정면으로 공격하였다.

"김영삼이가 유신체제를 뒤엎겠다고 나선다면 우리는 예, 예 하면서 손 놓고 있겠나? 지금까지 법을 위반한 것이 일곱 건이나 되지만 야당 탄압이라는 오해를 받기 싫어 전당대회 이전에는 절대 잡아넣지 않는다. 김영삼이는 이번 전당대회에서 신민당 총재로 당선되지 못할 것이다."

이 말이 흘러나오자 유신정권 모든 관계 기관의 'YS 총재 막기 공작'이 최고조로 달렸다. 심지어 YS 측근 일부 의원까지 '총재님, 이번에는 후퇴하는 것이 어떻겠습니까? 돌아가는 사태가 심상치 않습니다.'라고 경선 포기를 종용할 정도였다. 중앙정보부뿐만 아니라 차지철 경호실장까지 나서는 모양이었다. 그러나 YS의 의지는 요지부동이었다. YS는 강력하게 경고하는 성명서를 발표하였다.

나는 오늘 공화당 정권에 엄숙히 경고한다. 공화당 정권은 신민당 전당대회를 자기들의 정권을 유지하는 데 유리한 방향으로 유도할 수 있을 것이라는 망상을 버려야 할 것이다. 그 동안의 공화당 정권의 작태를 다음에 열거한다.

① 박 대통령이 기자들과 환담하는 자리에서 언급한 내용을 정보기관을 통하여 의도적으로 유포, 나를 고립화시키려 하고 있다.

② 내가 신민당 총재로 선출되면 국회가 해산될 것이라는 흑색선전을 하여 위기의식을 불러일으키고 있다.

③ 내가 운영하는 한국문제연구소의 연구지《한국문제(韓國問題)》14호를 긴급조치 위반으로 압수하기 위하여 지난 4월 1일 내 집을 수색하는 한편 나의 사무실, 그리고 전국의 당원의 집, 지구당 사무실을 수색하여 공포 분위기를 조성하고 있다.

④ 5월 18일에는《한국문제》15호를 내용도 검토하기 전에 인쇄소를 습격하여 압수하였다.

⑤ 중앙정보부 쪽 경찰은 지금 전국 방방곡곡에 있는 신민당 대의원 확정자 또는 예상자를 조사해서 교묘한 방법으로 압력을 가하여 특정인을 돕고 특정인을 배제하는 공작을 하고 있다.

그러나 이와 같은 일련의 YS 총재 막기 작전은 모두 결과적으로 YS를 유리하게 만들었다. 드디어 1979년 5월 30일 이철승 당수가 취임 후 신축한 마포 새 당사에서 전당대회가 열렸다. 전 국민의 관심이 집중된 가운데 열린 대회는 2시 50분부터 총재를 뽑는 투표를 시작하였다. 1차 투표 결과 김영삼 267표, 이철승 292표, 이기택 92표, 신도승 87표로 누구도 과반수를 얻지 못했다.

2차 투표가 오후 4시 30분에 시작되었는데 김영삼 총재는 과반수 선에서 2표가 많고 차점자인 이철승 당수보다는 11표가 많은 378 표를 얻어 당선되었다. 장내에는 함성이 일어나고 회의장 밖에 운집하고 있던 수천 명의 시민과 당원들의 환호성이 하늘을 찌를 듯 했다. 공화당 정권이 막아보려고 그렇게 노력했지만 유신정권의 퇴진을 요구하고 나선 YS의 신민당 총재 탈환은 충격적인 일대 사건이 아닐 수 없었다.

닭의 목을 비틀어도 새벽은 온다

오후 7시, 정운갑 전당대회 의장이 김영삼 의원이 378표를 얻어 총재로 당선되었음을 선포하자 장내에서는 터질 듯한 박수와 환호의 소리가 폭발했다. 그 동안 미동도 하지 않고 눈을 감고 있던 YS는 활짝 웃는 표정으로 일어서서 박영록, 이기택, 조윤형 의원의 손을 잡고 단상에 올라가 승리의 V자를 그리면서 대의원들에게 감사의 뜻을 표했다.

'오늘은 참으로 위대한 민권(民權) 승리의 날'이라고 말을 시작, '이철승 동지도 잘 싸웠다. 이 대표에게 표를 던진 대의원에게도 감사한다. 이 대표 같은 분도 우리 당에 필요한 분'이라고 여유를 보였다. '나를 밀어준 김재광, 박영록, 조윤형, 이기택 동지는 참으로 위대한 결단을 내렸다.'고 칭찬하고 '이제 새로운 김영삼으로 출발하고 싶다.'고 말했다. YS는 또 '이제 민주주의는 개화하기 시작하고 마침내 새벽이 돌아왔다. 아무리 새벽을 알리는 닭의 목을 비틀어도 민주화의 새벽은 오고 있다.'고 외쳤다.

그 때 YS의 '닭의 목을 비틀어도 새벽은 온다.'는 말이 유행어가

되었다. 전당대회가 8시에 산회된 뒤에도 대회의 열기는 계속되었다. 당사 앞에 모인 3,000여 명의 군중은 흩어질 줄을 몰랐다. 이철승 씨를 지지한 고흥문, 이충환 최고위원이 나오자 험악한 야유를 보내고 난폭해지기도 했다. YS측 사람들이 이를 무마시키느라 진땀을 뺐다.

밤 9시경 김영삼 총재는 동교동으로 김대중 씨를 찾아가 그 동안의 지원에 감사를 표했다. 김대중 씨는 '전당대회에 대해서는 계속 방송으로 들어 알고 있었다.'고 말하면서 '김 총재는 긴요할 때 원군을 얻어 이겼다. 마포시대는 지금 김 총재와 함께 개막되었다.'고 축하해주었다.

경찰과의 대치 속에 임시 대변인이 되다

전당대회 이튿날인 5월 31일 아침에 김대중 씨가 상도동 YS 댁을 방문했다. 김 총재가 전당대회를 마치고 동교동 김대중 씨 댁을 방문한 데 대한 답방으로 온 것이었다. 두 사람은 2층 거실에서 차를 마시면서 대화를 나눈 뒤, 김 총재는 아직 서울에 머물고 있는 지방 대의원들을 종로 한일관에 초대해서 오찬을 함께 하기 위해 나서고, 김대중 씨는 동교동으로 귀가하기 위해 함께 나섰는데, 본동고개를 넘으려 하자 수십 명의 기동경찰이 가로막았다. 기동경찰은 두 지도자가 광화문에서 데모를 할 것이라는 첩보가 있어 이를 원천봉쇄하기 위해 출동했던 것이다. 기동경찰이 YS는 상도동 자택으로, 김대중 씨는 동교동 자택으로 안내하겠다고 버티는 바람에 가두에서 대치하게 되었다. 백주대로에 무슨 짓이냐며 길을 비키라고 밀고 나갔지만 기동경찰은 그 숫자가 수백 명으로 늘어나고 이 소식을 듣고 달려온 당원의 수도 수백 명이 되었다. 이 사실이 보도되자 국내외

기자들이 또 수십 명 모여들었다. 이 때 나는 김 총재에게 '총재님, 이 상황에서 성명서를 하나 발표해야 되지 않겠습니까?' 하였다. 그러자 김 총재는 '그래, 성명서를 빨리 만들어!' 했다. 즉석에서 성명서를 만들었다.

'백주대로를 가로막고 야당 지도자를 불법 감금하는 박 정권의 망동을 엄중히 규탄한다.'는 게 골자였다. 김 총재가 빨리 발표하라고 하기에 내가 물었다.

'누구 이름으로 발표할까요? 아직 대변인은 없고 총재님 이름으로 직접 발표하기도 그렇고……' 하니까, '그렇지. 그러면 임시대변인 박권흠으로 발표해!' 하는 것이었다. 그래서 나는 기동경찰과 대치하고 있는 가두 현장에서 임시대변인으로 임명된 것이었다. 결국 시경 간부가 현장에 나와 김 총재에게 사과하고 기동경찰의 바리케이드를 풀고 김 총재는 한일관으로, 김대중 씨는 동교동으로 각각 떠났다. YS가 당권을 다시 잡고 맞은 첫날을 장식한 이 사건은 김 총재의 앞날은 물론 박 정권의 앞날 또한 평탄치 않을 것임을 예고하는 듯한 상징적인 것이었다.

그렇게 임명된 임시대병인 박권흠은 그로부터 매일 두세 건의 성명서를 발표해야 했다. 나의 상대는 공화당의 오유방(吳有邦) 대변인, 유정회의 정재호(鄭在虎) 대변인이었다. 내가 성명서를 내면 이 두 여당 대변인이 번갈아가며 공격해왔다. 한 번은 여당 측 대변인이 YS 총재를 불손한 인사로 공격 비방한 일이 있었다. 이에 내가 '귀하는 왜 남의 당 총재를 비방하고 불손한 언사로 무례한 언동을 하는가? 남의 부모를 공경하지 못하는 사람은 자기 부모도 공경하지 못하는 법이다.'라고 공개 질문서를 발표했더니 전국의 노인정에서 '그 참 옳은 말!'이라는 편지가 수백 통 날아오기도 하였다.

김 총재가 6월 11일 외신기자들과의 회견에서 '나는 통일을 위해서라면 누구와도 만날 것이며 어디에라도 가겠다.'고 말하자 어느 기자가 '그것은 김일성과도 만날 수 있고 평양에도 갈 수 있다는 얘기냐?'고 물었다. 김총재가 '그렇다.'고 하자 여당에서는 이 대목을 문제 삼아 국론 분열로 몰아갔다.

상이군인들을 동원해서 마포 신민당사에 보내 당의 깃발을 찢고 기물을 파손하는 소동을 벌이고, 여당 대변인은 번갈아가면서 YS의 발언을 공격했고, 상도동 김영삼 총재 댁으로 노동조합원으로 자처하는 괴한들이 몰려오기도 했다.

뿐만 아니라 임시대변인인 나의 아파트 경비실까지 상이군인들이 몰려와 협박을 하였다. 어느 날 밤 12시가 되었는데 전화가 걸려왔다. 점잖은 목소리였다. 그가 말했다.

"YS가 국론을 분열시켜서야 되겠습니까?"

이에 내가 답했다.

"국론은 분열되지 않았습니다. 국론이란 이 나라가 자유민주주의를 해야 한다는 것입니다. 국민은 모두 여기에 대해 같은 생각을 하고 있습니다. 그 방법론에서 의견이 다를 수 있습니다. 그러나 이것이 바로 자유민주 국가의 장점이 아닙니까. 국론과 공화당 당론은 분명히 다릅니다. 공화당 당론이 국론일 수는 없습니다."

그랬더니 그 사람은 더 이상 반격을 못하고 전화를 끊었다. 이튿날 나는 '공화당 당론은 국론이 아니다'라는 제목으로 성명서를 내었다. 그로부터 며칠은 잠잠하더니 북한이 《노동신문》 사설을 이용해 김영삼 총재의 발언이 옳다고 하자, 얼씨구나 좋다 하고 또 여당

대변인이 김 총재의 발언을 용공 발언으로 공격하고 나섰다. 나는 이것을 받아 즉각 반박 성명서를 내었다.

'집권 여당의 야당 총재를 때려잡겠다는 전략이 지나쳐 북한의 신문까지 선전하고 있다. 언제부터 공화당은 북한《노동신문》서울지국이 되었느냐?' 하고 공격했더니 그 뒤에는 성명이 나오지 않았다.

카터 대통령의 방한과 YS

79년 6월 29일, 카터 미국 대통령이 한국을 방문하였다. 정부는 카터를 맞아 대대적으로 환영하였다. 그 무렵 한미 관계는 극도로 악화되어 있었다. 한국의 인권 탄압과 유신체제에 대하여 미국은 비판적인 입장이었다. 게다가 한국은 미국에서 불법적인 로비를 한 나라로 지목되어 비판을 받고 있는 상태였다. 급기야 카터 행정부는 주한미군의 철수를 입에 담았고 부분적으로 그것을 실천에 옮기고 있었다. 미국 의회에서는 한국의 인권 상황을 문제 삼아 한국에 대한 원조를 삭감하자는 움직임까지 보였다. 이러한 상황에서 카터 대통령의 방한은 박정희 정부에게는 큰 선물이 아닐 수 없었다. 그래서 정부는 카터 방한의 효과를 극대화하려 하였다. 6월 29일 저녁 청와대 영빈관에서 베풀어진 카터 환영 국빈 만찬에 신민당에서는 김영삼 총재, 고흥문 국회 부의장, 황낙주 원내총무, 박권흠 대변인이 초대되었다. 박정희 대통령은 박근혜 양과 함께 카터 대통령 내외 옆에 서서 손님을 맞아 악수를 나누었다. 그 때 박근혜 양은 내가 '신민당 대변인 박권흠입니다.' 하자 '아, 박권흠 대변인!' 하면서 반색을 하였다. 그 때 나는 매일같이 여당 대변인과 성명전을 하고 있었기 때문에 내 이름을 박근혜 양이 잘 기억하고 있었던 모양이다.

그런데 당시 YS는 카터의 방한에 비판적인 생각을 갖고 있었다. 카터의 방한이 박 정권의 유신체제를 결과적으로 도와주기 때문이었다. 김영삼 총재는 카터 방한 이틀 전에 이런 성명서를 발표하였다.

카터 대통령의 방한이 18년 장기 집권을 해온 박정희 정권의 억압 정치와 반인권 정책을 고무하는 결과를 가져오고, 그 동안 카터 대통령이 세계에 내건 도덕정치와 인권외교에 찬사를 보내온 한국민을 실망시킨다면 아무 의미가 없게 된다. 공화당 정권은 그 동안 불법 감금해 온 우리 당의 상임고문 윤보선 전 대통령, 김대중 씨, 그리고 함석헌 선생 등 수많은 민주 인사들을 자택에 연금, 여기에 수많은 경찰을 투입, 카터 대통령의 방한을 반대하는 평화적인 시위자들을 대량 연행 투옥함으로써 중대한 인권 탄압 상태를 전개하고 있다.

카터 대통령은 이튿날인 6월 30일 국회를 방문, 김영삼 총재와 단독면담을 하였다. 김 총재는 이 자리에서 한국의 인권 상황을 설명하고 '카터 대통령의 방한이 인권 탄압을 격려하는 계기가 되어서는 안 된다. 인권 정책 개선의 기회가 되지 않으면 안 된다.'고 역설하였다. 카터 대통령은 김 총재의 주장에 원칙적으로 동의하고 그러한 뜻을 한국 정부에 전하겠다고 약속하였다. 그 후 7월 17일 맞이한 제헌절을 기해서 정부는 긴급조치 위반으로 구속 중인 86명을 석방하였는데 이것은 김 총재의 강력한 요구를 반영한 것으로 해석되어 그 규모가 만족할만한 것은 아니지만 김 총재는 이를 환영하였다.

YS의 유신체제 종말 예고 연설

YS가 다시 야당 총재가 된 뒤 최초의 임시국회가 7월 20일 열렸다. 이 임시국회에서 김영삼 총재가 대정부 질문을 하게 되어 있었으니 YS가 이번에는 과연 또 무슨 폭탄선언을 할 것인가 하고 국민적 관심이 집중되고, 따라서 정국은 극도로 긴장된 분위기였다. 7월 23일의 김 총재 연설이 있기 며칠 전부터 정보기관원들은 김 총재의 연설 내용에 대해 촉각을 곤두세우고 있었다. 신민당은 주요당직자회의를 열고 이번 연설에 어떤 내용을 담을 것인가를 논의하였다. 그 자리에서 논의된 내용을 대변인인 내가 메모해서 집필할 때 반영하라는 정도의 결론만 있었다. 그 때 공화당은 YS가 어떤 연설을 할 것인가를 가상해서 가상 연설문까지 만들었다. 경향신문사 사장 때 《국제신문》 정치부장이던 나를 《경향신문》 정치부 차장으로 발탁했던 박찬현(朴瓚鉉) 문교부장관이 나를 불렀다. 《경향신문》 사장으로 있다가 인도 대사, 터키 대사를 거쳐 문교부장관 자리에 앉은 박 장관이 나를 만나자는 이유가 궁금했는데 YS의 연설이 어떤 내용인가를 탐색하기 위해서임을 알게 된 나는 박정희 정권이 어지간히 다급해졌구나 하는 생각을 하게 되었다.

'대변인, YS 연설을 좀 더 부드럽게 하도록 하지.'라고 말하는 박 장관에게 나는 '부드럽게 할 겁니다.'라고 대답하였다. 공화당에서 YS의 연설 내용을 미리 알고자 한 것은 미리 대책을 세우기 위해서였다. 나는 김 총재의 평소 주장과 지침, 그리고 주요당직자회의에서 논의된 내용을 참고로 하면서 집에 앉아 일사천리로 원고를 탈고하고 YS에게 보였더니 좋다고 재가하면서 이대로 유인물을 만들라고 했다. 7월 23일의 전날 밤 필경사를 상도동 총재 댁에 불러 유인물을 만들고 이튿날 아침 10시 총재가 국회 본회의장에서 연설을 시작할 때까지 필경사들을 상도동 총재 댁에 머물게 함으로써 그 유인물이 한 부도 바깥으로 새어나가지 못하게 보안조치를 취하기까지 하였다. 10시 직전에 연설문을 기자들에게 나누어 주었다. 10시에 등단한 YS는 연설문을 또박또박 읽어 내려갔는데 아직 중요한 대목에 이르기 전, 공격적인 부분이 시작될 때 공화당과 유정회 자리에서 연설을 방해하는 소란이 시작되었다. 그러나 이에 아랑곳하지 않고 YS는 연설을 계속하였다. 그 내용은 엄청난 폭탄선언이었지만 의원들은 소란 때문에 듣지 못했고, 언론은 중요한 부분은 긴급조치가 무서워 한 줄도 보도하지 못했다. 때문에 국민들은 YS가 소문만 요란했지 폭탄선언은 하지 않은 것으로 알게 되었다. 그러면 과연 YS의 그 때 그 연설에는 어떤 내용이 담겨 있었는가?

김 총재는 연설 서두에서 '지금 내가 하려는 말을 듣기 싫어하지 마시오. 내 말은 참으로 무서운 민중의 소리 가운데 가장 순한 말입니다.'라고·전제하고, '① 지난 선거에서 1.1%의 패배로 국민에게 불신임을 당한 공화당 정부는 이제 퇴진(退陣)할 준비를 하라. ② 긴급조치 9호를 해제하고 긴급조치의 무효를 선언하라. ③ 유신헌법 개정특위를 구성하라.'고 일갈했다. 그러면서 박정희 대통령에게 '나는 박정희 대통령이 군복을 벗을 때 이 땅에 나와 같은 불행한 군인이 다시 있어서는 안 된다고 말한 것을 기억합니다. 나는 박정희 대통령이 이 땅에서 불행한 대통령이 되지 말기를 충심으로 바랍니다. 정치인은 어떻게 권좌에 오르느냐 하는 것보다 어떻게 그 자리를 물러나느냐가 더 중요합니다. 박정희 대통령은 진실로 이 나라의 장래를 위해서, 그리고 또 박정희 대통령 스스로를 위해서 조속한 시일 내에 정권을 평화적으로 이양할 준비를 갖추기 바랍니다. 이 나라에 다시는 4.19와 같은 유혈의 비극이 없어야 되겠으며 또 오늘의 이란의 비극이 우리의 비극이 되어서는 절대로 안 된다고 생각합니다. 나는 오늘의 독재체제가 이 이상 장기화 되는 것은 반드시 나라의 장래에 불행을 가져올 것으로 확신하며 충심으로 박정희 대통령의 애국심에 호소해서 용기 있는 결단을 촉구하는 바입니다.'라고 타이르듯 말하였다. YS의 이날 연설은 유신체제의 붕괴를 예언했고 박정희 대통령이 '불행한 대통령(10.26사태)'이 되기 3개월 전에 이를 예고한 결과가 되었다.

무술특공대의 신민당사 습격과 YH 여공 사망

8월 9일 아침, 내가 상도동 총재 댁에 도착하자 총재는 나를 급히 불렀다. 거실에 가보니 문동환, 고은, 이문영 씨 등 재야인사 세 명이 와 있었다. YS는 내게 지금 바로 당사로 가서 YH 여공들에게 문을 열어주고 그들을 4층 회의실로 안내하라고 지시하였다. 나는 그 길로 마포 당사로 달렸다. 당사에 도착해보니 YH 여공 200여 명이 당사 앞에 도착해 있었다. 나는 그들을 4층 회의실로 안내하였다. 그리고는 YH 여공들의 요구 조건이 무엇인가를 알아보았다.

무역회사인 YH는 1966년 장용호(張龍浩)라는 사람이 자본금 100만원으로 설립, 가발을 만들어 수출해온 회사였다. 1970년에 이미 1,000만 달러의 수출 실적을 올렸으니 그 당시로서는 비교적 큰 무역회사였다. 장용호 사장은 미국 시민권까지 획득, 미국에 자주 출입하면서 호화 생활을 해왔는데 73년부터는 서울 본사로부터 물건을 가져가서는 대금 결재를 하지 않아 결국 회사는 폐업을 하게 되고 근로자들은 회사를 살리기 위해 집단행동에 나섰다는 것이었다. 그래서 그들은 신민당에 문제 해결을 기대하고 신민당사에서 농성하기로 했다는 것이다. 그들은 정부가 5억원만 융자해주면 회사를 살릴 수 있다고도 했다. 따지고 보면 크게 어려운 문제가 아니었다. 신민당은 박황상(朴潢相) 사무총장, 황낙주(黃洛周) 원내총무, 박용만(朴容萬) 국회 보사위원회 간사 등으로 대책위원회를 구성하고 정부 측과 교섭을 시작하였다. 그러나 정부의 태도는 냉담하였다. 여공들이 신민당 당사를 찾아간 데 대한 정치적 반감을 드러내고 있었다. 신민당 대책위원들은 이 문제로 보사부장관은 물론 노동청장도 만날 수 없었다. 정부로서는 신민당에 찾아가서 문제를 해결했다는 선례를 남길 수 없다는 것이었다.

그 당시의 신민당 사정은 한 끼에 100만원이나 드는 설렁탕 값을 대기도 어려운 가운데 하루가 지나고 이틀이 지났다. 사흘째 되는 날 경찰 기동대의 포위망이 좁혀지고 있었다. 여공들은 경찰이 들어오면 모두 4층에서 뛰어내려 죽겠다고 결의를 다지면서 구호를 외치고 있었고 김영삼 총재는 이들을 안심시키기 위해서 그들 앞에 나가 '죽을 각오가 있으면 살 수 있는 힘이 생긴다.'고 위로 연설을 하였는데, 그 때 여공들은 소리 내어 울기도 하였다.

그 날 저녁 황낙주 원내총무는 이순무(李舜舞) 서울시경 국장에게 전화를 걸어 신민당사를 포위하고 있는 경찰의 포위망을 풀라고 요구하였더니 그렇게 하겠다고 했는데 포위망은 풀리지 않고 경찰의 수는 더욱 늘어가고 있었다. 새벽 2시, 기동경찰과 사복차림의 괴한 수백 명이 소방차의 전조등을 비추면서 신민당사 철문을 부수고 돌진해왔다. 곤봉, 쇠파이프, 벽돌을 쥐고 쳐들어온 경찰과 괴한들의 일부는 4층으로 직행했지만 일부는 2층 총재실로 쳐들어왔다. 그 때 총재실에는 김영삼 총재를 비롯한 당 간부 등 국회의원 16명이 있었는데 경찰은 무차별 폭력을 가해왔다. 4층에서는 하늘을 찌르는 듯한 비명소리가 들리고 기동경찰들은 여공들을 개 끌듯 끌어내렸다. 취재기자들도 폭행을 당했다. 경찰은 여공들과 당원들은 경찰서로, 부상자들은 병원으로 싣고 갔다. 김영삼 총재는 상도동 자택으로 강제 연행되어 사실상 연금되었다.

생명이 위험할 정도로 부상을 당한 나를 비롯하여 10여 명의 국회의원이 부상을 당하고 기자와 당원 수십 명도 부상을 당했으며 여공 김경숙은 당사 밑에서 시체로 발견되었다. 경찰은 투신자살로 발표했으나 타살인지 자살인지도 끝내 밝혀지지 않았다. 김영삼 총재는 아침 8시 자택에서 기자회견을 열고 9시에 의원총회를 열어 비상대책위를 구성, 5개항을 정부에 요구했으며, 한국기자협회도 2회에 걸쳐 정부에 항의하는 성명서를 발표하였다.

이순무 서울시경 국장은 '농성 여공을 보호하기 위한 부득이한 조치였다.'고 변명했으며 공화당과 유정회는 대책회의를 열고 '8.11 경찰의 신민당 습격 사건은 신민당과 재야인사들이 순수한 여공들을 정치 목적에 이용하여 발단된 것'이라고 반격하였다.

신민당은 이 사태에 항의하여 30도가 넘는 폭염 속의 신민당사에서 전 국회의원과 수백 명의 당원이 농성 데모를 하였다.

폭행당한 대변인, 한 달 입원

폭력 경찰이 총재실에 쳐들어올 때 나는 출입문과 가장 가까운 곳에 있었다. 그들이 붉은 벽돌로 총재실과 비서실 사이의 칸막이를 부수고 들어올 때 나는 소리쳤다.

"이게 무슨 짓이냐? 여기는 총재실이야!"

내가 삿대질을 하면서 소리를 지르자 한 놈이 나의 손을 낚아채고 잡아당기더니 마구 주먹질을 해댔다. 내 얼굴을 사정없이 때리고 발길질로 내 전신을 짓이겼다. '나는 대변인이다. 국회의원에게 이게 무슨 짓이냐?'하고 저항했지만 '대변인? 너 잘 만났다!'하면서 더 짓이기는 것이었다.

나는 순식간에 기절하였다. 정신이 들어 깨어났을 때는 버스에 실려 있다는 것을 알았는데 눈을 떠봐도 눈이 뜨이지 않았다. 눈이 부어서 눈꺼풀이 열리지 않으니 아무것도 볼 수 없었다. 여기저기 신음 소리가 들리고 핏방울이 날아와 내 얼굴에 떨어졌다. 버스는 우리를 남대문경찰서 옆 조그마한 병원에 내려놓았다가 날이 밝자 을지로 국립의료원에 입원시켰다. 나와 박용만 의원을 비롯한 10여 명이 입원했고 나는 한 달을 입원 치료했다. 그 때《뉴욕 타임스》는 박 대변인의 얼굴이 부어서 두 배로 커졌다는 내용의 서울발 기사와 사진을 실었다.

나는 얼굴의 광대뼈에 금이 가고 다리는 부어서 걸을 수가 없었고 전신에 타박상을 입은 상태였다. 그 때 경찰은 입원실에 외부 인사들의 접근을 막으면서 감시해서 일반 사람들은 면회를 왔다가 겁이 나서 들어오지 못하고 돌아간 사람이 많았다.

나는 한 달을 입원하고 퇴원 후에도 온천장을 전전하면서 요양한 뒤에 대변인 자리에 복귀했는데 그 사이에는 정재원 부대변인이 대행했다. 신민당은 YH 백서(白書)를 발행하여 YH 사건의 진상을 알렸는데 이 백서의 제목은 『말기적(末期的) 발상(發想)』이라 했다. 그러나 원고지 250장에 달하는 이 백서는 당국의 탄압으로 인쇄조차 할 수 없었다. 인쇄를 해줄 인쇄소마다 거절했기 때문에 필사본을 만들어 배포했는데 이것이 또 긴급조치 위반이라 해서 김덕룡(金德龍) 비서실장이 구속되기까지 했다. 김영삼 총재는 이 백서에서 다음과 같이 YH 폭거를 규탄했다.

나는 이번 8.11 폭거는 전 국민의 지지와 성원 속에 성공적으로 추진하고 있는 민주 회복 투쟁에 대한 보복이라는 것을 잘 알고 있다. 정치 보복의 악순환을 막기 위해 보복 없는 정치를 강조해온 우리에게 사상 유례 없는 보복 정치로 응수하는 이 정권의 최고 책임자인 박 대통령이 국민과 역사 앞에 겸허한 자세로 평화적 정권 교체를 준비하는 것이 스스로의 비극을 막는 최선의 길이라는 것을 거듭 강조하지 않을 수 없다. 8.11 폭거 당시의 현장은 두 번 다시 돌아보기 싫은 처절한 참상이었다. 그와 같은 폭거가 이 땅에서 재발하지 않을 것을 희망하는 충정에서 그 날의 진상과 사건의 배경을 널리 알리고자 하는 것이다. 누구든지 이 소책자를 통해서 분노만 하지 말고 이런 일이 재발해서는 안 된다는 신념을 굳게 가지기를 바란다.

총재직 박탈 가처분

신민당 의원들이 폭염 속에서도 YH 사건에서 보인 정부의 폭력적인 탄압에 항의하여 농성 데모에 돌입한 8월 11일, 그 날 김영삼 총재는 뜻밖에 어처구니없는 정치 공작의 도전을 받았다.

제10대 국회의원 선거에서 신민당 공천으로 출마했다가 낙선한 지구당 위원장 조일환(曹逸煥), 윤완중(尹完重), 유기준(兪基濬) 등 세 명의 이름으로 총재 및 부총재의 직무집행정지 가처분 신청이 서울 민사지방법원(民事地方法院)에 제출되었던 것이다.

YH 사태로 정국이 들끓고 있는 마당에 무슨 잠꼬대 같은 장난이냐고 가볍게 넘겼으나 그것은 김 총재를 총재 자리에서 몰아내려는 정보 정치의 엄청난 음모였다.

서울민사지법 합의16부(부장 趙彦, 金重坤, 金東建)는 9월 8일, 신민당 총재단 직무집행정지 가처분 신청을 이유 있다고 받아들여 정보 정치 앞에 사법부가 시녀가 되는 모습을 보이고 말았다. 그래도 설마 했던 기대가 무너지자 국민들 사이에서는 분노의 소리가 높았다.

신민당은 '신민당 지도 기능에 대한 서울민사지방법원의 결정은 이 나라 민주주의와 사법권의 독립에 최후의 조종(弔鐘)을 울렸다.'고 비난하고 '신민당은 이미 결정된 당론에 따라 이와 같은 정치 재판에는 결단코 승복하지 않는다.'고 선언하였다. 공화당과 유정회는 물론 신민당 내부에서도 악법도 법이라는 주장으로 법원의 결정에 따라야 한다는 의견이 비주류 일각에서 나오기까지 하였다.

심지어 정운갑(鄭雲甲) 전당대회 의장이 총재권한대행 행세를 하려고 나섰고 정운갑 의장으로부터 대변인으로 임명된 박병효(朴炳澤) 의원은 그 판에 대변인 행세를 하려다가 기자들로부터 웃음거리가 되기도 하였다.

김영삼 총재는 결연하게 대처하였다. 10월 10일 김영삼 총재는 유신 이후 가장 강경한 대정부 비판 성명을 발표하였다. 그 중요한 부분은 다음과 같다.

나는 오늘 서울 민사법원(民事法院)의 우리 당에 대한 결정은 야당을 말살하고 정권의 영구화를 꾀하려는 박 정권의 부도덕한 정치 음모에 사법부가 하수인 역을 맡아 조작한 비극적인 소산이라고 규정하고 역사와 국민 앞에 고발 규탄하는 바이다.

이 나라의 사법부는 영원히 씻을 수 없는 죄과를 역사 앞에 범하고, 마침내 권력의 하수인으로 전락한 추악한 면을 만천하에 폭로하고, 이 나라의 양심적 법관까지 국민 앞에 얼굴을 들 수 없게 하는 자기학대를 하였다.

만일 입장을 바꾸어서 일개 판사가 공화당 총재 박정희 씨에 대해서 전당대회를 오랜 시간 열지 않고 당헌을 위반하였다 하여 공화당 총재가 아니라고 결정해서 통고했을 때 박정희 총재가 그것을 인정하고 승복하겠는지 묻고 싶다.

나는 지난 선거에서 1.1%를 이겨 국민의 신임을 받은 야당의 총재로서, 그 동안의 투쟁으로 국민 절대다수의 지지를 얻고 있는 국민적 공당의 총재로서, 민주 회복을 희망하는 모든 계층의 국민의 힘을 집결하여 범국민적 항쟁을 할 것이며, 이 항쟁을 통해서 박 정권 타도 운동을 전개할 것을 선언한다.

나는 여기서 박정희 대통령의 하야를 강력히 요구한다. 나는 국립경찰을 폭도로 전락시키고 심야에 신민당사를 습격하여 YH 여성근로자들을 강제로 연행하고 김경숙(金景淑) 양을 살해하는 한편, 현역 국회의원과 취재기자들에게 폭행을 가하여 중상을 입혔음에도 불구하고 국민 앞에 한 마디 사과도 하지 않고 폭력경찰을 한 사람도 잡지 않는 무법(無法) 정권이 바로 박 정권이라는 것을 다시 한 번 지적한다.

문부식(文富植)《민주전선》주간을 구속한데 이어서 비서실장인 김덕룡(金德龍) 군까지 구속하는 등 일련의 폭력 정치에 대하여 다시 한 번 규탄하면서 이와 같은 폭력 정치로부터 국민을 지킨다는 신념으로 가능한 한 모든 수단을 총동원하여 박 정권 타도 운동을 전개할 것을 다짐한다. 민주 회복을 바라는 국내외 각계각층의 용기 있는 참여와 성원을 바라마지 않는다.

이 성명은 명백히 박 정권에 대한 실력 대결 선언이었다. 그래서 이 성명은 박정희 정권으로서는 도저히 김영삼 총재를 국회에 두고는 정권안보가 되지 않는다는 생각을 갖게 하였던 것 같다.

그러나 이와 같이 중요한 성명이 있었음에도 불구하고 그 당시 신문과 방송은 이 성명을 보도하지 못하여 국민은 그 내용을 알 수 없었다.

법원의 가처분 결정에도 불구하고 김영삼 총재의 당내 위치는 조금도 동요되지 않았다. 김 총재 계의 현역 의원들은 어떤 일이 있어도 김 총재를 지지한다는 서명 운동을 전개, 서명자는 42명에 달하여 비서명자 29명을 완전 제압하였다. 이것은 정부 여당을 당황케 하였다.

김영삼 총재의 국회 제명(除名)

정부 여당은 김영삼 총재를 정계에서 몰아낼 또 하나의 폭거를 진행하였다. 이 어리석은 음모가 유신체제의 종말을 결정적으로 재촉하는 불씨가 될 것을 짐작한 사람은 아무도 없었다.

9월 22일, 공화당과 유정회는 김영삼 의원의 징계동의안을 국회에 제출하였다. 이유는 김영삼 총재의 《뉴욕 타임스》 회견 내용이 의원의 품위를 떨어뜨렸다는 것이었다.

여당 측은 김 총재가 '미국은 군대를 한국에 주둔시키고 있는 우방으로서 한국의 민주화를 위하여 한국 정부에 충고하는 것이 마땅하다.'고 말한 대목을 내정간섭을 요청한 것으로 해석하고 이를 트집잡아 김 총재를 제명할 계획을 진행하고 있었다. 이것은 박정희 대통령의 지시에 따른 것이었다. 김영삼 총재를 제명하려는 그들의 행동을 정당화하기 위해 방송망을 이용해 김 총재의 발언을 공격하고 신문에는 김 총재의 발언을 비판하는 글을 쓰게 하였다.

김영삼 총재를 비롯한 신민당 의원들은 여기에 실력으로 맞설 수밖에 없었고, 따라서 정국은 한 치 앞을 내다볼 수 없는 긴장에 휩싸였다. 이 무렵 김재규 중앙정보부장이 상도동 김총재 댁으로 전화를 걸었다.

"총재님, 제가 긴히 말씀드릴 것이 있어서 댁으로 찾아뵙겠습니다."

"아니 김 부장이 어떻게 우리 집에 온단 말이오? 여기는 당원도 많고 기자들도 늘 와 있으니 차라리 내가 김 부장 공관으로 가겠소."

이래서 정보부장 공관에서 단둘이 마주 앉았다. 김 부장이 심각한 얼굴로 말했다.

"총재님이 '내 뜻이 잘못 전달되어 보도되었다.'고 해명서만 발표해준다면, 제명만은 피하도록 대통령께 건의해보겠습니다. 해명서 한 장 발표해줄 수 없겠습니까?"

김 총재는 이 자리에서 단호하게 말하였다.

"사실 그 기자회견 기사는 내 말을 거두절미하여 내용이 잘못 전달된 부분이 있는 것은 사실이오. 그러나 내가 지금 와서 해명서를 발표한다면 굴복하는 꼴이 됩니다. 나는 차라리 살아서 죽기보다 죽어서 사는 길을 택하겠소. 나를 제명하라 하시오.”

김 총재가 공관을 나올 때 김 부장은 대문 밖까지 배웅하면서 ‘총재님, 잘 판단하셨습니다.’ 하고 손을 꼭 잡았다고 한다.

결국 10월 4일 신민당 의원들이 본회의장의 단상을 점거하고 있는 사이 백두진(白斗鎭) 국회의장은 본회의장에 들어오지도 않고 기습적으로 징계안을 발의, 야당 의원을 빼돌리고 여당 의원만으로 본회의장이 아닌 여당 의원총회 회의장에서 불과 10분만에 159명이 표결을 강행, 김영삼 의원 제명을 결정하고 말았다.

김 총재에 대한 제명을 진행하고 있을 때 필자는 본회의장의 내의석에 앉은 채 강 건너 절두산(切頭山)을 바라보면서 비감한 심경으로 김 총재의 이 사태에 대한 성명을 기초하고 있었다.

“잠시 살기 위해 영원히 죽는 길을 택하지 않겠다.”

제명이 확정되어 국회를 떠날 때 김 총재는 다음과 같은 비장한 성명을 발표하였다.

공화당 정권은 오늘 국회를 권력의 시녀로 타락시키고 야당 총재를 의회로부터 추방하는 폭력 정치의 하수인으로 만들었습니다. 이로써 내가 지난 5월 30일 신민당 총재로 당선된 뒤 계속해온 일련의 탄압 정치에 행정부, 사법부, 입법부 모두를 동원함으로써 이 나라에는 어느 한 분야에도 민주 정치가 존재하지 않는다고 하는 사실을 국민과 세계 앞에 명백히 입증하였습니다.

나는 분명히 선언합니다. 나는 나에 대한 제명은 완전 불법이기 때문에 영원히 승복할 수 없으며 제명을 열두 번 거듭한다고 해도 여당이 내세우는 징계 사유는 어느 한 구절도 인정할 수가 없습니다. 뿐만 아니라 어떠한 탄압이 있다 하더라도 민주 회복으로 향하고 있는 우리의 목표는 중단할 수 없으며 민주주의를 위한 나의 신념과 소신은 변할 수 없습니다.

공화당 정권은 자유당 정권도 감히 하지 못한 폭거를 자행함으로써 영원히 씻을 수 없는 죄악을 범하였으며 그것은 멀지 않아 역사의 준엄한 심판을 받을 것입니다.

나는 25세에 국회의원에 당선된 이래 4반세기 동안 이 나라 헌정사의 현장에서 반독재 민주 수호에 신명을 바쳐온 사람으로서 의회를 떠나게 된 지금 이 순간 심경은 착잡하기 그지없습니다.

오늘의 정치적 시대적 상황에 있어서 공화당 정권의 말기적 발악에 의하여 불법적 방법으로 국민이 결정해준 국회의원의 의석이 박탈되는 이 사실을 역사가 주는 영광된 훈장으로 생각하면서, 오히려 이것이 민주 시대를 위해 보다 영광된 과업을 부여하는 것으로 생각하고 새로운 십자가를 짊어질 각오가 되어 있습니다.

나는 의회 정치 속에서 자라난 의회주의 신봉자이며 4.19, 5.16을 목격 체험한 사람입니다. 이 나라에 정치 보복 없는 진정한 평화적 정권 교체가 이뤄지는 참된 민주 정치를 이 땅에 심는 데 최대의 투쟁을 해왔으며 또 현재도 하고 있는 것입니다.

그래서 나는 그 동안 폭력 정치에 비폭력으로 대응하면서 선거에서 불신임당한 공화당 정권에 정권 이양 준비를 촉구해왔습니다. 이러한 나를 혁명주의자로 모함하더니 마침내 이와 같은 상상도

할 수 없는 정치 보복을 가하는 것은 나 개인의 불행일 뿐만 아니라 이 나라의 불행이며 나라의 장래를 심히 우려하지 않을 수 없는 중대 사태가 아닐 수 없습니다.

나는 잠시 살기 위해 영원히 죽는 길을 선택하지 않고 잠시 죽어서 영원히 사는 길을 선택하겠습니다.

신민당 의원 총사퇴

김 총재의 의원직 제명으로 김 총재를 국회에서 추방하고, 거기에다 총재직까지 정지시키고 대행체제(代行體制)가 신민당을 장악한다면 김 총재는 정계로부터 사실상 물러나게 될 것으로 공화당 측은 생각한 것 같았다. 그러나 그것은 큰 오산이었다. 사태는 그 반대쪽으로 진전되었다. 김 총재 제명은 실로 상상할 수 없을 정도로 한국 정치사에 큰 전환점을 가져오고 있었다.

미국은 10월 5일 클라이스틴 주한미국 대사를 소환하였다. 미국은 4일자로 호데인 카터 대변인의 성명을 통해 '한국 국회가 오늘 김영삼 총재를 추방한 점에 대하여 깊은 유감의 뜻을 표한다. 이와 같은 행동은 민주적 정부의 원칙에서 벗어난 것이다.'라고 미국 정부의 입장을 밝혔다. 에드워드 케네디 상원의원 등 미국의 정치인들도 이와 같이 한국 정부 여당의 처사에 강한 비판을 하고 있었다.

신민당은 대변인 성명을 통하여 '김 총재는 의회사의 산증인인 동시에 최다선 의원이며 철저한 의회민주주의자인데도 불구하고 그를 반의회주의자로 몰아 제명하였다. 그의 의석은 비어도 그의 의회주의 정신은 남아있을 것이다. 그를 추방한 죄인들을 의회주의의 이름으로 응징할 날이 반드시 올 것으로 믿는다. 이제 전 국민과 함께 권력에 의해서 강제 추방된 김영삼 총재를 중심으로 단결해서 이 나라 민주주의를 위해 싸울 것을 약속한다.'고 밝혔다.

신민당 의원들은 즉각 무기한 국회 등원 거부를 결의하였고 10월 13일에는 신민당 소속 전 국회의원과 통일당 의원들까지 의원직 사퇴서를 제출하였다. 김 총재의 강경노선에 비판적이던 비주류 의원들도 한 사람 빠짐없이 사퇴서를 제출함으로써 정부 여당은 곤경에 빠졌다.

공화당과 유정회는 신민당을 분열시킬 책략으로 신민당 의원들의 사퇴서를 선별 수리할 것을 고려하고 있다고 신문에 흘렸다. 말하자면 김영삼 계 의원들의 사퇴서만 수리하고 비주류 의원의 사퇴서는 반려하겠다는 뜻이었다.

부산대(釜山大)에 날아든 이대생(梨大生)의 소포

신민당 의원들이 제출한 사퇴서를 선별 수리한다는 보도가 나온 뒤 어느 날 부산대학 학생들에게 이화여대(梨花女大)에서 보낸 소포 하나가 배달되었다. 풀어보니 그 속에는 면도날이 한 통 들어 있었다. 아무 설명이 없이도 학생들은 그 뜻을 알아차렸다.

사나이만이 갖고 있는 남성의 심벌을 자르라는 뜻이라는 것 정도를 모를 부산대 학생들이 아니었다. 부산 출신 김영삼 총재가 정치적으로 수난을 당하고 있는데 부산 학생들이 가만히 있고도 사나이냐는 채찍질이었던 것이다.

이 이야기는 부산대학 주변에서 그 당시 흘러나온 에피소드인데, 어쨌든 이 이야기가 부산의 학생들을 크게 자극하여 부마(釜馬)사태의 진원이 됐을 것으로 보는 추리가 유력하다.

10월 17일 부산대학교에서 학생들이 시위를 시작하였다. 그들은 '①김영삼 총재 제명 취소 ②긴급조치 해제 ③유신헌법 철폐 ④김영삼 총재 만세' 등을 외치며 시위를 벌였다.

기동경찰이 부산대 입구로 밀고 들어오자 학생들은 운동장 옆의 블록 담을 밀었다. 수백 명이 담을 미니까 넘어졌다. 학생들은 그 길로 광복동 방향으로 달렸다. 경찰은 학생들이 해산하자 데모가 진압된 것으로 믿고 방심하였다. 그러나 광복동에 재집결한 학생들이 다시 데모를 시작하자 수천 명의 시민까지 합세하여 삽시간에 부산의 도심을 휩쓸었다.

부마사태(釜馬事態)에서 10.26까지

정부는 18일 0시를 기해 부산 일원에 비상계엄령을 선포하였다.

정부는 이 데모를 또다시 불순분자의 경거망동으로 규정하고 계엄령으로 진압했는데 현지 계엄군이 진압에 미온적이라 하여 차지철(車智澈) 청와대 경호실장 직속 무술부대를 보내기까지 하였다.

박정희 대통령은 부산직할시 일원에 계엄령을 선포함에 즈음한 특별담화를 발표하였다.

유감스럽게도 작금 부산에서 지각없는 일부 학생들과 이에 합세한 불순분자들이 이 엄연한 국가적 현실을 망각, 외면하고 공공질서를 파괴하는 난폭한 행동으로 사회 혼란을 조성…… 정부는 이와 같은 반국가적 반사회적 행동은 국가의 기본질서와 안전보장을 위태롭게 하는 중대한 위협이라고 보고 우선 질서회복을 위해서 최선을 다했지만 사태는 마침내 난동 소요로 화했다고 판단하기에 이르렀습니다.

서울서 급파된 차지철 계엄군 앞에 이루 헤아릴 수 없는 학생과 시민들이 부상되고 투옥됐음에도 불구하고 데모는 쉽게 진압되지 않고 마산(馬山)으로까지 번져나갔다.

포고령에 의하여 부산대학, 동아대학 등 모든 대학은 무기한 휴업에 들어가고 부산의 언론은 모두 계엄군의 검열을 받아야 했다.

4.19의 진원지였던 마산에서 시민 봉기가 일어나자 여기에는 위수령(衛戍令)을 발동, 역시 군대를 동원하여 많은 학생과 시민을 투옥시켰다.

부산과 마산에서 얼마나 많은 학생과 시민이 투옥되었는지 통제받는 언론은 보도할 수 없었고 평가할 수도 없었지만 정부는 이 데모 사태가 전국으로 확산돼 가는 조짐에 긴장하지 않을 수 없었다. 10월 하순으로 접어들자 서울에서도 대대적인 데모가 벌어질 움직임이 확산돼 가고 있었다. 이번 대중 봉기는 아마도 박정희 정권에 종말을 가져올지도 모른다는 예감이 번져가고 있을 정도였다.

처음 부산에 데모가 일어난 날이 10월 17일로, 유신기념일이 되어 그날 밤 기념연회에서 박정희 대통령과 정부 고관, 그리고 여당 국회의원들이 축배를 들고 흥겹게 노래 부르고 있을 때 부산 봉기의 뉴스가 전달되었던 것이다.

그 무렵 박정희 대통령은 김영삼 총재를 완전히 당에서 몰아내고 정운갑(鄭雲甲) 대행체제를 27일까지 확립하도록 김재규(金載圭) 중앙정보부장 등 정치 공작 관계자들에게 강력히 지시하였고 김영삼 총재는 여기에 맞서 국민적 저항 운동을 전개할 준비를 하고 있었다.

10월 26일 그 날, 박권흠 대변인, 이택돈 정책위의장, 김덕룡 총재비서실장은 서울 우이동 그린파크호텔에서 민주 회복 1,000만명 서명 운동 선언문과 조직 요강을 작성하여 일대 회전의 준비를 하고 있었다.

1,000만명 선언문은 27일이나 28일에 발표하여 유신체제에 대한 또 하나의 도전 선언을 할 만반의 준비를 갖추었던 것이다. 이는 부마사태를 전국으로 확산시켜 유신체제의 목을 조르려 했던 것이다.

그런데 10월 27일 새벽 '박정희 대통령의 유고' 소식이 국민을 깜짝 놀라게 하였다. 필자는 새벽 5시경 잠결에 전화를 받았다. 친구의 전화였다.

"박 대통령이 유고라 하고 비상계엄령이 선포되었다는데, 무슨 이야기요?"

어리둥절하였다. 유고라면 사망했다는 이야기인데 영문을 알 수 없었다. 필자는 6시 뉴스에서 '박정희 대통령 유고' 소식을 확인하고 상도동 김영삼 총재 댁으로 달렸다. 필자는 그 때 행동원칙을 정해놓은 것이 있었다. 계엄령이 선포되면 일단 피신해놓고 사태를 관망한다는 것이었다.

왜냐하면 일단 유사시에 박권흠 대변인은 일착으로 잡아가는 리스트에 올라 있다는 확실한 이야기를 듣고 있었기 때문이다. 10.17 유신 때 기관에 끌려가 고문으로 불구가 된 정치인을 여러 사람 보았기 때문에 계엄령만 나면 일단 멀리 피신할 생각을 하고 있었는데 계엄령이 선포된 뒤에 상도동으로 달려가면서 이 원칙을 생각하였던 것이다. 상도동 김 총재 댁에 경찰이나 군인이 포위하고 있으면 들어가지 말아야 된다는 생각이었는데 경찰도 군인도 보이지 않았다.

필자는 유고의 내용을 확실히 몰랐는데 김 총재는 미국으로부터의 전화를 통해 박정희 대통령이 사망했고 김재규 중앙정보부장이 쏘았다는 사실까지 알고 있었다.

결국 박정희 대통령은 김영삼 총재의 완전한 추방을 못보고 세상을 떠났다. 그것도 그의 심복의 손에 의해. 뒷날 밝혀진 일이지만 김 총재에 대한 대책과 부마사태 등 시국 대책에 대하여 차지철 청와대 경호실장과 김재규 중앙정보부장 사이에 크게 의견 충돌이 생기고 박정희 대통령은 마침내 김재규 부장을 박종규(朴鐘圭) 씨로 바꿀 계획을 세워놓고 있었다고 한다. 그 무렵에 김형욱(金炯旭) 전 중앙정보부장이 피살되었기 때문에 자기에 대한 결정 사실을 알고 있던 김재규 부장으로서는 자기도 자리에서 물러나면 생명이 위태롭다는 위기의식을 가졌던 것 같다.

결국 26일 저녁, 궁정동 안가에서 박정희 대통령, 차지철 경호실장, 김계원(金桂元) 비서실장과 함께 만찬을 하는 자리에서 김재규 부장은 박 대통령과 차지철 경호실장을 동시에 사살하고 만 것이다.

어쨌든 차지철 실장과 김재규 부장 사이의 심각한 갈등은 김영삼 총재 제명과 그 여파로 일어난 부마사태가 원인이 된 것만은 틀림없다.

그 동안 '유신만이 살 길'이라고 그 정당성을 그렇게 외치던 유신 체제는 박정희 대통령과 운명을 같이 하여 종말을 고하고 말았다.

'불행한 대통령이 되다니'

김영삼 총재가 7월 23일 국회 본회의에서 '불행(不幸)한 대통령이 되지 말라.'고 충고한 지 불과 3개월 3일 만에 박 대통령은 '불행한 대통령'이 되고 말았다.

김영삼 총재는 '불행(不幸)한 일'이라고 논평하였다. 김영삼 총재는 '내가 그렇게 충고했건만 박 대통령은 결국 불행한 대통령의 길을 가고 말았다.'고 여러 차례 필자에게 말했었다.

'내가 충고한 여러 가지 가운데 몇 가지만이라도 받아들였다면 저렇게 되지는 않았을 텐데.' 하면서 김 총재는 박 대통령의 불행한 최후를 개탄하였다.

박 대통령이 서거하자 국회는 김영삼 총재의 제명에 항의하여 제출한 신민당과 통일당(統一黨) 의원들의 의원직 사퇴서를 반려하였다. 10.26사태 20일 후인 11월 17일, 김영삼 총재는 자기 대신 이민우(李敏雨) 부총재를 내세워 국회 본회의 대표 연설을 하게 하였다.

1961년 5월 16일 시작되어 1979년 10월 26일까지 계속된 박정희 시대가 종말을 고하고 새로운 민주 시대로 향한 전 국민의 희망 찬 기대의 눈이 집중되고 또 한국의 장래를 주시하는 세계의 관심이 고조된 가운데 열린 이 국회에서의 신민당 대표 연설은 마땅히 김영삼 총재가 해야 함에도 불구하고 여기에 자리를 함께하고 있는 구 여당 의원 여러분이 김영삼 총재를 불법적 방법으로 의회로부터 추방하였기 때문에 본인이 대신해서 대표 연설을 하게 된 불행하고도 부끄러운 사실에 대하여 심히 유감된 감회를 누를 길 없습니다. 오늘 자리를 같이 한 국무위원 및 공화당 의원 여러분은 지금까지 거듭해온 탄압 정치가 드디어 야당 총재의 의원직을 박탈함에 이르고 독재체제의 끝없는 강화가 마침내 현직 대통령의 총격 피살에까지 사태를 악화시킨 오늘의 정치 현실에 대하여 깊은 반성과 새로운 결의를 가져야 한다는 점을 강조하지 않을 수 없습니다.

유신체제(維新體制) 폐기 선언과 민주화 촉진

김 총재를 대신한 이날 이 부총재의 국회 연설은 사실상 '유신체제'의 폐기 선언이었다. 한편 김영삼 총재는 10.26사태의 충격이 어느 정도 가라앉은 뒤 서둘러 민주화 과업을 촉진하였다.

12월 17일에는 한때 기동경찰이 몽둥이로 때려 부줬던 마포 신민당사로 김종필(金鍾泌) 공화당 총재가 찾아와 김영삼 총재에게 예방의 인사를 하고 요담하였다. 이것은 시대가 바뀌어 있음을 보여주는 상징적인 사건이었다. 김영삼 총재는 조기 개헌, 조기 대통령 선거를 주장하였다. 12월 22일에는 삼청동 공관으로 최규하(崔圭夏) 대통령을 방문하였다.

김 총재와 최규하 대통령의 요담에는 박한상(朴漢相) 사무총장과 박권흠 대변인이 배석하였다. 이 자리에서 김 총재는 구속 인사의 석방과 박정희 시대에 공민권을 박탈당한 민주 인사들의 복권을 요구하였다. 김대중 씨가 정치 활동을 할 수 있게 하라는 내용이었다.

박정희 대통령의 사망으로 대통령 권한대행이 돼있던 최규하 씨는 12월 6일 통일주체국민회의에서 대통령으로 당선돼 있었다.

김 총재는 성명을 발표, 민주국민화해협의회(民主國民和解協議會)를 제의하였다. 이 회의를 통해 ①개헌의 내용과 시기 절차 ②대통령 및 국회의원 선거 시기 ③과도내각의 구성 ④민주 인사와 구속 학생 석방, 사면 복권 ⑤긴급조치 및 계엄령 해제 시기 등을 협의, 결정하자고 제의하였다.

찾아온 민주화의 새벽을 멀리 차버린 분열(分裂)

표면상으로는 최규하 대통령과 신현확(申鉉碩) 국무총리가 과도 정부를 이끌고 있었으나 실질적으로는 전두환(全斗煥) 합수본부장을 중심으로 한 신군부가 국가 권력의 핵심을 장악한 가운데 정치의 미래는 안개 속에 묻혀버렸고, 사회에는 온통 뒤숭숭한 유언비어가 나돌며 불안의 그늘은 점점 더 깊어만 갔다.

거기다가 신현확 총리가 야당의 의사나 국민들의 일반적 요구와는 상관없이 별도로 정부 개헌안을 추진하겠다는 뜻을 공표하자 불안은 더욱 심화되었다. 신 총리가 신군부 및 유신의 잔재 세력과 결탁하여 이원집정부제(二元執政府制) 개헌을 시도하고 있을지도 모른다는 의구심이 불안의 진원지였다.

김영삼 총재는 혹시나 있을지도 모르는 군부의 권력 장악을 사전에 차단하기 위하여 한편으로는 군부와 현 정권에 대한 경고를 하는 동시에 한편으로는 신민당의 정당 기반을 공고히 함으로써 수권정당의 세와 면모를 갖추기 위해 전력을 다하였다. 또 다른 한편으로는 10.26으로 인한 정치권의 진공 상태에서 자연스럽게 떠오른 대권주자들, 즉 야당 내에서의 경쟁자인 김대중 씨 및 유신 정권의 후계자였던 김종필 씨와의 각축전도 사실상 치열하게 전개되고 있었다.

김종필 씨는 약간의 우여곡절은 있었으나 자연스럽게 공화당 총재를 승계하고 12월의 대통령 선거에 불출마함으로써 다가오는 '민주화 시대의 대권주자'로 일찌감치 스타트라인을 넘어선 셈이었다.

문제는 야당 지도자인 김영삼, 김대중 두 지도자에게 있었다. 10.26으로 민주화로 가는 대문이 활짝 열리자 국민들은 신민당 상임고문이던 김대중 씨가 김영삼 총재와 손잡고 문민 정치 시대를 열 것으로 기대하고 있었다.

김대중 씨의 정치 복권으로 야당인 신민당은 그 힘이 두 배로 늘어나야 하는 것이 형식논리의 해답이었다. 그러나 사태는 거꾸로였다. 김대중 씨가 복권하자 야당은 두 쪽으로 갈라지는 균열음이 들리기 시작했고 그에 따라 힘은 오히려 반감되고 있었다.

김대중 씨는 복권 다음날 기자회견을 가진 자리에서 자신이 신민당에 들어갈 것인지 아닌지 짐작하기 어려운 알쏭달쏭한 말을 하였다. 그는 신민당 입당 여부를 '재야인사들과 국민의 의사에 따라 정하겠다.'고 하여 신민당의 야권 대표성을 애써 평가절하해버린 다음 자신은 신민당이라는 정당 차원을 훨씬 넘어서서 '재야'와 '국민'의 대표라는 뜻을 암시하였다.

그렇다고 해서 신민당을 완전히 떠난 것도 아니었다. 한 쪽 발은 여전히 신민당 쪽에 걸어둔 채로 한 쪽 발은 '밖'에서 휘젓고 다녔다.

그는 '내가 신민당에 무엇으로 필요한가?'를 결정해줄 것을 요구하였다. 들어가면 어떻게 대접해줄 것인지 아주 정해라, 그래야만 들어가겠다는 태도였다. 한 마디로 '대통령 후보'로 받들어 주지 않으면 재야와 국민을 업고 다른 길을 가겠다는 엄포로 해석되기도 하였다. 김영삼 총재와 김대중 씨의 정치 행태는 이 점에서 선명하게 구분된다. 김영삼 총재는 '삼불(三不)의 신념'이 있었다. 민주주의는 의회정치가 그 기반이고 의회정치는 정당정치가 주춧돌이기 때문에 어떤 경우에도 정당정치를 포기하지 않는다는 것이 첫째의 신념이다. 둘째는 국내 정치가 아무리 얼어붙고 죽음의 위협이 눈앞에 있더라도 나라를 떠나 해외로 정치 무대를 옮기지 않는다는 신념이다. 셋째로 여간해서는 정치를 '길거리'로 몰고 가지는 않는다는 것이다. 이것은 의회정치를 소중하게 여기는 깊은 통찰과 확신이 아니면 지키기 어려운 덕목이다. 야당을 하면서 여차하면 길거리로 나서고 싶은 유혹을 김 총재라고 해서 받지 않을 수는 없었기 때문이다.

이런 점에서 볼 때 김대중 씨는 정당이라는 것은 자신에게 유리한 배경이 될 때는 그 조직을 이용하고 그렇지 않으면 '재야'와 '국민'을 업고 뛰어나가며, 의회는 그 고유의 기능이 무엇이냐 하는 원칙 따위는 아무 상관없이 정치 투쟁을 위한 하나의 마당에 지나지 않았다. 또 국내 정치에 찬 서리가 내릴 때마다 그는 해외로 정치의 무대를 옮겼다. 어쨌든 김대중 씨는 79년 5월 30일에 신민당 전당대회에서 당의 상임고문으로 추대되었고 본인도 이를 수락했으므로 누가 보더라도 신민당 당원이었다. 그런데도 그는 밖에서 들어갈까 말까 흥정을 계속하면서 독자적 길을 가기 위한 수순을 밟고 있었다.

김대중 씨의 독자 행보를 위한 파국의 조짐이 처음 드러난 것은 3월 3일 열린 신민당 경북도지부결성대회였다. 이날 김대중 계의 박영록 씨가 도지부결성대회에서 엉뚱하게 김대중 지지 연설로 포문을 열다가 대의원들의 야유와 항의를 받았다. 비슷한 시기에 김대중 씨 자신은 《뉴욕 타임스》와의 회견에서 신민당이 정치 정세의 주도권을 잡는 데 실패했다고 비난하였다.

3월 6일 두 사람은 외교구락부에서 최초의 단독회담을 가졌다. 이 자리에서 두 사람은 '민주화의 실현을 위해 공동으로 노력한다.'는 쓸모없는 원칙에만 합의를 보았을 뿐 의견의 접근을 본 것은 아무것도 없었다. 김대중 씨를 신민당에 불러들여 당력을 키우는 것만이 정치 정세의 주도권을 잡는 길이며, 아울러 민주화 장정을 성공시킬 수 있는 유일한 길이라고 믿고 끊임없이 노력하는 김영삼 총재의 태도가 진지할수록 김대중 씨는 몇 걸음씩 더 물러나고 있었다. 김대중 씨는 이 회담에서 신민당과 자신 사이에 협의, 연락 기구를 설치하자고 제의함으로써 자신이 사실상 신민당과는 별개로 하나의 정당이거나 그 이상의 존재임을 과시하였다.

3월 19일 전북의 임실 · 남원 · 순창지구 개편대회에서 마침내 양쪽이 충돌, 폭력 사태가 일어났다. 이어 경북의 두 지역구 대회에서도 비슷한 폭력 사태가 일어나 두 계파는 한 울타리에서 공존하기 어렵겠다는 의식을 국민들에게 심어줬다. 이 같은 대결 양상은 당의 모든 회의와 지역구로 확산되어 갔다. 신민당 내에 있던 김대중 계가 신민당을 한껏 교란한 후에 당을 떠나는 날이 언제인가 그것만이 남아 있었다.

그 와중에서 3월 26일에는 마침내 김대중 씨가 대통령 후보 출마를 선언해버렸다. 신민당이든 뭐든 자신을 후보로 밀고 싶으면 그쪽에서 따라오고 그렇지 않으면 그만두라는 식의 태도였다. 그리고 그는 '국민'을 찾아 자신의 장기로 여기는 공개 집회 개최에 몰두하였다.

4월 4일 김영삼 총재는 신라호텔에서 김대중 씨와 두 번째의 단독회담을 가졌다. 여기서 김 총재는 중앙상위를 열기 이전에 김대중 씨가 신민당에 입당할 것, 그 다음에 김대중 씨가 요구하는 재야인사의 입당을 논의할 것을 제의했다. 이에 대해 김대중 씨는 원칙적으로 입당한다는 태도를 분명히 하고, 그러나 재야인사들과 의논 후에 결정하겠다며 한 발을 뺐다.

그러나 김대중 씨의 '재야인사들과의 의논'의 결과는 4월 7일 입당 포기 발표로 결판이 났다. 이로써 10.26 이후 찾아온 '서울의 봄'은, 이 천재일우의 기회를 정통 야당인 신민당에 민주화의 체중을 실어 밀고 나가는 데 실패함으로써 사실상 지리멸렬의 상태에 빠지기 시작하였고, 이 같은 야당의 상태는 엉뚱하게도 신군부로 하여금

5.16 때 그랬던 것처럼 집권의 구실을 제공하기에 이르고 만다.

얼어붙은 '서울의 봄'

4월 하순이 되자 학원가는 최규하 정부의 이원집정부제(二元執政府制) 개헌 구상에 대한 전면적인 규탄과 항거로 들끓기 시작하였고 노사분규가 무정부상태로 몰아가는 가운데 정국은 정체를 알 수 없는 위기감으로 터질듯이 부풀어 있었다.

4월 하순, 김 총재는 기자회견을 열고 혼란의 책임이 정치 일정을 투명하게 밝히지 않고 있는 과도정부의 태도에 있다고 주장, 정치 일정과 개헌에 대한 태도를 분명히 밝힐 것을 촉구하였다. 그와 함께 학생과 노조에 대해서도 폭력적인 항거는 또 다른 폭력을 불러오는 빌미가 된다는 점을 들어 자제를 당부하였다. 김 총재는 또 시국이 이처럼 혼란으로 치닫게 된 원인 중에는 야당 지도자들의 분열에도 일부 책임이 있다고 통감하고 김대중 씨를 만나 시국 타개의 길을 모색하겠다고 밝혔다. 5월에 들어서자 학생들은 길거리로 몰려나왔고 시국은 걷잡을 수 없는 파국으로 치달았다. 김 총재는 공화당과 협의하여 5월 20일 국회를 소집하여 현안 문제를 의회가 수렴하기로 계획을 세우는 등 정치력의 회복을 위해 혼신의 힘을 기울였다.

그와 함께 김 총재는 학생들의 거리 진출과 소요가 정당의 테두리 밖에 나가서 움직이고 있는 김대중 씨의 행보와 무관치 않다고 보고 5월 9일로 예정되어 있던 제주도지부의 결성대회를 연기한 후, 16일 동교동으로 김대중 씨를 방문하였다. 그러나 파국을 눈앞에 둔 이 회담에서도 아무런 건설적인 대안은 나오지 않았다.

이런 가운데 학생 시위 대열은 매일같이 광화문 네거리에 진출하고 야당의 이미지는 분열상만 나타내어 정권 담당 능력이 없음을 스스로 입증하는 상황에 빠져들어 갔다.

5월 17일 낮 경찰은 신촌 이화여대를 포위, 그곳에서 열리고 있던 전국대학생대표회의를 기습, 일망타진하였다. 이 회의에서 전국대학생의 총궐기를 결의하였기 때문에 기습한 것이다. 여기서 일부 학생 대표는 체포되고 일부 학생은 도망갔다. 정부는 이 날을 기해서 김대중 씨와 김종필 씨를 구속하고 김영삼 총재는 상도동 자택에 연금하였다.

이어 청천벽력과 같은 5.17사태가 오고 '서울의 봄'은 하루아침에 얼어붙었으며, 이로써 민주화의 앞길은 칠흑 같은 어둠속에 잠기고 말았다.

20일 김 총재는 이 엄청난 사태 앞에 5.17조치를 규탄하고 계엄령의 즉각 해제와 조속한 민주화를 촉구하는 성명서를 발표하였고 신민당 의원들은 국회에 가서 의원총회를 열고자 하였으나 국회의 모든 문은 군인들이 가로막아 들어갈 수가 없었다. 본관에 들어가지 못하고 의원회관 식당에서 마지막 의원총회를 열었다.

그 때 국회는 20일에 열어 계엄령을 해제하고 헌법개정안을 다루기로 돼 있었는데, 국회가 열리기 3일 전에 5.17사태가 오고 말았던 것이다. 김 총재는 5월 20일 가택연금이라는 창살 없는 감옥살이에 들어갔다. 김 총재의 입 역할을 하던 대변인인 필자가 김 총재를 만나려면 정부 측에 특별히 면회 신청을 해야만 했다.

김영삼 총재의 정계 은퇴 성명

5.18 광주사태가 벌어지고 국회는 사실상 해산된 거나 다름없는

상태에서 역사는 역류하고 있었다. 유신체제를 붕괴시키는 데 주도적 역할을 한 YS가 내민 손을 DJ가 잡아주지 않고, 나보다 먼저 YS가 대통령이 되는 꼴을 볼 수 없다는 태도로 딴 길을 갔기 때문에 빚은 결과는 엄청난 것이었다.

비극적인 5.18 광주사태가 일어났고 그로부터 제5공화국이 태동하기 시작하였다. 그런 가운데 YS가 가택 연금된 지 3개월쯤 되어가던 8월 12일 YS가 나를 불렀다. 갔더니 김동영(金東英) 의원과 김덕룡(金德龍) 비서실장도 와 있었다.

"내가 정계 은퇴 성명을 내야겠어."

"아니 무슨 말씀이십니까? 지금 연금되어서 정치를 하려야 할 수 없는 상황인데 은퇴 성명이라니요?"

세 사람이 한 목소리로 말했다. YS는 의논하는 것이 아니고 결심을 통보하는 것이었다. 나는 짐작하였다. 그 무렵 YS의 정치자금을 조사하느니, 사생활을 조사하느니, 온갖 소문이 정보기관원들의 입에서 나오고 있었다. 정계 은퇴 성명을 내야 할 상황이 있구나 생각하고 그 이상 말하지 않았다.

나에게는 은퇴 성명서를 만들어서 내일 아침에 들어오라고 했다. 이튿날 아침 은퇴 성명서를 기초해서 김 총재 앞에 갔다. 읽어보더니 '되었다. 이대로 기자들에게 발표하라.' 하고 성명서 끝에 서명하였다. 한참 말씀을 멈춘 후 '박 대변인, 나는 영원히 정치 안 할 것이다. 누구처럼 정계 은퇴 성명 해놓고 세월이 좋아지면 다시 나오는 그런 짓은 하지 않을꺼야. 이 말을 기자들에게 꼭 전하시오.' 했다. '알겠습니다.' 했더니 '박 대변인은 젊으니 정치를 할 생각을 해요.' 하는 것이었다.

　　나는 침통한 마음을 가누지 못하고 은퇴 성명서를 들고 무교동에 있던 한국문제연구소 사무실로 가서 기자들을 불러 성명서를 낭독해주고 YS가 마지막에 당부한 ‘영원히 정치를 하지 않을 생각’이라는 말을 기자들에게 전했다. 내가 YS 스피치라이터로서 YS를 위해 붓을 든 마지막 작품이기도 한 김영삼 총재 정계 은퇴 성명은 그 당시 신문에는 짧게 골자만 났지만 그 성명 전문은 다음과 같다

聲明書

나는 오늘 新民黨 총재직을 辭退함과 아울러 政界에서 隱退할것을 國民앞에 밝히는 바입니다
나는 지난 30年 同民主黨과 新民黨 創黨에 참여
이나라 民主主義와 平和的 政權交替를 실현하려
온갖 情熱을 쏟아 오늘에 이르렀습니다.
때로는 흉산테러를 당하여 生命의 위협을 당하기도 하였고 때로는 총재직 가처분과 國會議員
職 除名등 갖은 迫害를 받으면서도 身命을
바쳐 祖國에 奉仕하여 왔습니다. 그러나
나는 오늘의 政治的狀況에 處하여 野黨총재
로서 所任을 다하지못한 모든 責任을 지고
이와같이 決心하였습니다.
기나긴 歲月동안 이사람과 뜻을 같이 하여
온갖 苦痛을 함께 하여온 黨員同志 여러분과
그동안 끊임없이 聲援하여 주신 國民여러분께
無限한 感謝를 드림과 동시에 期待에 副應
하지 못함을 罪悚하게 생각합니다. 이나라와
이民族의 앞날에 하나님의 가호가 있기를
祈禱 하겠습니다.
1980年 8月 13日

新民黨 總裁

金 泳 三

성명서(聲明書)

나는 오늘 신민당(新民黨) 총재직을 사퇴(辭退)함과 아울러 정계(政界)에서 은퇴(隱退)할 것을 국민(國民) 앞에 밝히는 바입니다.

나는 지난 30년간 민주당(民主黨)과 신민당(新民黨) 창당(創黨)에 참여, 이 나라 민주주의(民主主義)와 평화적(平和的) 정권교체(政權交替)를 실현하고자 온갖 정열(情熱)을 쏟아 오늘에 이르렀습니다.

때로는 초산테러를 당하여 생명(生命)의 위협을 당하기도 하였고 때로는 총재직 가처분과 국회의원(國會議員) 제명(除名) 등 갖은 박해(迫害)를 받으면서도 신명(身命)을 바쳐 조국(祖國)에 봉사(奉仕)하여 왔습니다. 그러나 나는 오늘의 정치적(政治的) 상황(狀況)에 처하여 야당(野黨) 총재로서 소임(所任)을 다하지 못한 모든 책임(責任)을 지고 이와 같이 결심(決心)하였습니다.

기나긴 세월(歲月) 동안 이 사람과 뜻을 같이하여 온갖 고통(苦痛)을 함께 하여온 당원동지(黨員同志) 여러분과 그 동안 끊임없이 성원(聲援)하여 주신 국민(國民) 여러분께 무한(無限)한 감사(感謝)를 드림과 동시에 기대(期待)에 부응(副應)하지 못함을 죄송(罪悚)하게 생각합니다.

이 나라와 이 민족(民族)의 앞날에 하나님의 가호가 있기를 기도(祈禱)하겠습니다.

1980년 8월 13일
신민당(新民黨) 총재(總裁)
김영삼(金泳三)

서울의 봄 12년 뒤에 대통령이 된 YS

YS는 그 날 총재직무대행에 이민우(李敏雨) 부총재를 지명했다. 그 날짜《조선일보》는 톱(TOP) 기사로 '김영삼 씨 정계 은퇴'라는 제목으로 크게 보도하고 〈구(舊) 정치질서(政治秩序) 공식 종언(終焉)〉이라는 해설기사까지 보도했다. 그 해설기사 중간제목은 '새 민족(民族) 엘리트 등장(登場)의 신호탄(信號彈) 기성(旣成) 정당(政黨) 해체, 재편 불가피'로 되어 있었다.

YS는 닭의 목을 비틀어도 새벽은 온다고 했던 그 새벽이 왔는데도 DJ의 손을 잡지 못했기 때문에 그 새벽을 민주화의 아침으로 승화시키지 못하고 그로부터 12년 뒤인 1992년에야 민정당(民正黨)과 신민당, 민주공화당이 합당된 뒤 여당의 대통령 후보가 되어 대통령에 당선되어 문민정부(文民政府)를 수립함으로써 마침내 대망(大望)의 꿈을 이루었다. YS보다 내가 먼저 대통령이 되어야 한다는 집념을 끝내 버리지 않았던 DJ는 결국 YS의 뒤를 이어 대통령이 되었다. 숙명의 라이벌 양김 씨에게 대통령이 될 기회를 다 주었으니 대한민국은 역시 좋은 나라임에 틀림없다. 정계은퇴를 했다가 복귀하기는 YS나 DJ나 마찬가지였다. 앞서거니 뒤서거니 대통령이 되었으니 두 라이벌의 평생 경쟁은 무승부로 끝났다고 할 수도 있고, YS가 먼저 대통령 되었으니 YS의 승리라고도 할 수 있다.

제2부

우사한필

又史閑筆

심장질환 어린이를 위한 전국서화작가협회 자선서화전에서
윤보선 대통령과 함께

정청政淸 없이 인화 없다

'신(信)을 버릴 순 없다'는 공자님 말씀

금년 2002년은 우리나라로서 매우 중요한 한 해가 될 것이다.

월드컵 축구대회를 성공적으로 치러 새로운 도약의 발판으로 삼아야 하고 지방자치 선거도 공정하게 실시해야 하며 대통령 선거를 원만하게 치러 다음 임기 5년 동안 나라의 운명을 맡길 지도자도 뽑아야 한다. 이와 같은 막중한 새해를 맞는 국민 모두의 소망은 무엇일까? 필자는 무엇보다 믿음(信)이 있는 사회로 한 발짝 나아갔으면 하는 소망이다.

공자(孔子)는 일찍이 나라의 근본은 식(食), 병(兵), 신(信)이라고 하였다. 식은 경제를 말하는 것이고 병은 국력을 말하는 것이고 신은 나라와 국민 사이의 믿음을 말하는 것이다. 세 가지 가운데 끝까지 버릴 수 없는 것이 무엇이냐고 물었을 때 공자는 식과 병은 버리더라도 신만은 버려서는 안 된다고 말하였다.

필자는 새해 임년(壬年) 벽두에 우리 사회 모든 지도자에게 공자의 이 말씀을 가슴속에 깊이 새기기를 권하고 싶다.

우리 사회에는 너무나 두꺼운 불신의 벽이 쌓여져 있다. 정부는 국민을 믿지 못하고 국민은 정부를 믿지 못하고, 국민은 정치인을 믿지 못하고 정치인은 국민을 믿지 못한다.

그와 같은 불신 풍조는 모든 인간관계에 번지고, 마침내는 자기 자신도 못 믿는 세상이 되어버린 것이 작금의 현실이다.

DJ 업적에도 국민 감동 못해

정청인화(政淸人和)가 이루어졌으면 한다. 정치가 깨끗해야 사람과 사람 사이에 인화가 이루어질 것이다. 정청 없이 인화가 있을 수 없다. 정청을 이루려면 대통령이 정직하고 청렴해야 하고 공명정대해야 할 뿐만 아니라 그 주변까지도 깨끗해야 한다. 대통령이 자기가 한 말을 책임지지 않고 국정을 전리품화해서 편파적으로 처리한다는 지탄을 받는다면 정청은 이루어질 수 없다.

노벨평화상까지 받은 김대중 대통령이 긍정적인 평가를 받을만한 일을 못한 것은 아니라고 본다. 그러나 다수 국민으로부터 평가를 받지 못한 이유는 국민 속에 믿음을 쌓지 못한 때문이다. 1993년 김영삼 대통령이 취임할 무렵, 패배자이던 김대중 총재는 정계 은퇴선언을 하고 영국으로 떠났다. '앞으로 어떤 일이 있더라도 정치는 안 할 것'이라고 힘주어 강조하였다. 그 때 국민 사이에 양론이 있었다. '김대중 씨는 앞으로 정치를 안 할 것'이라고 믿는 사람이 있었는가 하면 '천만의 말씀, 김대중 씨는 무슨 일이 있어도 정계로 복귀할 것'이라고 불신하는 사람이 있었다. 믿는 사람과 불신하는 사람 사이에 논쟁이 있었는데 김대중 총재는 영국에서 돌아와서 새로운 정당을 만들어 대통령 선거에 나서 대통령이 됨으로써 그 때 자기를 불신하던 사람의 손을 들어주었던 것이다.

여기에 김대중 정권의 업적이 국민을 감동시키지 못하는 큰 원인 중의 하나가 있는 것이 아닌가 생각된다.

가장 추악한 정치(政治) 드라마

콩으로 메주를 쑨다고 해도 정치인을 믿지 못하겠다고 하는 정치 불신론이 근래에 더욱 심화된 원인은 김종필 씨와 이한동 씨의 언행 때문이다.

지난 국회의원 선거 때 자민련의 명예총재이던 김종필 씨와 총재이던 이한동 씨는 선거 유세에서 이제 김대중 정권과의 공조는 없다고 입을 모아 외치고 다녔다. 그러나 선거 후 김종필 씨는 소위 DJP를 복원시키고 총재이던 이한동 씨를 총리로 입각시켰다.

그 때부터 김종필 씨와 이한동 씨의 말을 국민은 믿지 않았다. 왜냐하면 자민련 추천으로 입각하거나 국영기업체 장(長)으로 들어간 사람들을 한 사람도 철수시키지 않고 '공조는 없다.'고만 외치고 있었기 때문이다. 그러니 그 선거에서 자민련이 참패할 수밖에 없지 않았을까?

더욱 국민을 당혹케 한 것은 지난 번 임동원 통일부장관 해임 문제로 김종필 씨가 김대중 대통령과 결별, 공조 파기 선언을 하였는데도 이한동 총리는 그를 추천한 김종필 총재를 배신하고 그 자리에 눌러 앉아버린 일이다. 아무리 권력이 좋다 해도 그럴 수 있는가? 이 일은 2001년 한 해 동안 이 나라 정치의 위상을 바닥으로 끌어내린 가장 추악한 일막의 드라마였다.

이 나라 현역 정치인 중에 가장 경륜이 높다고 자타가 공인하는 무게 있는 지도자급 인사의 처신이 이 모양이니 다른 정치인 모두는 이하동문(以下同文)의 피해를 입을 수밖에 없었다. 선비의 나라에서 일인지하만인지상(一人之下萬人之上)에 있는 정치인의 처신으로서 너무나 부끄러운 모습이 아닐 수 없었다.

수양대군의 총애를 뿌리치고 단종에 대한 의리를 지키고자 하다가 끝내 사육신이 된 선비 매죽헌(梅竹軒) 성삼문(成三問) 선생이 처형 현장에서 남긴 절명시 한 수를 여기에 소개한다.

격고최인명(擊鼓催人命) 회두일욕사(回頭日欲斜)
황천무일점(黃泉無一店) 금야숙수가(今夜宿誰家)
북치는 소리 사람의 생명을 재촉하는데
머리를 돌려보니 해가 서산으로 기울어지려 하는구나
황천에는 주막이 한 집도 없다는데
오늘 밤에 뉘 집에서 잘꼬

선거 부정이 정치 불신의 원천

2002년에 치를 대통령 선거와 지방자치 선거는 뿌리 깊은 정치 불신 풍조를 해소할 것인가, 더욱 심화시킬 것인가? 아무도 자신 있는 답을 내리기 어렵다. 이번만은 눈 감고 아웅하는 식의 공명선거 타령으로 끝내지 말고 제대로 공명선거를 실시했으면 한다. 정치 불신의 원천은 선거 부정이다.

지금까지 선거를 통해서 당선된 모든 공직자 중 '나만은 선거법을 100% 지켰다.'고 자기 양심 앞에 자신 있게 말할 수 있는 사람이 과연 몇 사람이나 될까? 국민 가운데 자기가 뽑은 당선자에 대하여 선거법을 지켰을 것이라고 믿는 사람이 과연 몇 사람이나 될까?

선거철이 다가오면 정치권은 선거법 협상을 한답시고 요란을 떨지만 그 선거법은 정당 간의 이해관계를 저울질하다가 적당한 선에서 마무리한다. 결국 그 선거법은 지킬 수 있는 법이 아니라 지킬 수 없는 법이 되고 만다. 우선 국민의 눈치를 보기 때문에 선거 비용의 한계를 현실적으로 지킬 수 없는 내용인 채 그대로 두게 된다. 출마는 하되 당선되지 않으려면 선거법을 지키고 당선되려면 선거법을 위반할 수밖에 없다.

이 모순을 그대로 둔 채 또 선거를 치르게 될 것이다. 지킬 수 없는 선거법으로 선거를 치르고, 국민이 다 아는 부정 선거를 해놓고도 선거 관리에 책임이 있는 측은 '유례없는 공명선거' 운운하면서 국민을 우롱한다.

칼자루를 쥔 집권 여당은 부정 선거 단속에 걸린 사람을 놓고 정권적 차원에서 그 허물을 이용하게 되고 선거사범으로 벌을 받게 되는 사람은 추호의 반성도 없이 재수가 없어 나만 걸렸다고 생각하게 되니 이런 악순환만 계속된다면 정치 불신은 민족의 고질병으로 남게 될 것이다.

영국은 하원의원 선거 비용이 우리나라 돈으로 500만원 정도라고 한다. 우리는 국회의원 선거에 있어서 법이 허용하는 한도액이 5,000여만원이라 해도 열 배나 된다. 하지만 이 한도를 지키다가는 떨어질 수밖에 없는 것이 우리의 현실이다. 언제까지 이를 그대로 두어야 한단 말인가? 시장, 군수, 국회의원 선거에 실제로 평균 20억원은 있어야 당선을 바라볼 수 있다는 것이 하나의 상식으로 돼 있다. 돈이 당락에 영향을 주는 나라라면 아무리 국민소득이 높고 첨단산업이 세계 선두 대열에 와 있다 하더라도 후진국의 딱지를 뗄 수 없다.

특히 시, 군, 도의원, 각 지방자치 단체장 선거를 하게 되는 지방 선거가 돈 선거라는 오명을 듣지 않도록 각별한 대책이 요구된다. 선거철이 되면 개도 만원짜리를 물고 다닌다는 얘기가 먼 옛날의 일이 아니고, '선거야, 선거야. 이제 가면 언제 오나.'라고 노래 부르는 선거꾼들이 아직도 있다면, 출마했으면 돈을 뿌리더라도 당선되고 보자는 사람이 있기 마련이다.

부정 선거 원조는 자유당

부정 선거의 원조는 자유당 정권이었다. 관권 선거를 하였다. 관권 선거는 주로 경찰서 사찰과장이 주도하였다. 그 때 이야기 한 토막.

투표 날 논에서 일하는 사람보고 누군가 물었다.

"투표하러 가지 않고 뭐 하는가?"

"가기는 가야겠는데 아직도 지서장의 지시가 안 떨어졌어."

투표함을 통째로 바꿔 치우는 방법도 있었다. 자유당 말기에 부산 시 의원 선거가 있었을 때 개표장에서 있었던 촌극 한 토막.

어느 후보가 벌떡 일어섰다.

"지금 발표한 그 투표구는 내가 사는 곳인데 우리 아버지, 어머니, 내 형, 동생 그리고 내 마누라까지 나를 배신하고 다른 사람을 찍었다고 하자. 그래도 내가 찍은 내 한 표는 어디 갔느냐?"

아무리 투표함을 바꿔치기 해도 너무했다.

政淸人和
大韓民國三會文
敎公報委員會
朴權欽委員長淸心
昔牧

후회 없는 대통령 선거를

이제 민주화도 어느 정도 정착이 되고 선거를 해온 지 50년이 넘는 연륜을 거듭했으면 자타가 믿을 수 있는 선거를 해야 한다.

특히 12월의 대통령 선거는 후회 없는 선거를 해야 할 것이다. 지나고 나서 손가락 자르고 싶다고 후회한다면 그것처럼 어리석은 일이 없을 것이다.

우리는 지난 미국 대통령 선거 때 조지 부시와 엘 고어의 게임을 되새겨야 할 것이다. 숨 가쁜 막상막하의 경합 끝에 시비의 여지를 안은 채 내려진 법원의 판결에 깨끗이 승복하는 고어의 태도와 고어를 지지했던 미국인들의 나라 사랑을 우선하는 모습을 우리는 보았다. 그것이 미국의 일이 아니고 우리나라에서 벌어진 일이라면 우리는 과연 그렇게 할 수 있었겠는가? 엘 고어를 지지했던 미국 국민들이 테러전쟁을 지휘하는 오늘의 부시 대통령을 열렬히 지지하는 모습을 우리는 미국의 국력으로 보아야 한다. 그 미국 국민들이 오늘의 세계 최대 세계 최고의 국가를 만드는 힘이 되고 있는 것이다.

새해는 우리도 국익을 우선하는 정치, 그런 정치를 있게 하는 공명선거, 그 정치를 믿어주는 국민, 나 개인의 이익보다 남을 배려하는 국민, 집단의 이익보다 국익을 생각하는 국민이 어우러져서 인화를 이루었으면 얼마나 좋을까!

《경제풍월》 / 2002. 1)

거짓말 공화국의 어제와 오늘

술 한 잔의 약속

1978년 가을 필자가 당시 야당이던 신민당 공천을 받아 제10대 국회의원 선거에 출마하여 선거 운동을 하고 다닐 때 선거구인 경북 월성군 양북면 어느 마을에서 그 곳 유지이던 황선학 옹을 만났다.

물론 선거 운동을 좀 해달라는 부탁을 하였다. 그 때 황 옹은 이렇게 말했다.

"나는 취직 부탁할 자식도 없고 살림살이도 밥 굶지 않을 정도는 되니 국회의원에게 신세 질 일은 아무것도 없소. 그러나 딱 한 가지만 약속해 주시오. 당신이 당선된 뒤에 날 찾아와서 술 한 잔 함께 하겠다는 약속을 하시오. 지난 날 날 찾아온 많은 후보들이 당선된 뒤에 날 찾아온 일이 없소."

필자는 황 옹의 맘속에 담긴 뿌리 깊은 정치 불신을 느끼면서 굳게 약속하였다.

"알겠습니다. 당선 되는 날, 곧바로 찾아뵙고 술 한 잔 올리겠습니다.”

악전고투, 천신만고 끝에 제10대 국회의원으로 당선이 확정된 1978년 12월 13일, 자동차에 스피커를 달고 당선 인사차 월성군 양북면으로 갈 때 길가 구멍가게에서 정종 한 병을 사들고 제일 먼저 황 옹을 찾았다. 그는 나를 얼싸안고 반겼다. 내가 따라주는 술 한 잔을 받아들고 이렇게 힘주어 말했다.

“이제 처음으로 선거 운동을 한 보람을 느낍니다. 박 의원은 지금 이 순간의 마음으로 약속을 지키는 정치인이 되시오.”

필자는 그 후 지역구 3선을 하는 동안 그 촌로(村老)의 말을 가슴 깊이 새기면서 약속을 지키는 정치인, 거짓말을 하지 않는 정직한 국회의원이 되고자 노력하였다.

가수 유승준의 약속 위반

지금 우리 사회에는 약속을 지키는 사람은 못난 사람이고 약속을 헌신짝처럼 버리는 사람이 잘난 사람인 양 인식되는 풍조가 만연되고 있다. 가수 유승준이 지난 가을 신체검사를 받고 군에 입대하겠다고 공개적인 약속을 하였다. 가수도 공인이라면 이것은 팬들에 대한 공약이다. 그런데 그 후 영장이 나오자 가정 사정을 이유로 3개월간 입영 연기 신청을 내고는 그 사이에 미국 시민권을 받아버렸다. 이제는 미국 시민의 신분으로 한국에서 가수 활동을 하려고 2002년 2월 2일 인천공항으로 들어오다가 입국을 불허한 정부의 결정으로 입국을 못하고 미국으로 돌아갔다. 유승준 군이 미국 국적을 버리고 대한민국 국군에 입대하겠다고 말했으면 얼마나 좋았을까! 그는 그 말을 하지 않고 미국으로 돌아갔다. 미국으로 돌아가는 그의 표정을 보니, 팬들에 대한 약속을 외면한 데 대하여 아무런 죄책감도 느끼지 않는 것 같았다. 다수 국민들은 유승준 군의 입국을 막은 정부의 결정에 박수를 쳤지만 젊은 사람들 속에 만연된 약속 위반에 대한 죄책불감증을 치유하는 데 어느 정도의 도움을 줄지 두고 볼 일이다.

박정희 장군의 혁명공약 위반

박정희 장군은 5.16 군사 쿠데타를 시작할 때 소위 '혁명공약'에서 '혁명 과업이 완수되면 양심적이고 참신한 정치인에게 정권을 이양하고 군은 본연의 임무로 돌아가겠다.'고 약속하였다. 박정희 대통령은 양심적이고 참신한 정치인의 자리에 자신이 올라앉아 18년간 장기 집권을 하였다. 그로부터 공약에 대한 신뢰도는 땅에 떨어지고 말았다.

김영삼 총재는 1980년 연금 상태에서 정계 은퇴 성명을 발표하였다. 그러나 김 총재는 그 후 정계에 복귀하여 새로운 정당을 만들고 마침내 1992년 12월 대통령으로 당선되어 문민정부를 선언하였다. 92년 선거에서 김영삼 대통령에게 패배한 김대중 총재는 정계 은퇴 성명을 내고 영국으로 떠났다. 그러나 영국에서 돌아온 김대중 총재는 이기택 총재가 관리하고 있던 민주당을 버리고 새 정당을 만들어 1997년 대통령 선거에서 이회창 후보를 꺾고 대통령에 당선되어 국민의 정부를 선언하였다. 양김 대통령의 정계 은퇴 선언은 당시의 정치 상황에서 약속 위반에 대해서는 죄책감도 없는 것 같았고 국민들도 그것을 문제 삼지 않았으니 그것은 거짓말에 면역이 된 국민이었기 때문일까?

김종필 총재의 내각제 공약은 허풍

김종필 총재는 5.16 군사 쿠데타의 제2인자이자 군사 정권의 권부인 중앙정보부의 창설자이다. 그는 내각책임제를 도입하여 이 땅에 민주 정치를 해보겠다고 의욕에 찬 출범을 한 장면(張勉) 정권을 1년도 되기 전에 붕괴시키는 데 주역을 한 사람이다. 내각제 정권을 총칼로 무너뜨린 사람이 내각제를 하기 위해서라는 명분으로 DJP 공조 정권에 참여했다가 내각제는 씨도 뿌려보지 못하고 밀려나더니 원내 교섭단체도 되지 않는 자민련으로, 그래도 내각제를 하기 위해서라는 명분을 내걸고 대통령 출마를 선언하였다. 내각제 개헌을 하려면 재적 국회의원 3분의 2의 지지를 받아야 되는데 현재의 자민련 의석으로써 내각제 개헌을 한다는 것은 낙타가 바늘 구멍을 지나가는 것보다 더 어려운 것이 현실이다. 김종필 총재가 또다시 내세우는 내각제 공약은 공약이 아니라 하나의 허풍이다. 이것은 김정일이 미국과 전쟁을 해서 이길 자신이 있다고 말하는 것이나, 정몽준 월드컵 조직위원장이 이번 월드컵 축구대회에서 한국이 1등을 할 수 있다고 말하는 것과 같은 수준의 허풍이다. 그러나 그 말을 듣는 국민은 우롱당하는 기분이다.

노름판보다 수준 낮은 정치판

민주당의 대권 후보 중 이인제 씨는 경선 불복의 전과자이다.

초범이 재범하기는 간단하다고 생각하는 사람들이 이인제 씨는 이번에도 경선에 떨어지면 불복하고 출마할 것이라고 말하고 있다. 본인은 이번에는 경선에 승복할 것이라고 말하고 있지만 그 말을 믿는 사람은 별로 없는 것 같다. TV토론에 나온 이인제 씨의 모습은 지난 번의 경선 불복에 아무런 죄책감을 느끼지 않는 것 같다. 죄책감이 조금이라도 있다면 TV토론 서두에 사과의 말씀이 있었을 것이다. 그러나 패널의 질문에 '처음에는 승복했다가 뒤에 상황이 바뀌어 불복했다.'고 간단하게 변명했다. 어떤 사람은 그 말을 듣는 순간 TV채널을 돌려버렸다고 한다. 노름판에서는 한 번 약속을 위반한 사람을 다음 판에 끼워주지 않는데 정치판은 그렇지 않으니 그 수준이 노름판보다 밑이란 말인가?

현재는 과거의 거울

2002년은 거짓말 공화국 역사에 종지부를 찍어야 한다. 현재는 과거의 거울이며 미래는 현재의 거울이다. 오늘의 우리 사회의 정신문화를 황폐하게 만드는 약속 위반, 죄책불감증 풍조는 과거 이 나라 지도자들의 언행이 물려준 슬픈 유산이다. 현재의 지도자들의 언행이 미래 사람들에게 그대로 영향을 줄 것이다. 게는 옆걸음을 걸으면서 자식에게는 '너는 바르게 걸어라.'라고 말한다고 한다. 그러나 그 자식은 결국 애비를 본받아 애비같이 옆걸음을 걷게 된다. 서산대사는 오늘의 내 행보가 뒷날 사람들이 본받게 된다는 것을 가르치는 시를 남겼다. 백범 김구 선생이 이 시를 자주 인용하였다.

답설야중거(踏雪野中去) 불수호란행(不須胡亂行)

금일아행적(今日我行跡) 수작후인정(遂作後人程)

흰 눈 밟으며 들 가운데를 걸어갈 때 함부로 어지러운 걸음을 하지 말라

오늘의 내 발자취가 마침내 뒤따라올 사람들의 길잡이가 될 것이다

《경제풍월》 / 2002. 2)

맹자^{孟子}와 덕치^{德治} 원리

어떤 장애인 여인이 노점상을 하고 있었다. 구청에서 그 장애인에게 노점을 하지 못하게 하고 그 대신 생활보호대상자로 선정하여 생계비 지원을 했는데 그것이 월 25만원에 불과했다. 그 25만원을 받아 쥔 여인은 이것으로는 못살겠다며 국무총리실로 찾아가 이 돈을 돌려주겠다고 했으나 경찰들이 막아 그 뜻을 이루지 못하였다.

정치가 사람을 죽이는 경우

이 사건은 가볍게 지나쳐 버릴 수 있는 작은 일 같지만 사실은 이 시대의 민생을 대변하는 하나의 상징적인 의미가 담겨 있는 큰 사건이라 할 수 있다. 잘 살고 못 사는 것은 자기 책임이다. 가난은 나라도 구제하지 못한다는 말이 있지만 이것은 위정자가 할 말은 아니다.

WTO체제에 참여하고 있는 무역대국, 선진국 군(群)에 진입하려고 하는 한국의 위치라면 이 나라에 끼니 걱정을 하는 사람은 없어야 한다.

민생은 국가가 책임져야 한다는 이론은 오늘의 민주시대에만 적용되는 것이 아니라 일찍이 맹자(孟子)가 설파하였다. 맹자의 민본사상은 군왕은 백성의 어버이라는 개념이다. 어버이라면 자식을 먹여 살려야 한다는 것이다. 맹자는 그 시대에 여러 나라의 왕을 찾아다니며 인정(仁政)과 덕치(德治)의 원리를 가르쳤다.

맹자가 양혜왕(梁惠王)을 만났을 때 양혜왕이 맹자에게 말하였다.

"저는 선생님의 가르침을 받겠습니다."

그때 맹자가 물었다.

"몽둥이로 사람을 때려 죽이는 것과 칼로 찔러 죽이는 것에 다른 점이 있습니까?"

"없습니다."

맹자가 다시 물었다.

"칼로 사람을 찔러 죽이는 것과 정치로 사람을 해쳐 죽이는 것에 다른 점이 있습니까?"

물론 왕은 없다고 답변하였다. 맹자가 말하였다.

"왕궁 창고에는 기름진 고기가 있고 마구간에는 살진 말이 있는데 백성들이 굶주리고 들에는 굶어 죽은 시체가 뒹군다면 이것은 정치가 사람을 죽이는 것이 아니고 무엇이겠습니까?"

맹자가 DJ 꾸짖기를…

맹자가 이 나라에 와서 청와대를 방문했다고 가정해보자. 맹자가 김대중 대통령 앞에서 다음과 같이 말한다면 무슨 변명을 할 수 있을까?

"정부가 매년 예산 불용액을 1조원 내지 2조원 남기면서 예산이 없어 생보자에게 한 달에 25만원밖에 주지 못했다고 할 수 있는가. 사정을 담당하는 대통령의 비서관이 사정 대상자로부터 돈을 받아 먹고 대통령 주변에 부패의 의혹이 끊이지 않는 판에 생보자들은 한 달에 25만원으로 살아가라고 하는 것은 백성의 부모 위치에 있는 대통령이 할 일을 다했다고 할 수 없는 것이 아닌가."

25만원의 생보 대상자에 대한 지원금을 50만원으로 올리려면 과연 얼마의 예산이 소요될까? 그 대상자가 100만명이라면 2,500억원이다. 2002년도 정부 예산이 111조원이 넘는 규모인데 마음만 먹으면 어려운 일은 아닌 것이다. 복지국가라고 말하려면 최소한 이 정도는 해야 할 것이다.

인자(仁者)는 무적(無敵)이라는데…

양혜왕이 맹자에게 하소연하였다.

"동쪽으로 제(齊)나라와 싸우다 아들을 잃고 서쪽으로 진(秦)나라에게 패하여 땅 700리를 빼앗기고 초(楚)나라에 여덟 개 성을 빼앗겼는데 어떻게 하면 설욕을 할 수 있겠습니까?"

맹자가 말했다.

"사방 100리의 작은 나라일지라도 인정을 한다면 천하의 모든 사람을 귀복(歸服)시킬 수 있습니다. 만약 왕께서 백성들에게 어진 정치를 행하여 형벌을 줄이고 세금을 경감시키고 젊은 사람으로 하여금 부모에게 효순하게 하고 어른을 공경하게 하고 모든 일에 충과 신을 행하게 한다면 이러한 백성들에게 몽둥이만 들려주어도 진나라나 초나라 같은 큰 나라 군대를 물리칠 수 있습니다. 왜냐하면 그

나라에는 인정이 없기 때문입니다.”

맹자는 인자무적(仁者無敵)이라고 강조하였다.

‘백성이 밥 먹어야 나도 먹지’

올해는 대통령을 뽑는 해이다. 대통령을 하고 싶은 용들이 너무 많아 백성들이 무척 혼란스럽다. 정치 9단을 자처한 지도자, 준비된 대통령이라고 호언하던 지도자 모두 실패하였다. 정치 9단도 실패한 그 자리를 향해 정치 초단급들이 뛰고 있으니 ‘심심한데 대통령이나 해볼까’하는 자조(自嘲)의 말들이 난무한다. 겁 없는 용들에게 권하고 싶다. 맹자를 읽어보고 그 속에서 대통령학을 찾으라고 말이다.

고종(高宗) 황제는 조선 500년 왕조를 망친 무능한 군주였다. 그러나 그도 백성을 사랑하는 마음이 있었다. 그 마음이 담긴 시 한 수를 여기에 소개한다.

서설민풍식(瑞雪民豊殖) 민식오역식(民食吾亦食)
우차룽한시(又此隆寒時) 빈자하이의(貧者何以衣)
서설이 내리니 백성들에게 풍년을 안겨다 주려나
백성이 밥을 먹어야 나도 밥을 먹지
그러나 이처럼 심하게 날씨가 추운 때
가난한 백성들은 어떻게 옷이라도 따뜻하게 입고 있는지

《경제풍월》 / 2002. 3)

안보 불안 위험 수위

은행 강도 사건은 안보 사건이다

한빛은행 강도 사건은 단순한 은행 강도 사건이 아니라 이 나라 안보의 허점을 세상에 노출시킨 국가 안보적 차원의 큰 사건이다.

쿠데타 해서 천하의 권력을 잡아보겠다는 큰 포부를 가진 이들이 아니었다. 유흥비로 탕진한 카드 값을 갚겠다는 좀스러운 잡범들이 천하에 막강함을 자랑하는 수도방위사령부에 들어가서 보초를 해치고 총기를 탈취하고 귀신 잡는 해병으로 명성이 높은 해병부대에 잠입해서 실탄 400여 발을 훔쳐 한빛은행에 쳐들어가 현금을 탈취해 간 사건이었다.

이 사건을 흔히 있는 강도 사건으로 가볍게 넘긴 것은 잘못이다.

은행에서 돈을 빼앗겼다는 것이 문제가 아니라 이 나라 안보가 어느 위치에 있는가를 여지없이 드러낸 엄청난 사건이다. 옛날 같으면 수도방위사령관, 해병대사령관 그리고 국방부장관까지도 목이 날아가는 중대한 정치적 사건으로 다루어져 마땅한 것이다. 그러나

이 사건을 책임진 사람이 아무도 없으니 이 나라의 책임 정치는 어디로 사라졌단 말인가. 안보 불감증이 이 지경에 왔단 말인가?

만일 이 사건 소식을 북한의 김정일이 들었으면 어떤 표정을 지었을까? 아마 회심의 미소를 지었을 것이다. '남조선 군대 아이들 아무것도 아니잖아. 우리 인민군 아이들이 내려가면 식은 죽 먹기로 해치울 수 있겠다.' 이렇게 중얼거리지 않을까 생각하면 아찔해진다. '그러고 보니 김대중 대통령 정부도 아무것도 아니잖아. 그런 군대를 가지고 큰소리 했구먼. 임동원 특사 따위 무시해도 되겠군.' 이렇게 중얼거리지 않을까 생각하면 또 한 번 아찔해진다.

이 사건에다가 오늘날 노조 데모에 반미 데모로 영일이 없는 남한 내부의 혼란상을 보고 적화통일이 가능할지도 모른다는 오판을 하지나 않을까 걱정되는 것은 나만의 기우일까?

22년 전의 어떤 정보

1980년 3월 어느 날 김영삼 신민당 총재에게 신현확 국무총리로부터 전화가 걸려왔다. '총재께서 믿을 수 있는 사람을 보내주시면 중대한 정보를 알려드리겠다.'는 것이었다.

김영삼 총재는 당시 대변인이던 나를 보냈다. 중앙청 총리실에서 나를 만난 신현확 총리는 '일본 방위청에서 중국으로부터 입수한 정보라 하여 통보해온 것'이라며 소위 중요한 정보라는 것을 꺼내놓았다. '지금 북한에서 AN2라는 경비행기로 특수부대 요원을 대량 서울에 투입해서 기습 공격할 준비를 하고 있답니다. AN2 경비행기로 저공비행을 하면 레이더에도 걸리지 않는답니다. 워낙 중요한 정보가 되어서 야당도 알아야 할 것 같아 알려드립니다.'

그 때는 3김 시대였다. 김영삼, 김대중, 김종필 씨 등 세 지도자가 박 대통령 이후 정권을 잡기 위해 전국을 누비고 다니면서 경쟁을 벌이고 있어 한 치 앞을 내다볼 수 없는 안개 정국이었다. 신 총리는 정치권에서 정신 차리라는 뜻으로 이 정보를 알려주었는데 정보를 알려준 효과는 없었다. 김영삼 총재에게 보고했더니 '겁 주자는 애기 아니야?' 하고 가볍게 웃어넘겼다.

그 후 AN2는 오지 않았지만 그로부터 2개월 후 5.18사태가 오고 3김 중 2김은 구속되고 1김은 연금되었다. 3김 경쟁의 과열 끝에 서울의 봄은 사라지고 제5공화국의 장이 열리고 말았던 것이다.

6.15 남북정상회담 이후 주적 개념이 없어지고 앞을 다투어 북한에 가겠다고 하는 친북인사들이 줄을 서고 국군의 사기가 떨어지고 군의 기강이 엉망이 되었으니, 이를 알게 된 김정일이 그 때 그 녹슨 AN2를 꺼내 손질할지도 모른다는 생각을 하니 또 한 번 아찔해진다.

노무현 사상에 문제 있다

정약용(丁若鏞) 선생은 너무 개혁적인 인물이었기에 18년이나 유배 생활을 하고 큰 뜻을 이루지 못하였다.

그는 그 시대 봉건사회 제도 하에 수용될 수 없는 진보적인 사상을 갖고 있었다. 농업의 생산성을 높이기 위해서 한 마을이 공동으로 농사를 지어 수확된 것을 공동 분배하자는 것이었으니 사농공상(士農工商)의 신분적 차별이 엄격한 그 시대에 용납될 수 없었던 것이다. 오늘의 시대에도 받아들이기 힘든 그런 진보적 사상을 가진 다산(茶山) 정약용 선생은 위대한 사상가요 위대한 학자였지만 위대한 정치가는 될 수 없었던 것이다.

요즘 노무현 후보의 사상 시비가 그 라이벌인 이인제 후보에 의해 제기되고 있는데 이것은 정치판의 논쟁거리라 하여 관심 밖에 버려둘 수 없는 내용이다.

이인제 후보가 문제 삼는 1989년 울산 현대중공업 파업 현장에서 한 노무현 후보의 발언은 마땅히 검증받아야 할 내용이다. 그 때 그 파업은 하루에 수백억의 손실을 가져오고 있었다. 정치인이라면 그 파업을 수습하는 노력을 해야 할 텐데 '노동자가 주인이 되는 세상을 위해 노력하자.'는 발언으로 선동하여 사태를 악화시켰다. 그는 그 현장에서 이런 발언도 하였다. '잘났다는 대학교수, 국회의원, 사장님 전부가 뱃놀이 갔다가 물에 빠져 죽으면 노동자들이 어떻게든 세상을 꾸려간다. 그러나 노동자가 모두 염병해 자빠져버리면 우리 사회는 그 날로 끝이다.'

이와 같은 연설은 자유민주주의 시장경제를 기본 이념으로 채택하고 있는 대한민국에서 용납될 수 없는 발언이다. 이는 볼셰비키혁명을 지휘한 레닌의 연설을 너무나 닮아서 섬뜩해진다. 그의 발언은 그 밖에도 주목할 대목이 많다 그의 사상이 사회주의적 성향을 띠고 있다고 의심받을 만한 대목이 적지 않다.

'재벌은 해체돼야 한다. 주식을 매수해서 노동자에게 분배하자.' (88년 7월 국회 대정부 질문)

'집 없는 서민들, 중소상공인, 농민을 위해 부채 탕감과 아울러 토지도 같은 방법으로 분배하자.'(88년 7월 국회 대정부 질문)

'주한미군 철수해야 한다.'(90년 11월 한 시국선언)

노무현 후보는 이와 같은 지난날의 발언을 지적하는 이인제 후보에게 '메카사적 수법이다. 한나라당 수법이다.'라고 받아넘기고 '그때 발언은 현장의 논리다. 지금은 그런 견해를 갖고 있지 않다. 상징적인 정치 연설이었다.' 등으로 응수하고 있는데 말은 바꿀 수 있어도 사상은 바뀔 수 없다.

말을 어찌 삼가지 않으랴

적어도 대통령을 하겠다고 나선 정치인이라면 차라리 떳떳하게 나는 그런 사상을 가지고 있다고 말해야 할 것이다. 그렇지 않고 그때그때 말을 바꾸는 정치꾼으로 자처한다면 더욱 말 바꾸기 명수에 식상해온 국민의 신뢰를 잃을 것이다.

우리가 이 시점에서 분명히 알아야 될 것은 보수와 진보의 개념이 바뀌었다는 사실이다. 러시아와 중국, 동구에서는 낡은 공산주의자는 보수 수구 세력이고, 자유민주 시장경제주의자가 진보 세력이라는 사실이다. 우리나라도 이제 개념을 바꾸어야 한다. 이 땅에 아직도 공산주의 또는 사회주의에 환상을 가진 사람이 있다면 그 사람이야말로 케케묵은 보수주의자라는 사실이다. 사회주의 가지고는 국민을 굶어죽게 한다는 사실이 이미 북한에서 입증된 것이다.

노 후보는 '정책과 노선은 끊임없이 바뀌는 것'이라고 말했는데, 오늘의 말이 내일 바뀔 수 있다는 이 말이야말로 경솔하기 짝이 없는 말이 아닌가.

여기서 조선 중기 큰선비 국담(菊潭) 박수춘(朴壽春) 선생의 언행잠(言行箴)을 소개한다.

언하불근 복지근야(言何不謹 福之根也)

행하불근 화지문야(行何不謹 禍之門也)

일언일행 영욕수지(一言一行 榮辱隨之)

말을 어찌 삼가지 않으랴, 복의 뿌리인 것을

행동을 어찌 삼가지 않으랴, 화의 문인 것을

한 마디 말 하나의 행동에 영욕이 따르나니

(《경제풍월》/ 2002. 5)

국난에 생각나는 지도자, 김종직^{金宗直}과 박정희^{朴正熙}

선비정신, 애민정신, 국난극복 정신

나라가 어려울 때는 지난날에 큰 발자취를 남긴 지도자를 생각하게 된다. 안보가 위태롭고 경제가 파탄 직전에 이르고 정치가 혼란에 빠지고 외교가 실패를 거듭하고 있는 오늘을 당하여 특별히 생각나는 지도자는 조선 초기의 성리학자(性理學者) 점필재(佔畢齋) 김종직(金宗直) 선생과 5.16혁명으로 집권하여 18년 동안 이 나라의 근대화를 이룩하고 가난을 추방하여 보릿고개를 없앤 박정희(朴正熙) 대통령이다.

우연의 일치… 선산 사람

두 지도자는 우연히도 선산(善山) 사람이다. 김종직 선생은 선산 사람이지만 외가가 있는 밀양(密陽)에서 태어났다. 김종직 선생은 1431년부터 1492년까지 살다간 영남사림(嶺南士林)의 거목이었다. 선생은 고려 말 성리학의 거유 야은(冶隱) 길재(吉再) 선생의 제자로서 성리학의 맥을 이은 강호(江湖) 김숙자(金淑滋) 선생의 아들로 태어나 아버지로부터 글을 배워 조선 최고의 성리학자가 되어 수많은 제자를 길러내고 그 제자들을 정계에 진출시켜 당시 정치에 막강한 영향력을 행사했다.

선생은 1453년(단종 1년)에 진사가 되고 1459년(세조 5년)에 식년문과(式年文科)에 급제하여 벼슬길에 올라 다양한 중책을 맡았었다. 중요한 관직만 나열해도 교리(校理), 감찰(監察), 경상도(慶尙道) 병마평사(兵馬評事), 함양군수(咸陽郡守), 선산부사(善山府使), 도승지(都承旨), 한성부윤(漢城府尹), 공조참판(工曹參判), 형조판서(刑曹判書) 등 화려한 경력을 쌓았다. 선생의 제자로서 관직에 진출한 인물이 영남 출신만도 70여 명에 이르고 기호지방 인사도 적지 않았다.

선생의 제자들은 대쪽 같은 선비정신에 투철하고 개혁 의지가 강하여 당시 왕을 싸고도는 훈구파에게는 큰 압력 세력이 되었다. 선생의 제자들은 한결같이 학문과 사상으로 선생을 따르고 선생이 가르친 대로 정의롭고 대쪽 같은 선비정신을 계승하였다. 선생은 그 깊은 학문적 식견과 뛰어난 문장력으로 성종(成宗)의 신임과 존경을 함께 받으면서 신진 사림(士林)의 종장(宗長)으로서 크게 대우받고 이른바 영남학파의 위상을 크게 높였다.

무오사화(戊午士禍)와 갑자사화(甲子士禍)

김종직 선생을 따르는 사림 신진 세력은 사간원 사헌부 홍문관 등 삼사(三司)에 지배적인 세력을 형성하였다. 그러는 사이 김종직 선생을 총애하던 성종도 승하하고 연산군이 등극한 지 4년이 되던

해 연산군의 총애를 받고 실세로 등장한 유자광 이극돈 등 훈구파들이 무오사화를 일으켜 김종직 세력을 거세하였다.

《성종실록(成宗實錄)》을 편찬하는 과정에서 선생의 제자 김일손(金馹孫) 선생이 사관(史官)으로서 김종직 선생이 지은 〈조의제문(弔義帝文)〉을 실록에 수록할 것을 완강히 고집하다가 훈구파들의 역공을 당해 김일손 선생을 비롯한 사관 4명이 선왕(先王) 무록죄로 사형을 당하고 스승이신 김종직 선생은 사후 7년이 되었는데도 묘를 파서 시신의 목을 자르는 부관참시의 형을 당했다. 〈조의제문〉은 수양대군이 단종의 왕위를 찬탈한 행위를 초나라의 의제에 빗대어 비판한 글이었던 것이다.

연산군이 즉위한 뒤 10년이 되던 갑자(甲子)년에 또 하나의 큰 사화(士禍)가 있었다. 연산군은 성종 때 폐위되어 죽은 생모 윤(尹) 씨 문제에 한을 품고 있었는데 윤 씨가 죽은 사연을 알게 되자 생모 윤 씨와 사이가 나빴던 엄·정숙의와 안양군과 봉안군을 죽이고 이를 꾸짖는 조모 인목대비를 병상에서 때려 죽였다. 이런 가운데 연산군이 생모 윤 씨를 추숭(追崇)하려 하자 대쪽 같은 김종직 선생의 제자들이 반대하고 나섰다. 권달수, 박한주, 윤필상 등 10여 명이 사형되고 수많은 선비가 유배당했다.

김종직 선생의 학문의 맥은 위로 정몽주, 길재, 김숙자로 연결되고 아래로 김굉필, 정여창, 조광조로 이어져 그 맥이 조선조 500년 동안 이어졌고, 영남지방에는 지금도 그 후광이 살아 숨쉬고 있다. 조선 5현(五賢)으로 김굉필, 조광조, 정여창, 이황, 이은적 선생을 추앙(推仰)하는데 그 중 김굉필, 조광조, 정여창 세 분이 김종직 선생의 제자이고 보면 김종직 선생의 위치를 알만하다.

함양군수 시절의 애민사상

김종직 선생이 40세로 예문관 수찬 겸 춘추관 기주간으로 재임 중 성종에게 주청하였다. 노모를 모셔야겠으니 사임하고 낙향할 것을 윤허해 달라고 했다. 성종은 그만둘 것이 아니라 고향 가까운 함양군수로 내려가서 노모를 모시라고 하였다. 그래서 성종 2년에 함양군수로 부임하였다. 그곳에 가보니 그곳에는 차(茶)밭이 없는데 백성들에게 차를 세금으로 바치게 하니 백성들의 고통이 이만 저만이 아닌 것을 알았다. 백성들이 쌀을 지고 전라도에 가서 차를 바꾸어 와서 바치는 것을 보고 이래서는 안 되겠다 하여 군 관아에서 차밭을 일구어 백성들의 차 세금을 대신 내주었다. 이 얼마나 백성을 사랑하는 목민관(牧民官)의 자세인가! 선생은 또 함양군수, 선산부사 등 지방 관직을 수행하는 동안 수많은 제자를 배출하였기 때문에 영남지방의 명문들은 선생과 세교(世交)가 없는 집이 없을 정도였다.

김종직 선생 학맥(學脈) 이은 박정희 대통령

1961년 5월 16일 3,000명의 혁명군을 이끌고 한강을 건너와 혁명에 성공하고 그 후 18년 동안 정권을 장악하여 이 나라에 천지개벽을 가져온 박정희 장군의 혁명가적 개혁 의지와 백성을 사랑하는 애민(愛民)정신은 바로 김종직 선생의 선비정신에 뿌리를 두었다고 볼 수 있을 것이다.

박정희 장군은 한강을 건너올 때 목숨을 버렸다고 봐야 한다. 그는 결국 본인의 목숨뿐만 아니라 아내의 목숨까지 바쳤다. 연산군 같은 폭군 앞에 목숨을 내놓고 NO라고 당당하게 말한 영남 선비의 그 정신을 박정희 장군은 이어받은 것이 분명하다. 4.19학생혁명으로 정

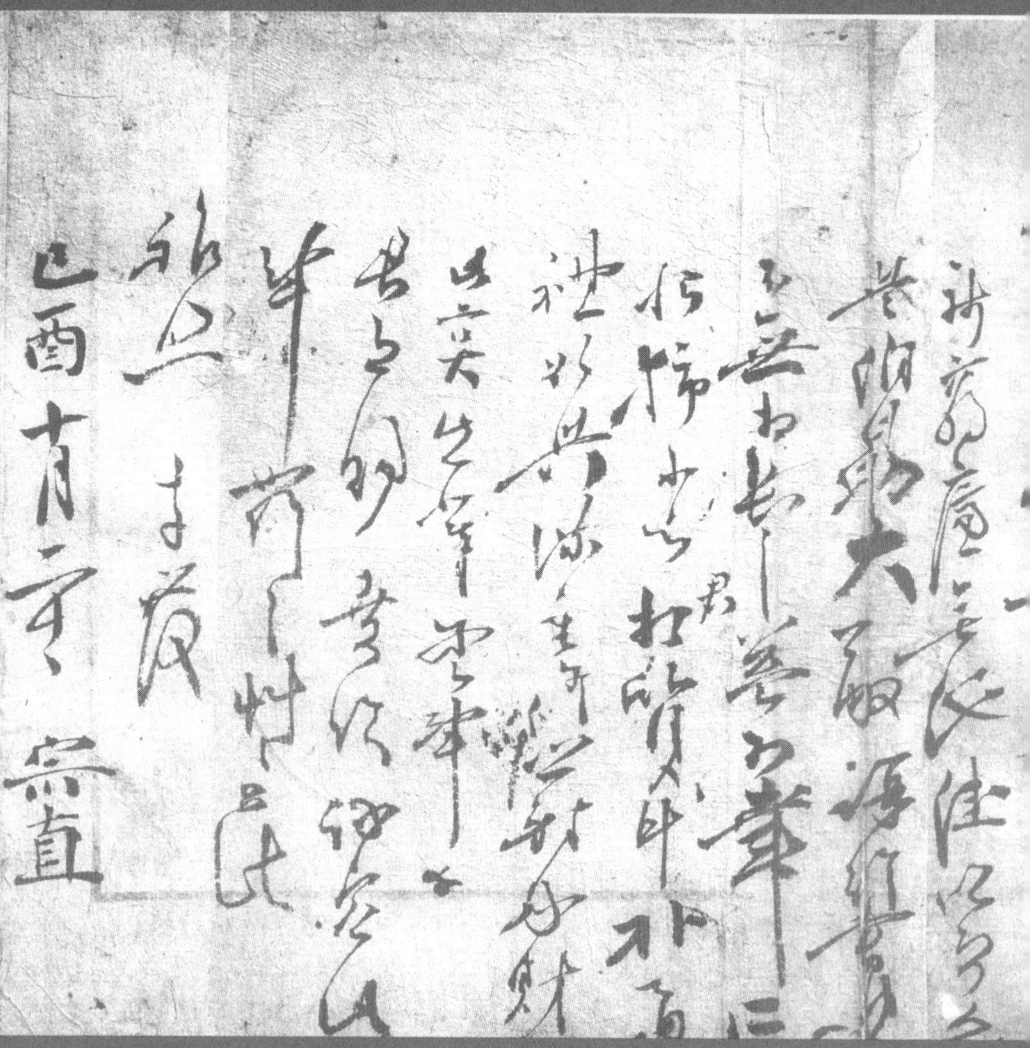

김종직 선생이 필자의 선조에게 보낸 친필 서한

박정희 전 대통령과 그의 광화문 한글 현판 글씨

권을 잡은 장면(張勉) 정권은 무능하고 사회는 극도로 혼란하여 학생들이 남북협상을 하겠다고 판문점으로 가는 등 이대로 두면 나라가 무너질 것 같은 위기감이 팽배했다. 국민을 극도의 불안으로 몰고 있을 때 박정희 장군은 나라를 건지기 위해 혁명을 결행한 것이다.

박정희 대통령에 대한 공과의 평가는 후세 역사가에 맡기더라도 오늘의 한국을 만드는 데 박정희 대통령의 공을 인정하지 않을 사람은 없을 것이다.

굴욕 외교라고 반대 데모가 그렇게 거셌지만 한일 국교 정상화를 밀어붙여 대일청구권자금으로 포철(浦鐵)을 만든 것, 야당이 반대하는 가운데에도 경부고속도로를 건설한 것, 새마을운동으로 농촌을 잘 살게 만든 것, 이것만으로도 박정희 대통령은 이 나라에 보릿고개를 없애고 세계 10위권의 무역 대국을 만드는 데 그 기초를 닦은 당대 최고의 공로자로 추앙받아 마땅하다.

포철이 없었다면 오늘의 자동차 수출 대국, 조선 대국이 될 수 있었겠는가? 경부고속도로를 만들지 않았다면 그 많은 수출 물량은 어떻게 수송했겠는가? 새마을운동이 없었다면 오늘의 잘 사는 농촌을 만들 수 있었겠는가? 대한민국을 뿌리째 흔들고 있는 좌파 세력들이 박정희 대통령을 흠집 내어 그 공적을 폄하하고 마침내 부관참시까지 하려는 작태를 부리고 있지만 박정희 대통령은 역사 속에 우뚝 서는 영남 선비의 거목으로 남을 것이다. 개혁을 말한다면 박정희만큼 나라를 개혁한 지도자가 또 어디에 있단 말인가?

(《경제풍월》 / 2002. 6)

국회의원이 존경받지 못하는 나라

'어진 사람만이 높은 지위에 있어야 한다. 어질지 않은 사람이 높은 지위에 있게 되면 그 죄악이 많은 사람에게 전파된다. 위에 있는 자가 도덕규범이 없으니 아랫사람이 법과 제도를 지키지 않고, 조정에 있는 자들이 도덕을 믿지 않으니 아랫사람들은 법조차 믿지 않고 백성들은 법을 무시하게 된다. 이렇게 되고서도 그 나라가 망하지 않는다면 그것은 요행일 따름이다.'

이와 같은 맹자(孟子)의 말씀은 오늘의 현실에도 적용되는 정치의 원리다. 법은 지킬 수 있는 것이라야 법이라 할 수 있지 지킬 수 없는 법을 지키라고 한다면 그 법은 법이 아니라 함정이다.

선거 때만 되면 선거법을 고친다고 하면서도 그 선거법에 지킬 수 없는 비현실적인 내용을 그대로 두고 선거를 치르니 당선된 자들을 모두 범법자로 만들었다.

국가의 법을 만드는 국회의원을 범법자로 만들어 의사당에 넣어두고 정치(政治) 잘하기를 기대하는 것은 연목구어(緣木求魚)가 아닐 수 없다. 물에서 고기를 구하지 않고 산에서 물고기를 구하는 것과 무엇이 다르겠는가?

16대 국회의원 선거 후 선관위에 신고한 선거자금 보고 내용을 믿는 국민은 한 사람도 없다. 그것은 국회의원 자신들조차 그것을 국민이나 사직당국에서 믿어줄 것이라고 생각한 사람이 거의 없을 것이다. 너무나 거리가 멀기 때문이다. 선거자금 사용 법정한도액을 지킨 사람이 있다면 떨어졌을 것이고 당선된 사람은 대부분 나는 지켰다고 자기 양심 앞에 단언하지 못할 것이다. 앞으로 칼자루를 쥔 사직당국의 마음이 어디로 가느냐에 따라 어떤 사람은 살아남을 것이고 어떤 사람은 의사당에서 쫓겨나갈 것이다.

누구는 죽일 수 있고 누구는 살릴 수 있는 힘은 오직 권력자 손에 있으니 함정에 빠져 있는 사람들이 어떻게 제대로 자기 소임을 다할 수 있겠는가?

국민은 그 속사정을 다 알고 있다. 국민은 정치를 불신하고 정부는 국회를 무시하게 될 것이다. 건국 이후 오늘에 이르기까지 이 나라에 도덕성(道德性)이 확립되지 못하고 오히려 황폐되어 온 원인은 정치에 있고 그 정치가 잘못된 원인은 바로 선거 부정(選擧不正)에 있었다. 선거부정이 정치(政治) 불신(不信)을 낳는 악순환이 계속되어 왔다.

민주화가 이루어진 오늘에 와서까지 국회의원에게 범법자의 멍에를 씌워야 하니 안타깝기 짝이 없다. 돈 안 드는 선거를 한다면서 법을 그렇게 만들지 않고 말로만 하니 당선되고 봐야 하는 후보자들은 법을 어기더라도, 법의 한계를 벗어나서까지 해볼 수밖에 없는 현실이다. 사회는 정치인을 부패의 표본으로 규정짓고 있으니 그 정치가 힘이 없을 수밖에 없다. 몇 사람이 살아남더라도 16대 국회는 존재할 것이다. 그 국회가 만드는 법은 효력을 발생할 것이다.

악법도 법이니까, 날치기로 통과된 불법적인 법도 법이니까, 국민은 그 법의 적용을 받으면서도 그 법의 정당성을 인정하지 않고 그 법을 어길 때 죄책감을 갖지 않게 된다. 이 땅의 가장 큰 병폐는 법망에 걸린 사람이 진심으로 반성하지 않고 '남은 재수가 좋아 안 걸리고 나는 재수가 없어 걸렸다.'고 생각하는 것이다.

선거법을 위반하였다고 법망에 걸려서 의원직을 버려야 될 국회의원이 상당수 생기게 될 것은 불을 보듯 뻔한데, 그 사람들이 한결같이 '나는 표적수사를 당했다.'고 말할 것이다. 같은 범법자인데 누구는 당하고 누구는 안 당하는 것을 보기 때문에, 법 집행에 형평성이 없기 때문에, 할 말이 있는 것이다.

'나를 내쫓는 검찰의 최고 지휘자인 대통령 당신은 당선될 때 선거법 지켰느냐?'고 항변할 것이다. 법이 제대로 지켜지지 않는 사회에는 도덕성도 없어진다. 법에 형평성이 없으면 사회 정의가 없고 사회 정의가 없는 곳에 질서가 있을 수 없고 질서가 없는 곳에 무슨 윤리가 있겠는가. 맹자(孟子)는 말하였다.

도(道)는 가까운 곳에 있는데 사람들은 먼 곳에서 찾으려 한다.
사람마다 각자 자기 부모를 공경하고 연장자를 존경한다면 천하가 태평할 것이다.(人人親其親 長其長 而天下平)

선거민의 지지를 받고 당선된 국민의 대표인 국회의원은 마땅히 국민으로부터 존경을 받아야 한다. 그런 사회라야 건강한 사회이고도(道)가 있는 나라가 될 것이다.

작가 이병주(李炳注) 씨가 영국에 가서 영국의 이름 있는 작가를 만나 호텔 로비에서 대화를 나누고 있었다. 한창 대화를 나누던 중 그 영국 작가가 갑자기 벌떡 일어서더니 누군가에게 목례(目禮)를 하고는 다시 앉았다. 누구냐고 물었더니 방금 국회의원이 지나갔다고 하더라는 것이다.

영국에서는 국회의원 선거 한 번 치르는데 우리나라 돈으로 몇 백만원의 비용밖에 들지 않는다고 한다. 그렇게 적은 돈 쓰고 당선된 영국 국회의원은 높은 수준의 국민으로부터 존경을 받는데 우리나라에서는 그보다 몇십 배나 되는 큰돈을 쓰고 당선된 국회의원이 존경은커녕 불신을 받고 있는 오늘의 현실을 두고 경제만 세계 일류를 만든다고 일류국이 되겠는가.

《헌정》 / 2000. 7)

햇볕정책 명분 없다

국군 통수권자의 행보

서해 피격 사건을 당하고 정부가 취하는 일련의 행동은 도대체 이 정부가 대한민국의 정부인지 다른 나라의 정부인지를 알 수 없다는 국민적 의혹을 증폭시키고 있다. 먼저 김대중 대통령의 행보부터 그렇다.

대통령은 국군 통수권자이다. 다시 말해서 국군 최고사령관이다. 따라서 대통령과 국군의 관계는 대통령과 국민의 관계보다는 훨씬 진하다고 보아야 한다.

서해를 지키다 북한 해군의 공격을 받아 우리 해군 5명이 전사하고 18명이 부상한 사건이 났는데 대통령은 전사자의 빈소에는 가보지도 않고 월드컵 결승전을 보기 위해 일본으로 가버렸다.

전사 장병들의 유가족이 피를 토하는 오열과 통곡으로 눈물바다를 이루는 장면이 TV화면에 방영되는 그 시간에 우리나라 대통령은 요코하마 경기장에 일본 왕과 나란히 앉아 박수치며 희희낙락하는 장면이 방영되었다.

국군 최고사령관은 국군 장병 한 사람 한 사람이 모두 자식과 같은 존재이다. 아무리 한일 월드컵 공동주최라 하지만 자식이 떼죽음을 당했으니 갈 수 없다고 한다면 누가 그것을 이해 못하겠는가.

우리 축구를 월드컵 4강으로 끌어올린 축구 선수들도 소중하지만 나라를 지키다가 전사한 장병들은 더욱 소중하다. 한 마을에 상가와 잔칫집이 동시에 있게 되면 그 마을의 이장은 어느 쪽을 더 배려하겠는가. 먼저 슬픔에 잠겨 있는 상가를 찾아 조문하고 잔칫집은 그 다음에 찾아가 기쁨을 함께 하는 것이 평범한 도리인데 일국의 대통령이 이와 같이 평범한 도리마저 지키지 못한 이유가 무엇인지 알 수 없다.

대통령은 나라를 지키다 죽은 장병과 월드컵 4강으로 국위를 떨친 축구 선수들을 같은 무게로 다루어야 하는데 그렇지 못한 이유를 알 수 없다.

계획적 도발 보고에 사족(蛇足)은 왜?

김동신(金東信) 국방장관은 7월 6일 현지 조사 결과를 대통령에게 보고했는데 '이번 도발은 의도적이며 계획적인 것이지 우발은 아니라는 결론이 났다.'라고 보고했다.

그런데 이와 같은 조사를 해보기 전에 사건이 터진 직후부터 정부는 우발적인 사건이라고 일본이나 미국에 대해 북한을 변명해주었으니 그런 경솔한 행동은 누가 책임질 것인가. 더욱 가관인 것은 김 국방의 보고 말미에 '김정일 국방위원장이 개입했는지 안 했는지는 알 수 없다.'는 사족을 붙인 것이다. 계획적 도발이라면 김정일

지시 없이 어떻게 그런 짓을 할 수 있단 말인가. 끝까지 김정일을 변명해주려는 국방장관의 속셈을 드러낸 모습은 보기에 딱하다.

전사 장병들의 장례식에 국무총리나 국방장관, 합참의장 등 이 정부의 고위 관계 인사가 모조리 불참한 것은 무슨 뜻인가? 그것도 김정일의 눈치를 보았다는 말인가. '왜 이렇게 무심한가?'하고 울부짖던 유족들의 목소리가 아직도 메아리친다.

이 판국에 금강산 관광인가?

월드컵 행사의 안전을 위하여 바다를 지키다 북한의 계획적 도발에 희생당한 국군 장병들은 이렇게 철저하게 냉대를 받고 있다. 그 유족들이 분개하고 있는 모습을 보고 있는 60만 국군 장병들은 무엇을 생각하고 있을까? 그래도 조국을 위해 목숨 바쳐 싸울 각오가 되어 있는 대한민국의 국군이기를 믿고 싶다면 월드컵 선수 못지않게 보상을 해야 할 것이다.

현 정부가 다른 것은 다 잘못했다 하더라도 '햇볕정책만은 잘한 것이다.'라고 고집부리고 싶은 심정은 이해할 수 있다. 그것 때문에 김대중 대통령이 노벨평화상을 받았으니…….

그러나 꽃다운 젊은 장병들이 햇볕정책으로 사기가 저하되어 방심하다가 기습을 받아 목숨을 잃고 엄청난 부상을 당하고 그것을 본 국민들의 분통이 하늘을 찌르는데 정부는 그런 와중에서도 햇볕정책, 금강산 관광 계속을 티끌만한 주저함도 없이 발표하였다.

정부는 햇볕정책이 아니면 전쟁이 일어날 것처럼 말한다. 햇볕정책이 없었던 김대중 정권 이전에는 어떻게 평화가 있었단 말인가?

정부는 이와 같은 북한의 도발을 당한 시점에는 희생자들의 넋을

달래기 위해서라도 햇볕정책에 허점이 없는지 검토해봐야 되겠다든
지 금강산 관광은 중지할지 여부를 검토해보겠다는 정도의 태도를
보이는 것이 마땅한 도리였을 것이다.

《경제풍월》 / 2002. 8)

광화문 박통 현판 치운다?

작년 가을 중국 사천성 아미산(蛾眉山)에 올라 아미산차의 유적을 살펴볼 기회를 가졌다.

엄청나게 긴 케이블카를 타고 오르내리면서 아름다운 아미산 자락에서 자라고 있는 차나무들을 보았다. 무이산(武夷山)에 올랐을 때 주자(朱子)기념관을 본 것이 큰 잉여소득이었다면 아미산에서 대국사(大國寺)를 본 것은 더욱 큰 소득이었다.

대국사 현판의 장개석 총통 글씨

대국사에는 중화민국 장개석(蔣介石) 총통이 쓴 '정충보국(精忠報國)'이라는 현판 글씨가 지금도 당당히 걸려 있다. 모택동의 공산군과 장개석의 국민정부군이 싸워 공산군이 승리하여 오늘의 중화인민공화국이 수립된 것은 세계가 아는 일이다. 반면에 장개석 군대는 본토에서 쫓겨나 대만에서 중화민국 간판을 지켜온 처지이다.

그러니까 중화인민공화국에서 보면 장개석은 타도의 대상인 적장인데 그의 글씨를 현판으로 걸어두게 허용한 중국 권력자의 대범함을 우리가 어떻게 보아야 할 것인가. 만일 북한 어느 곳에 이승만 대통령의 글씨가 현판으로 걸려 있다면 북한 정권이 그냥 두었을까? 남한의 어느 곳에도 김일성의 현판 글씨가 남아 있었다면 정부뿐만 아니라 국민 정서마저 이를 용납하지 않았을 것이다.

최근 광화문에 걸려 있는 현판이 박정희 대통령의 글씨라는 이유로 이를 철거하고 대신에 정조(正祖) 대왕의 글씨를 짜맞춰 달겠다는 움직임을 보며 대국사의 장개석 총통 현판이 자꾸만 생각난다. 박 대통령은 대한민국 정부에서 보면 오늘의 경제 대국으로 발전시키는 데 큰 공을 세운 지도자이다. 박 대통령에 대한 공과의 평가는 후세 역사가들에게 맡겨야 할 일이다.

산림녹화와 광화문 시멘트 복원

필자는 유신체제에 항거했던 당시 야당의 대변인으로 박해를 받았던 사람이지만 박 대통령이 포스코를 건설하여 자동차와 조선 산업의 기반을 닦고 경부고속도로를 건설하고 새마을운동으로 '우리도 하면 된다.'는 정신을 심어준 공적은 그 어떤 허물도 덮을 수 있을 것으로 생각한다.

요즘 인사동에서 박 대통령의 글씨 값이 크게 뛰고 있는데 그 이유가 무엇일까. 현 집권 세력은 박정희에 관한 역사를 지우려고 온갖 움직임을 보이고 있지만 그럴수록 박정희의 글씨 값이 올라가는 것이 오늘의 민심을 반영하는 것으로 봐야 할 것이다.

광화문의 박정희 한글 현판은 단순한 현판 이상의 의미를 지니고 있다. 당시 산림녹화가 큰 국가 과제일 때 광화문 복원에 목재를 쓰지 않고 시멘트로 지어 그 정도의 문화재로 복원하고 이를 기념하여 한글 현판을 친필로 만들어 달았던 것이다. 그 후 불국사 등 문화재 복원 사업에도 시멘트를 사용하여 산림녹화에 기여토록 배려했던 것이다.

폭군 글씨, 선군 글씨 모두 문화재

시중에서는 박 대통령의 딸 박근혜 씨가 야당의 대표가 아니었다면 광화문 현판을 건드리지 않았을 것이라고 보는 이가 있다. 정치 때문에 문화재에 손을 대려고 하니 더욱 문제가 있는 것이다.

폭군 연산군의 글씨도 문화재요 나라를 지키지 못한 고종의 글씨도 문화재인 것처럼 독재자로 비판받은 박 대통령의 글씨도 문화재다. 새해 들어 경제가 호전될 조짐이 보인다고 하며 국민소득 2만불 시대도 눈앞에 보인다고들 한다. 그렇다면 이제 정치도 여유로운 모습으로 바뀌었으면 좋겠다는 생각이다.

최근 KBS 드라마 〈불멸의 이순신〉에서 일본의 차 선생 천리휴(千利休)가 풍신수길(豊臣秀吉) 앞에서 조선 침략을 반대하여 할복하는 장면이 방영되었다.

지금 우리는 일본의 차인 천리휴가 차인의 양심으로 조선 침략을 막기 위해 스스로 목숨을 끊을 때 조선 조정에서는 '왜군이 올 것이다.', '아니 올 것이다.'를 놓고 당파싸움만 하다가 그 엄청난 왜란을 당했던 과거사를 교훈으로 삼아야 하지 않겠는가.

(《경제풍월》 / 2005. 3)

한반도는 아직도 냉전체제

백성욱(白性郁) 선생이 남긴 말

필자가 《경향신문》 기자로 일하던 1969년, 6.25를 며칠 앞둔 시점에 6.25 당시 내무부장관이었던 백성욱(白性郁) 선생을 서울 근교 어느 암자에서 만났다.

그 때 나는 기록해둘 만한 역사적 증언을 들었다.

"6.25는 미국이 유도해서 일어난 것이다."

"주한미군이 철수하고 경찰 고문단이 철수한 뒤 3일 만에 북한군이 밀고 내려왔어요. 미국이 북한의 남침 움직임을 모를 리 없었는데 미군이 철수한 것은 북한의 남침을 유도한 것이 아니고 뭣이겠어요. 미국이 2차 세계대전 이후 소련 공산 세력의 팽창을 저지하기 위해서는 냉전체제가 필요했고 그것을 위해서는 하나의 계기가 있어야 하기 때문에 그 계기를 한국전으로 삼은 것이지요."

그 말을 듣고 보니 그럴듯했다. 그 당시 미국이 북한의 남침 움직임을 모를 리 없고 한국이 방위 능력도 갖추지 못한 상태에서 미군의 철수를 감행한 것은 남침을 유도했다는 주장을 뒷받침할 수 있을 것 같았다. 그 때 미군이 철수하지 않았다면 북한의 남침은 없었을 것으로 생각하면 그 때 미국의 처사는 한국의 입장에서는 너무나 무책임하고 비인도적이었다고 비판할 수 있겠다.

아직 냉전체제가 살아 있다

2001년 6월 15일 김대중 대통령이 북한에 가서 김정일과 정상회담을 갖고 소위 6.15선언을 발표한 그 시점부터 이 땅에 냉전체제가 없어졌다고 생각하는 사람이 있다. 이것은 남남갈등이다. 냉전체제가 없어졌다고 생각하는 사람은 진보고 냉전체제가 아직도 있다고 생각하는 사람은 보수란 말인가. 동서 냉전의 벽이 동서독의 벽과 한반도의 휴전선이 아니었던가. 동서독의 벽은 무너졌지만 한반도의 휴전선은 아직도 있지 않은가. 그렇다면 한반도의 냉전체제는 그대로 남아 있다고 보는 것이 상식인데, 왜 냉전체제는 없어졌다고 생각하는 사람이 늘어가는지 이해할 수 없다. 북한에 공산주의 정권이 존재하고 이 땅에 냉전체제가 계속된다는 엄연한 사실을 우리는 한시도 잊어서는 안 되는 것이다. 이 땅에서는 아직도 냉전 시대를 살아온 사람들이 많고 그 사람들의 영향을 받고 자라온 2세들이 살고 있다.

낮은 대한민국 밤은 인민공화국

필자는 냉전 초기에 내 고향 시골에서 겪은 엄청난 일들을 생생하게 기억하고 있다. 1945년 해방 후부터 1950년 6.25전쟁이 일어나기까지 좌우 투쟁이 격심했던 때 나는 내 고향 두메산골에서 한문

공부를 하면서 아버님의 농사일을 도왔다.

그 때는 낮에는 대한민국이지만 밤에는 인민공화국이라 할 정도였다. 아버지는 면단위 사회 유지로서 좌익에 가담하지 않았다는 이유로 빨치산의 표적이 되었다. 아버지는 집에서 주무시지 못하고 제실(齊室)에서 주무시고 집에는 가끔 빨치산이 총을 들고 찾아와 총개머리판으로 문을 치면서 아버지를 찾는 모습을 여러 번 보았고 그 공비를 추격하던 경찰이 발사한 총알이 우리 집 소 옆구리를 관통하여 하루 종일 신음하면서 죽어가던 소의 모습을 보고 불쌍해서 어머님은 통곡을 하였다. 마을 사람들은 경찰의 지시로 밤마다 전봇대를 지키기 위해 파견되어 밤을 새웠다. 공비가 나타나면 맨주먹으로 대항할 능력도 없는 양민을 전봇대 밑에 배치해서 무슨 효과가 있다고 그렇게 했는지 지금 생각하면 어이가 없지만 그 때는 그렇게 할 수밖에 없는 것이 시골 사람들의 비참한 처지였다. 빨치산이 내려오면 쌀이든지 돈이든지 달라는 대로 줄 수밖에 없었지만 그 일을 신고하면 빨치산의 보복을 받고 신고하지 않은 것이 발각되면 경찰에 잡혀가 빨갱이로 몰린다.

1949년 여름 나는 홍인당(興仁堂)이라는 서당에서 한문 공부를 하고 있었다. 학동들이 마루에서 자고 있었는데 새벽 네 시쯤 마룻바닥을 차면서 깨우는 소리에 놀라 눈을 떠보니 달빛에 총대가 우뚝 솟아 있었다. 빨치산이 내려온 것이었다. 학동 10여 명은 서당 앞으로 끌려 나가 그들의 선창으로 '인민공화국 만세'를 불렀다. 그들은 다시 오겠다고 하고 떠났는데 날이 밝자 우리는 한문 공부를 포기하고 해산하고 말았다. 냉전 초기 때 필자가 겪었던 이와 같은 일들은 그 시대를 살았던 모든 사람이 공통적으로 겪은 일일 것이다. 그 시대 좌를 했거나 우를 했거나 모두가 엄청난 시련을 겪었다. 그 소용돌이 속에서 죽은 사람도 많다. 지금 살아 있는 사람들은 모두가 운이 좋은 사람들이었다.

호국 7인위원회 성명의 충격

김대중 정권의 햇볕정책은 북한에 햇볕을 보내 스스로 옷을 벗게 하겠다는 대북 평화정책이다. 그것은 남북간에 평화를 정착하려는 정책으로 내외의 관심을 집중시키고 남북 정상회담의 실현으로 김대중 대통령이 노벨평화상까지 받은 것까지는 바람직한 일이었다고 할 수 있다. 그러나 그 동안 북한은 과연 옷을 벗었는가. 벗은 것이 없고 남쪽만이 옷 벗기를 강요하고 있지 않은가. 남쪽의 김대중 정권은 일방적으로 너무 많이 퍼주었다는 것이고 그 퍼준 대가는 보이지 않는다고 생각하는 국민이 많은 것이다.

그와 같은 불만은 특히 냉전적 사고를 가진 사람에게 팽배해지고 있다. '이제는 우리가 나서야 한다'는 제목의 성명이 호국 7인위원회의 이름으로 발표되었다.

헌정회 원로회의 의장 장경순 씨, 전(前) 국방장관·국회의장 장내혁 씨, 전 해군참모총장 함명수 씨, 전 공군참모총장 김창규 씨, 전 해병대사령관·전 국방장관 김성은 씨, 6.25참전소대장회의 전 회장 장동운 씨, 주월 마지막 공사 이대용 씨 등 7인의 이름으로 발표된 성명서에는 주목할 만한 내용이 많다.

엄청난 물자와 돈을 보내주었다는 호국 7인위원회의 성명은 충격이 아닐 수 없다. 이 내용을 가지고 현 정권의 북한 퍼주기를 비판하는 사람과 퍼주기 결과를 우려하는 사람을 냉전적 사고라고 몰아세워서 되겠는가?

북한 인권(人權)에 왜 말도 못하는가

북한은 이 돈을 받아 최소한 인민들의 식량문제는 해결하고도 남을 텐데 굶주려서 못살겠다고 죽음을 무릅쓰고 탈출하는 소위 탈북자가 늘어가고 있으니 그 돈을 군비로 사용하고 있는 것이 틀림없는 것 같다.

우리는 얼마 전에 중국에서 탈북자를 잡아 철사로 코를 꿰어 북한으로 끌고 가는 모습을 보았다는 보도를 보았다. 북한 사람들의 인권이 이 모양인데 현 정부는 북한의 인권에는 한 마디의 말도 없다. 그렇게 많이 퍼준 현 정권은 북한의 비위를 건드리지 않으려고 북한 인권에 입을 닫고 있는 가운데 미극 하원 국제관계위원회 동아시아태평양소위원회가 5월 2일 8명의 증인을 불러 북한의 식량 위기와 인권 탄압 문제에 관한 청문회를 하였으니 한국은 부끄러워해야 할 일이다.

이 청문회에서 북한에서는 올해 640만명이 굶주릴 것이라는 증언이 나왔다. 북한의 인권을 문제 삼아도 냉전적 사고가 되는 것인가. 그 많은 인권변호사는 왜 말이 없는가. 북한은 이 시대 마지막 남은, 인권이 없는 수용소이다. 그럼에도 불구하고 그 북한의 실패한 통치자 김정일의 서울 답방을 애걸복걸하는 정권이 있고 여기에 동조하는 친북 세력이 늘어가고 그런 선상에 있는 사람이 김대중 후계자로 차기 대통령 후보로 부상되는 오늘의 이 사회의 현상은 하나의 불가사의가 아닐 수 없다. 미군 철수, 보안법 폐지, 재벌 해체 등 북한이 좋아할 만한 사람이 이 나라의 대통령이 된다면 이 나라의

동해 지역 38선을 시찰하고 기념촬영한 YS와 신민당 당직자들

갈 길이 어디냐고 걱정하는 사람이 늘어가고 있는 것은 당연하다.
여기서 나라 걱정에 잠 못 이루면서 지은 이순신 장군의 시 한 수를
소개한다.

수국추광모(水國秋光暮) 경한안진고(驚寒雁陳高)

우심전전야(憂心轉轉夜) 잔월조궁도(殘月照弓刀)

수국은 가을 빛 짙어가는데 추위에 놀란 기러기 떼 높이 날으네

나랏일 걱정되어 잠 못 이룰 때 싸늘한 달빛이 활과 칼에 비추네

《경제풍월》 / 2002. 6)

대한민국의 신문은 부패일보인가?

천 년 전에 노예를 해방한 나라

KBS 드라마 〈제국의 아침〉을 보면 고려 제4대 임금 광종(光宗)은 높이 추앙받아야 할 위대한 인물임을 알 수 있다. 왜냐하면 광종은 그 시대에 노예해방을 결행한 왕이었기 때문이다.

미국 16대 대통령 링컨이 노예해방을 하였다고 세계 역사 속의 위대한 인물로 평가받고 있는데 링컨보다 천 년을 앞서 그 어려운 노예해방을 단행한 위인이 우리 조상 가운데 있었다니 우리 민족은 얼마나 대단한가!

이와 같이 대단한 역사를 가진 대한민국의 오늘의 모습은 한심하기 짝이 없다. 현직 대통령의 두 아들이 교도소에 들어가고 대통령의 친인척과 측근들이 부정부패로 교도소에 줄줄이 들어가 교도소 안에 있는 사람이 밖에 있는 사람보다 많은 것 같으니 이런 나라가 또 어디에 있겠는가? 현역 군인 상사가 카드빚에 쫓겨 은행 강도를 하고 현직 경찰이 도둑을 쫓는 시민을 총 쏘아 죽이고 지금이 어느 때인데 검찰이 고문으로 피의자를 죽게 하며 법무장관과 검찰총장의 목이 한꺼번에 달아나니 이런 나라가 또 어디에 있겠는가?

부정부패 사건은 매일같이 보도되어 대한민국의 신문은 '부패일보'라 해도 과언이 아닐 정도가 되어 어느 한 곳도 썩지 않은 곳이 없다는 얘기가 실감난다. 매일같이 터지는 부정비리와 사건 속에서 국민은 면역이 되어 불감증이 앓고 있다.

주가 조작범은 중형으로 다스려야

최근 미국에 체류 중인 전(前) 현대증권 회장 이익치라는 사람이 동경에서 기자회견을 자청하고 1999년에 있었던 현대증권 주가 조작 사건에 지금 대통령을 하겠다고 나선 정몽준 후보가 관련돼 있다고 폭로하였다. 그는 또 그 사건 당시 그가 검찰에 출두하는 날 정주영 왕회장이 불러서 당부하기를 '몽준이 다치지 않게 하라.'고 했다는 것까지 밝혔다. 이익치 씨의 말이 주가 조작을 위해서 현대중공업이 1,800억원이란 큰 돈을 투입하였는데 현대중공업의 오너인 정몽준 후보가 몰랐을 리가 있겠느냐고 하였다. 이익치 씨의 이와 같은 폭로 내용은 중대한 문제가 아닐 수 없고 국민적 관심사가 아닐 수 없다.

재벌이 거금을 동원해서 주가를 조작, 부당하게 큰 돈을 챙겼고 그 과정에서 수많은 주식 투자자가 재산상의 손실을 크게 보았다는 이 사건의 진상은 밝혀지지 않고 당시 현대증권 회장 이익치의 범행으로만 축소 처리되고 넘어갔다는 이야기인데 이것은 흐지부지 넘어갈 수 없는 일이다.

그런데 이익치 씨의 폭로에 대한 정몽준 후보의 대응은 어처구니

없기로 극치를 이룬다.

정 후보는 '나는 몰랐다. 관여하지 않았다. 그것은 현대그룹 차원에서 한 것이다.'라고 잡아떼고 이익치 씨가 폭로한 배후에 한나라당의 정치 공작이 있다고 주장하고 나섰다. 이것은 마치 도둑이 자기의 행위를 반성하지 않고 자기를 도둑으로 고발한 사람을 탓하는 꼴과 흡사한 것이다. 정 후보가 대통령 후보로 나온 사람으로서 이와 같은 의혹이 제기된 마당에 취해야 할 자세는 본인이 관여했든 안 했든 자기가 오너인 현대중공업이 1,800억을 투입해서 주가 조작에 관여한 것은 부인할 수 없는 사실이니까 그 점에 대해서만은 국민 앞에 사과해야 하는 것인데 그런 사과는 하지 않고 그 일을 폭로한 이익치 씨의 배후만을 문제 삼은 것은 정치인으로서 상식에 벗어난 처신이고 더구나 대통령 후보로서는 국민을 우롱하는 처사가 아닐 수 없다. 정치권은 이 문제에 관한 한 선거와 연관된 정략의 차원을 넘어 검찰에 고발하고 국회 국정조사도 해야 하는데 한때의 공방전으로 흐지부지 넘어가고 그 시간이 지나니 국민들은 금방 잊어버리는 모습이다. 물론 대선 때까지 계속 논란이 되겠지만 이 문제만은 정몽준 후보를 검증하는 중요한 쟁점이 되어야 할 것이다.

미국의 경우 주가 조작범은 500년을 선고한다고 하는데 우리 국민의 감각은 그와 같은 중형을 생각하지 않고 있는 것 같다. 국민의 일반적인 정서는 현대중공업이 1,800억을 움직이는데 오너가 몰랐을 리 없다는 것이고 종몽준 후보가 주가 조작을 위해서 1,800억을 투입하는 것을 묵인 또는 동의했다는 것이 밝혀지면 그는 중형을 받아 마땅한데 그런 사람이 대통령 후보로 나올 수 있는 나라라면 대한민국은 웃기는 나라라는 비판을 피할 수 없다.

소떼를 싣고 간 대형 트럭이 인민군의 수송차로 둔갑했다니

몇 년 전에 정주영 현대 왕회장이 대형 트럭에다 소떼를 싣고 북으로 넘어갈 때 국민들은 그 기발한 발상과 기발한 행보에 어리둥절하면서도 박수를 보냈다. 그러나 그것이 금강산 관광 길을 열어 그것을 통해서 엄청난 돈이 북으로 들어가게 만들어 북한은 살판나고 현대는 부실의 길로 들어가 엄청난 공적자금을 축내는 결과를 가져올 줄 아무도 예측 못했다. 북으로 간 소들의 뒷소식은 알 길이 없지만 그 소떼를 싣고 간 대형 트럭들은 모두 북한 인민군 수송차로 둔갑하여 인민군의 전력을 크게 향상시키고 있다는 소식이 들리니 뒷맛이 개운치 않다. 우리 국민이 박수를 쳤던 정주영 왕회장의 그 때 행위가 결과적으론 이적행위가 되었다는 사실을 지금 이 시점에서 누군가 지적해야 할 것이다.

북한의 암호 지령문이 궁금하다

일본에서 지난 봄에 발행된 《현대(現代) 코리아》라는 잡지는 〈김정일 발언록〉을 보도하였다. 1999년 4월 20일 김정일이 일본 조총련 제1부의장 서만술을 만나 내건 교시가 보도되었는데 그 교시 내용은 다음과 같다.

'정주영이 이 달 말에 또 온다고 합니다만 그 사람은 어쨌든 재미있는 인물입니다. 정주영은 클린턴이 남조선에 왔을 때 만나자는 것을 거절했습니다. 남조선의 큰 재벌 중에 창업자로서는 그 한 사람 남았는데 다른 사람들을 낮춰보고 한때 대통령 후보로 출마까지 했습니다. 이 사람은 이제 북과의 관계를 잘 풀어서 뭔가 성과를 내어 자기 아들을 차기 대통령에 세우려는 야심을 갖고 우리에게 필사적으로 매달리고 있습니다. 그의 가슴속에는 어쨌든 남조선의 민심은 정주영에 대해 훌륭하다고 본다는 생각이 들어 있습니다. 그런 흐름을 타고 자기 아들에게 대통령의 지위를 주려는 것입니다. 내가 그와 만나줘 인기가 훨씬 높아졌다고 용기가 나 소리를 높이고 있는 것 같은데 어쨌든 그의 마음이 기특합니다.'

이와 같은 김정일의 발언을 염두에 두고 이번 선거에 북한이 취하고 있는 행동을 보면 북한이 12월 대선에 뭔가 자기들이 원하는 방향으로 영향력을 행사하고 있는 것이 분명하다.

최근에 북한에 다녀온 사람들의 말을 들어보면 북한 방송은 매일같이 '남조선의 이회창 패거리들' 운운하면서 이회창 한나라당 대통령 후보를 공격하고 있는 것과 일본의 조총련계 신문이 이회창 후보의 부친 이홍규 옹이 일제시대 검찰서기로 있을 때 친일행위를 했다고 보도하는 것이 연관이 있는 것 같다. 북한은 1992년 대통령 선거를 앞두고 남한에 있는 조직원들에게 암호 지령문을 보낸 바 있었다. 그 때《월간조선》은 그 암호 지령문을 풀어서 보도했는데 그 때는 김대중 후보를 지원하라는 지령이었다.

남한에 대한 북한의 영향력이 과거 어느 때보다 커진 오늘에 있어서 북한은 가만히 보고만 있지 않을 것이 뻔한데 이번에 남한에 심어둔 조직원들에게 과연 어떤 암호 지령문을 보낼지 궁금하지 않을 수 없다. 누구를 지원하라는 전문일까? 이회창 후보는 아닐 것이 분명하고, 그렇다면 노무현 후보일까? 정몽준 후보일까? 12월의 대선이 적어도 북한이 원하는 쪽으로 가서는 절대로 안 될 것이다. 천 년 전에 노예해방을 단행한 역사를 가진 나라답게 월드컵 4강을 이룩한 대한민국답게 결론이 나야 할 것이다. 그래야만 오늘의 총체적 혼란을 타개하고 희망이 있는 나라로 전환할 수 있을 것이다.

『논어(論語)』에 다음과 같은 글이 있다

子曰 君子有勇而無義 爲亂, 小人有勇而無義 爲盜

공자께서 말씀하셨다. 군자가 용기만 있고 의로움(義)이 없으면 난리를
꾸미고, 소인이 용기만 있고 의로움이 없으면 도적이 된다.

(《경제풍월》/ 2002. 9)

음모 정치의 어제와 오늘

필자는 신문기자로서 정치인으로서 오랜 세월 정치 현장에서 뛰면서 이 나라 정치의 추악한 모습을 헤일 수 없이 목격하였다.

권력을 잡고 있는 세력은 그것을 놓치지 않으려고, 권력에 도전하는 세력은 권력 창출을 위해 사활을 건 싸움을 해왔다. 그 정치 싸움이 너무나 치열하고 악랄하여 영국의 《더 타임스》지는 한국에서 민주주의를 찾기란 쓰레기통에서 장미꽃을 찾기보다 어렵다고 악평한 바 있다. 오늘의 시점에서도 참된 민주주의가 자리 잡지 못하니 답답한 일이다.

1956년 경남도경 사찰과장의 보고

1956년 5월에 정부통령 선거가 있었는데 그것을 앞두고 당시 자유당 정권은 야당을 탄압하는 음모 정치를 진행하고 있었다.

1956년 3월 그 무렵 나는 부산 《민주신보(民主新報)》의 올챙이 기자로 자유당 경남도당을 출입하고 있었다. 3월 어느 날 이용범(李龍範) 위원장이 서울에서 내려와 도당 사무실에 왔다. 이 위원장은 나를 차에 동승시키고 경남도청으로 가서는 충혼탑에 꽃다발을 바친 뒤 경남도경 사찰과장실에 들어갔다.

들어서자마자 박종섭(朴鐘燮) 사찰과장은 경례를 붙이고는 대뜸 '신익희, 조봉암의 등록서류를 부산역과 부산진역에서 소매치기를 동원해서 모조리 훔쳐냈기 때문에 한 건도 올라가지 못하게 했습니다.'라고 보고하는 것이었다.

박 과장은 나를 이 위원장 수행비서로 오인하고 큰 공을 세운 듯이 큰소리로 보고하니 이 위원장이 나를 힐끔 보고 피식 웃으면서 박 과장을 밀실로 데리고 가는 것이었다. 그 때는 대통령 후보로 등록하려면 상당수 일반 국민의 추천서를 첨부하게 되어 있기 때문에 야당인 민주당과 진보당에서는 전국 조직을 동원해서 추천서를 받아서 중앙당에 보내고 있었는데 소매치기를 동원해서 그 등록서류를 탈취함으로써 등록 방해를 하고 있었던 것이다.

경찰이 소매치기와 손잡고 벌이는 음모 정치의 실체를 알게 된 나는 그 때 큰 충격을 받았지만 후환이 두려워 그것을 기사로 보도하지 못한 것이 지금까지 내 양심의 상처로 남아 있다.

그 때 지방의 자유당 조직에는 폭력조직이 참여하고 있었고 경찰 정치문화반의 위세도 대단했는데 그 때 만일 내가 그 기사를 썼다면 엄청난 보복을 당했을 것이다. 어쨌든 그렇게 시작된 1956년 5월 대통령·부통령 선거 결과 신익희 민주당 후보가 유세 중 호남선에서 급사함으로써 이승만 대통령이 일방적으로 당선되고 부통령은 민주당 장면 박사가 당선되었던 것이다.

최인규와 3.15, 그리고 그 종말

1960년 3월 15일 정부통령 선거가 있게 되었는데 그 때가 가까워지자 최인규 내무장관이 등장하였다.

최인규 장관은 대통령 이승만, 부통령 이기붕을 만들어낼 목표로 치밀한 음모 정치 시나리오를 만들어 진행하고 있었다. 이승만 대통령을 다시 대통령으로 모셔야 한다는 강연을 하기 위해 부산에 왔다. 부산 공설운동장에 전 공무원과 부산 시민 수만 명을 모아 연설하였다. 그 때 김규진 경남지사는 도청 모든 공무원들에게 공문을 하달하여 최인규 장관이 연설할 때 박수를 이렇게 저렇게 치라고 지시하였다. 나는 그 공문을 입수해서 보도하였더니 경찰이 나를 잡으러 다녀 며칠을 피해 다녀야 했다.

마침내 3.15 부정선거의 시나리오가 터져 나왔다. 그 해 3월 3일 민주당은 자유당 정부가 전국 경찰에 내린 비밀 지령문을 입수해서 중앙선관위에 공한으로 보내고 세상에 폭로하였다. 이것을 놓고 여야 간에 사활을 건 공방전이 벌어지고 언론에서도 사설을 통해 크게 비판하였지만 자유당 정권은 사실무근이라고 오리발을 내밀었다.

그러나 최인규 장관은 그 시나리오대로 진행했다.

①4할 사전 투표 ②3인조 9인조를 통해 공개 투표 ③투표 당일 경찰관, 반공청년단, 자유당원으로 물샐 틈 없는 경계를 하고 ④야당 선관위원 및 참관인 위협 축출 ⑤투표소 내에서 적당히 환표하거나 또는 수송 중 환표하는 방법 ⑥1차, 2차 계획이 실패할 때는 개표소에서 환표할 것 등 치밀한 계획은 그 계획이 사전에 폭로된 것과는 관계없이 그대로 진행되었다.

정부와 자유당 조직이 총동원되어서 최인규의 시나리오가 차질

없이 진행되었으니 이승만 정권의 연장과 이기붕 부통령의 당선은 불을 보듯이 훤하게 보였지만 역사는 그것을 용납하지 않았다.

3월 15일 마산에서 부정선거 규탄 데모가 터지고 거기에서 최루탄 맞은 김주열(金朱烈)의 시체가 마산 앞바다에서 떠오르고 여기서 불붙은 혁명의 불길은 4.19학생혁명으로 이어지고 마침내 3.15 부정선거의 원흉 최인규는 형장의 이슬로 그 인생을 마감하였다.

김영삼(金泳三) 총재 가처분의 종착역

1979년 5월 전당대회에서 김영삼 의원이 또다시 신민당 총재로 당선되어 반유신 투쟁에 나서자 당시 권력의 핵심이던 차지철 경호실장을 중심으로 김영삼 죽이기 시나리오가 진행되었다.

김영삼 총재 당선 무효 가처분 소송을 걸었다. 그 때 서울지법 조언 판사는 가처분 신청을 받아들여 정운갑 의원을 총재대행으로 지명하였고 정운갑 총재대행은 박병효(朴炳孝) 의원을 대변인으로 임명하고 당권을 장악하려 했지만 당권은 장악하지도 못하고 웃음거리만 되었다. 김영삼 총재를 제거함으로써 야당의 반유신 투쟁 공세를 막아 정권안보를 해보려 했지만 역사는 그것을 용인하지 않았다. 그 해 10월 26일 박정희 대통령이 그 심복 김재규(金載圭) 중앙정보부장이 쏜 총알에 맞아 사망함으로써 권력 유지를 위해서 몸부림친 모든 음모와 시나리오는 모두 부질없는 것이 되고 말았다.

차지철 주도의 가처분극에 동원됐던 정운갑 총재대행, 가처분 신청 원고였던 당시 신민당 소속 조일환 의원, 대행체제의 대변인으로 기용되었던 박병효 의원은 그 후 얼마 살지 못하고 모두 세상을 떠났으니 그것은 '인과응보(因果應報)'였다는 뒷말이 있었다.

전과7범 김대업 주연의 시나리오

금년 12월 19일에 실시될 대통령 선거가 가까워지자 이 나라에 또다시 정치 음모 시나리오 논쟁이 한창이다.

김대업이라는 전과7범, 그것도 병역 비리 상습에다 여성을 농락하고 성행위 사진으로 협박해서 돈을 뜯어낸 파렴치범을 내세워 이회창 한나라당 대통령 후보 아들 병역 비리 의혹 조작 공세를 벌이는 것은 이회창 죽이기 정치 음모 시나리오라는 한나라당 측의 주장과 병역 비리를 밝히려는 김대업은 의인이라고 비호하는 민주당의 행태는 지난날의 수많은 정치 음모극의 역사를 되돌아보게 하는 대목이다. 한나라당은 이회창 후보 아들의 병역 문제는 이미 지난 97년 대선 때 전 국민에게 알려진 것인데 이 시점에서 이를 새로 들고 나오는 것은 이회창 죽이기 정치 음모이며 이것은 청와대와 민주당, 그리고 정치 검찰의 합작 시나리오라고 주장하고 있다.

이회창 후보는 아들이 입영하지 못한 것은 국민에게 죄송하지만 비리는 있을 수 없다고 밝히고 비리가 드러난다면 대통령 후보의 사퇴는 물론 정계를 은퇴하겠다고 밝혔는가 하면 한나라당은 거당적으로 정치 음모 시나리오 저지를 위한 투쟁을 벌이고 있다. 한나라당은 과거 김대중 대통령이 줄곧 이용하던 장외투쟁을 벌여 때로는 검찰청 앞에 가서 데모를 하는가 하면 때로는 청와대 앞에까지 가서 항의 데모를 하였다.

정권의 홍위병?

한나라당은 병풍이라 불리는 이회창 죽이기 시나리오의 지휘본부를 청와대로 보고 공세의 초점을 김대중 대통령에 집중하고 있고 민주당은 이 문제에 관한 한 김대중 정권의 홍위병 노릇을 적극적으로 하고 있다. 한나라당이 병풍 시나리오의 주역으로 김정길 법무장관을 지목하고 김정길 법무장관의 해임결의안을 발의시켰는데 민주당은 이 해임결의안 표결을 저지하기 위해 박관용 국회의장을 공관에서 국회에 출근하지 못하도록 몸으로 막아 김대중 대통령에게 충성을 바쳤다.

한나라당은 병풍 공세는 병역 비리 진실을 밝히려는 것이 아니라 이회창 후보 아들의 병역 문제를 12월 19일 선거 때까지 계속 거론함으로써 선거에 영향을 주려는 것으로 선거 운동적인 정치 공세로 보고 대응하고 있고 민주당도 그런 목적을 위해서는 수단 방법을 가릴 것 없다 하여 김대업(金大業)과 같은 파렴치범을 내세운 듯하다. 이 싸움의 끝이 과연 어디일까?

지난날의 역사는 범죄자와 손잡은 정치 음모의 성공을 용납하지 않았다. 성경을 읽기 위해 촛불을 훔쳤다고 하자. 아무리 성경을 읽는다는 좋은 목적이라도 촛불을 훔친 절도 행위는 정당화될 수 없다. 아무리 이승만 정권의 연장을 위해서라고 해도 경찰이 소매치기와 손잡은 행위는 정당화될 수 없다. 아무리 병역 비리를 밝히기 위해서라고 해도 검찰이 전과7범 범죄자와 손잡는 행위는 정당화될 수 없다.

『명심보감(明心寶鑑)』 첫 줄에 다음과 같은 글이 있다.

子曰, 爲善者 天報之以福 爲不善者 天報之以禍

공자께서 말씀하셨다. 착한 일을 하는 사람에게는 하늘이 복으로 보답하고, 악한 일을 하는 사람은 하늘이 화로써 갚는다.

《경제풍월》 / 2002. 10)

수도首都 이전은 발상부터 잘못이다

'대한민국의 수도는 서울이다.'라는 것을 헌법에 명문화하지 않은 것은 그것이 너무나 당연하고, 그 누구도 그것을 옮기겠다고 생각할 수 없기 때문이었을 것이다. 따라서 대한민국의 수도를 옮기는 문제는 헌법(憲法)사항보다도 더 큰 문제라고 봐야 한다.

서울은 한반도의 한가운데 위치하고 있고 600년을 수도로서의 생명을 이어왔기 때문에 7,000만 한민족의 가슴에 깊이 새겨져 있다. 88서울올림픽과 2002년 월드컵을 통해서도 세계인의 머릿속에 뚜렷하게 각인되어 있는 '서울 코리아'가 아닌가? '서울'이라는 말 자체가 수도를 의미하지 않는가?

수도를 서울 아닌 곳으로 옮긴다는 것은 사람의 얼굴 한 가운데에 있는 코를 턱 밑에 옮겨놓는 것과 같이 있을 수 없는 일이다. 이렇게 볼 때 수도 이전 문제는 임기 5년의 대통령 말 한 마디로, 대통령 선거공약으로 내세웠다 하여 결정할 성질이 아니다.

이것은 국회의원 3분의 2 찬성을 얻은 뒤 국민투표에 부쳐야만 최종 확정되는 헌법개정안보다도 더 중요한 사안으로 보아야 한다.

노무현 대통령이 이 문제에 대해 지금도 실천 의지가 확고하다면 이 문제를 기정사실화해서 밀고 나갈 것이 아니라 '수도이전안'을 국회에 내놓고 충분한 토론을 거쳐 통과시킨 뒤 국민투표에 부쳐 국민의 확실한 동의를 받고나서 시행에 옮겨야 할 것이다.

수도 이전 발상은 통일 의지 버린 것

노무현 대통령은 내가 공약했으니까 꼭 실천하겠다는 집착에서 벗어나야 한다. 뒷날 틀림없이 민족 통일을 포기한 대통령으로 역사에 기록될 것이라는 점도 생각해야 할 것이다.

고려시대나 조선시대의 우리 선조들은 대륙 세력으로부터 엄청난 침략과 억눌림을 받으면서도 북벌의 의지를 불태웠고 고구려는 중국대륙 깊숙이 진출한 역사를 가지고 있다. 지금 불행하게도 일시적으로 남북이 분단되어 50여 년을 지내왔지만 반만년의 역사를 생각하면 분단의 역사는 길지 않을 것이다.

그런데 노 대통령이 이 나라의 국가 원수가 된 위치에서 통일이 될 때를 생각하지 않고 남한이라는 작은 땅의 한가운데인 대전권으로 수도를 옮기겠다는 것은 역사와 민족 앞에 씻을 수 없는 큰 죄를 짓는 것이며 또한 정치인 노무현 스스로의 위상에 먹칠하는 일이라는 것을 지금이라도 깨달아야 할 것이다.

수도권 과밀 해소에 도움 안 된다

필자는 지난 대통령 선거 당시 수도 이전 문제에 대한 노무현, 이회창 두 후보 간의 논쟁을 지켜보았다.

수도권의 인구 과밀을 해소하겠다는 것이 노무현 후보의 주장이었고, 수도권의 집값 하락이 오고 수도권이 공동화한다는 것이 이회창 후보의 반대논리였다. 그렇다면 수도 이전이 수도권의 인구 과밀을 과연 어느 정도 해소할까?

충청권에 행정수도를 만든다고 수도권 2,000만 인구 중에 몇 %가 감소될 것인가? 그 곳이 100만 인구의 신도시가 된다 해도 수도권 사람들 50만도 이주하기 어려울 것이다. 그렇다면 수도권의 인구 과밀 해소 효과는 지극히 미미하다고 봐야 한다. 수도 이전, 신도시 건설에 수십조의 예산을 투자해서 얻는 효과가 미미하다면 경제성이 없는 사업이다.

한나라당은 정책 일관성 보여라

한나라당은 민주당 노무현 후보의 수도 이전 공약에 대해 강력히 반대했지만 서울 시민들을 설득시키는 데 실패했다. 집값이 떨어질 것이라는 주장이 서울 시민 절대 다수의 공감대를 형성하지 못하였다. 좀 더 차원을 높여 통일 의지를 포기하는 정책이라는 점을 부각시켰다면 정치 지도자로서의 이미지를 높일 수 있었을 것이다.

한나라당은 대통령 선거에서 패배했지만 수도 이전을 반대했던 당론을 일관성 있게 밀고 나가 이미 기정사실화해서 준비를 서두르고 있는 노무현 정부에 대해 제동을 걸어야 한다. 당의 운명을 걸고 막아야 할 것이다.

충청권의 표를 의식해서 당론이 흔들린다면 한나라당은 국민의 신뢰를 잃고 그 동안 한나라당을 지지했던 사람들로부터 외면당하게 될 것이다. 유감스럽게도 한나라당 충청권 국회의원들이 한 발

앞서서 내년 2월 전에 이전지를 확정하는 특별법 제정을 추진하겠다고 나서는 것은 일종의 반란이다.

한나라당이 지금 와서 수도 이전 지지표가 한나라당으로 올 것이라 생각한다면 어리석은 일이다. 한나라당은 원내 다수당으로서 다시 한 번 수도 이전에 대한 확고한 반대 당론을 재확인하고 원내 투쟁을 통해서 수도 이전에 관한 예산 삭감은 물론 모든 입법을 막아야 할 것이다.

정부는 이미 청와대에 '신행정 수도 기획단'을 구성하여 2004년까지는 후보지를 선정한다는 방침을 밀고 나가고 있는데 한나라당이 대선 이후 지금까지 이 문제에 관한 당론을 밝히지 않고 있는 것은 책임이 막중한 야당으로서 소임을 다하지 못한 모습이다. 이런 것이 한나라당에 대한 국민의 지지도를 올리지 못하는 큰 이유가 아닐까?

서울시 의회가 1,030만 서울 시민을 대표해서 수도 이전 반대 운동을 전개하고 있는데 한나라당이 말이 없다는 것은 말이 안 된다.

한나라당이 원내 다수당으로서 수도 이전에 확고한 반대 입장을 밝힌다면 지금 충청권에서 불고 있는 부동산 투기 바람도 잠재울 수 있을 것이 아닌가?

수도는 하나이지 둘이 될 수 없다

노무현 대통령은 대통령 선거 당시 서울은 경제수도로 하고 충청권에 행정수도를 만들겠다고 했다. 한 나라의 수도는 하나이지 둘이 될 수 없다. 세계 어느 나라에 경제수도 따로 있고 행정수도 따로 있는가? 뉴욕이 아무리 커도 뉴욕일 뿐 수도는 아니다. 밀라노가 아무리 큰 도시지만 이탈리아의 수도는 아니다. 노무현 대통령이 수도 이전의 논리를 찾다 보니 행정수도, 경제수도로 양분해 본 것 같은데 그렇다면 정치수도는 어디에 둘 것인가? 경제와 행정을 놓고 볼 때 어느 쪽에 비중을 둘 것인가? 당연히 경제에 두어야 한다.

그렇다면 정치수도는 경제수도와 함께 있어야 한다. 대통령실과 국회가 있는 곳이 정치수도라고 볼 때 이 경우 노 대통령이 생각하는 충청권 행정수도는 의미가 없다. 이미 3군사령부가 있는 충청권에 행정도시를 만들어 행정자치부 등 일부 부처를 옮기도록 하는 절충안은 생각할 수 있을 것이다.

노 대통령은 이 문제에 관한 한 공약 실천이라는 부담에서 벗어나서 거듭거듭 신중하게 대처하기를 권고한다.

《헌정》 / 2003. 11)

대통령 정당 이탈에 문제 있다

우리나라는 건국 이래 줄곧 정당정치를 해왔다. 그런데 오늘의 정치 상황은 그 정당정치가 무너진 현상이다.

제도는 정당정치를 하게 돼 있으나 현실은 그렇지 못하다. 정당의 공천 후보로서 선거를 통해 국민의 지지를 받아 대통령이 되었으면 그 임기 동안에는 그 정당을 떠날 수 없는 것이 원칙이다. 그 정당을 떠나려면 대통령 자리도 내놓아야 마땅한 것이다. 전국구 국회의원이 그 정당을 떠나면 국회의원직이 자동으로 박탈되는 것과 같은 원리이다. 노태우 전 대통령을 비롯하여 김영삼 전 대통령, 그리고 김대중 현 대통령 모두 임기 중에 자기를 공천해준 정당을 떠나버렸다. 이것은 정당정치의 원칙에서 벗어난 것이다. 그들이 정당 공천 후보가 아니었다면 국민이 대통령이 될 만큼 표를 주었겠는가. 국민은 그를 떠받들만한 정당의 세력이 있기 때문에 지지해준 것이지 단기필마의 무소속이었다면 대통령직을 수행할만한 능력을 인정하지 않았을 것이다. 당을 떠날 때 내세우는 명분은 모두 '국정을 공정하게 수행하기 위하여'라고 했는데 그렇다면 대통령에 당선된 그 이튿날부터 그 정당을 버려야 하지 않는가? 공정한 국정 수행이 목적이면 국민은 그런가보다 하지만 사실은 실패한 대통령의 존재가 그 정당의 차기 정권 창출에 부담이 될지도 모른다는 정치적 계산에서 행하는 하나의 술수에 불과한 것이다. 노태우 전 대통령이나 김영삼 전 대통령이나 김대중 현 대통령이 그 정당을 떠날 때 사정은 다소 다를 수 있으나 임기가 끝나기도 전에 소속 정당을 떠난 것은 대통령답지 못할 뿐만 아니라 정치 지도자로서 당당하지 못한 처신이라는 것을 이 시점에 지적하고 싶다.

민주당은 여당인가 야당인가?

대통령은 임기를 1년 정도 남겨둔 시점에서 소속 정당을 떠났다.

국정 수행을 공정하게 하기 위해서 그렇게 했다고 하지만 김 대통령이 공정한 국정 수행을 하고 있다고 믿는 사람도 별로 없는 것 같고 권력의 누수 현상으로 국정 수행 능력을 상실하여 혼란만 가중되고 있다. 오늘의 정권은 김대중 정권인가 새천년민주당 정권인가?

새천년민주당은 여당인가 야당인가? 아무리 대통령과의 거리를 멀리하려 해도 민주당은 대통령의 우산을 벗어날 수 없는 것이다. 아들의 비리 등으로 국민의 신뢰를 잃은 대통령과의 관계를 끊어서 정치적 실리를 추구하려는 민주당의 모습은 딱하기 짝이 없다. 차라리 당당하게 정권을 지원하는 여당으로 처신하는 것이 옳을 것이다.

대통령이 떠났다고 해서 대통령과의 차별화를 모색하는 모습은 오히려 국민으로부터 빈축을 살 뿐이다. 대통령이 지명한 장상 국무총리서리 임명동의안을 처리할 때 민주당 의원 상당수가 부표를 던진 사실이야말로 김대중 정권의 권력 누수 현상의 결정판이라 할 수 있다. 만일 대통령이 민주당 총재로 있었다면 그럴 수 있겠는가?

장상 국무총리 임명동의안 표결에 있어 자유투표제를 채택한 것은 얼핏 보기에 민주 발전이라고 보일지 모르지만 정당정치의 원칙으로 볼 때 당당하지 못한 모습이다. 각 당이 충분한 토론을 거쳐 당론을 결정하고 당당하게 처리해야 마땅하지, 자유투표를 해놓고 그 결과를 가지고 서로 비방하는 것은 국민 보기에 부끄러운 일이다.

월드컵 4강에 걸맞는 정치로

국회의장이 당적을 버리는 제도를 채택하여 이번 박관용(朴寬用) 의장부터 실천에 옮긴 것은 3권분립의 원칙에서 크게 진일보하였다.

과거 대통령이 지명하고 원내 다수당이 표를 몰아 선출한 국회의장은 입법부의 수장으로서 소임을 다하기 어려웠다. 대통령이 날치기를 하라고 강요하면 그것을 거절할 수 없는 것이었다. 박정희 대통령의 3선 허용을 위한 3선 개헌안을 비롯하여 수많은 날치기들이 헌정사에 먹칠을 하였는데 그 모두가 입법부의 수장이 제 기능을 다하지 못한 데서 온 것이다. 이와 같은 무소속 국회의장제가 자리 잡아 의회정치 발전에 크게 기여해야 할 것이다.

孟子曰, 仁則榮 不仁則辱 賢者在位 能者在職

맹자께서 말씀하셨다. 어진 정치를 베풀면 영광을 누릴 수 있고 어질지 못한 정치를 하면 치욕을 당하게 된다. 덕 있는 자가 합당한 지위에 있게 하고 능력 있는 자가 합당한 직무를 맡게 하라.

《경제풍월》 / 2002. 9)

백성은 굶주리는데 폐하는 애완새 조롱

필자는 10여 년 전에 중국 서안(西安)에 있는 비림(碑林)에 가본 적이 있다. 비림 정문 앞에 큰 비석이 세워져 있었는데 그 비석에 새겨져 있는 글은 『효경(孝經)』이요 글씨는 당나라 현종(玄宗)이 예서체로 쓴 것이었다. 보통 키의 두 배가 됨직한 높은 비석 앞뒤로 새겨진 이 글씨를 보고 현종의 글씨 솜씨가 대단했던 것을 느낄 수 있었다. 과연 절세미인 양귀비(楊貴妃)를 총애할만한 멋쟁이였구나 생각했다. 그 글씨를 보면 현종의 학문적 수준을 짐작할 수 있는데 당나라를 크게 발전시킨 현종의 성군(聖君)다운 모습은 여러 기록에도 나타난다. 기록 속에는 '청간산조(聽諫散鳥)'의 일화도 있다. 충직한 간언(諫言)을 듣고 좋아하는 새를 날려 보냈다는 이야기다.

현종은 비단결 물새를 좋아했다. 강남 지방에 사람을 풀어서 비단결 물새를 잡아오게 하고 궁궐 내 못에 물새들을 가두어 기르면서 새들의 재롱을 보고 즐겼다. 강남 지방에서는 물새를 잡기 위해 나간 궁인(宮人)들이 소동을 피우고 농민들을 동원함으로써 원성이 높아지는 것을 보고 이래서는 안 되겠다고 생각한 지방관리 아약수(兒若水)가 현종에게 다음과 같은 직간소(直諫疎)를 올렸다.

강남의 많은 백성이 먹고 입을 것이 부족하여 살기가 어려워 고생하고 있고 더구나 농사일로 눈코 뜰 새 없이 바쁜데 조정에서는 사람을 보내 비단결 물새를 잡으러 다니느라고 야단법석이니 이는 백성을 고달프게 하는 일이며 물새를 소중히 여기면서 백성은 천하게 여기는 일이므로 당장 눈앞에서 백 가지의 병폐가 솟아나려 하고 있사옵니다. 폐하께서는 마땅히 봉황을 잡아서 뭇새 보듯 하고 기린을 잡아서 뭇짐승 보듯 해야 하거늘 어째서 이 같은 희한한 일을 하고 있는 것입니까?

이 상소문을 받아 본 현종은 아약수의 말이 옳다면서 즐기던 애완새를 즉각 날려 보내고 아약수에게는 비단 네 필을 상으로 내렸다.

보통 군왕이라면 '이런 괘씸한 놈이 있나. 감히 나의 취미생활에 시비를 걸다니.' 하고 '당장 잡아 오라.'고 호통을 칠만한 일인데 현종은 자기의 잘못을 뉘우치고 그 건의를 받아들이고 상까지 내렸으니 이 얼마나 멋쟁이 군왕인가? 3권을 한 손에 쥐고 흔드는 군왕 시대의 현종이 이렇게 민심을 존중했는데 오늘의 민주시대 나라의 머슴인 대통령이 천심이라고도 하는 민심을 외면하고 내 마음대로 하겠다고 막무가내로 달려가니 심각한 국난이 아닐 수 없다. 북한이 핵폭탄을 만들고 장거리 미사일을 시험 발사함으로써 우리의 안보가 지극히 불안한 상황으로 가고 있는 이 때에 전시작전통제권을 미국으로부터 환수하겠다고 나선 노무현 대통령에 대해서 전직 국방장관들, 전직 장성들의 모임인 성우회, 전 예비역 군인들의 모임인 재향군인회, 전직 국회의원 모임인 대한민국 헌정회, 전직 경찰총수들, 기독교계, 교육계, 지식인 등 모든 단체들이 들고 일어났고 시청 앞 집회에 수십만이 모여 지금은 전시작전통제권을 환수할 때가 아니라고 주장하고 그 철회를 요구하고 있다.

이러한 주장들이 좌파가 말하는 일부 소수 보수 세력의 주장이라면 또 모르겠다. 그러나 언론에서 여론조사를 한 결과 국민의 66%가 자주라는 이름으로 전시작전통제권을 환수하겠다는 노무현 대통령의 정책을 반대하는 것으로 확인되었다. 이것은 민심(民心)이요 천심(天心)이라고 봐야 한다.

민심을 등지는 군왕은 천심을 등지는 군왕으로 더 이상 존재할 가치도 없고 명분도 없다. 군왕의 말 한 마디에 신하의 목이 하루아침에 날아가는 왕정 시대에도 천심을 어기는 군왕은 그 자리를 지키기 어려웠다. 천륜(天倫)을 어기고 민심을 등진 연산군(燕山君)과 광해군(光海君)이 정의감에 불타는 대쪽 같은 선비들에 의해 왕의 자리에서 쫓겨난 역사를 우리는 교훈으로 알고 있다. 노무현 대통령은 스스로 헌법을 위반해서 국회에서 탄핵되었다가 헌재(憲裁)에서 구제받고 간신히 자리를 지킨 대통령이다. 탄핵 파동을 겪고도 민심을 외면하고 코드인사를 계속, 측근 김병준 씨를 교육부총리로 임명했다가 여론의 압력에 굴복하고 김병준 스스로 사퇴하는 사태를 당하지 않았던가? 노무현 대통령은 민심을 천심으로 받드는 대통령의 자세로 바로 서기를 권고한다. 왕조 시대의 군왕도 민심을 두려워할 때 성군으로 추앙받았고 민심에 등지는 정책을 고집했을 때는 충신들이 등을 돌렸던 역사의 교훈을 가슴으로 되새겨야 할 것이다.

쓴소리를 하는 신하의 상소를 받아들이고 상까지 내린 현종의 큰 도량을 노 대통령은 배워야 할 것이다.

전시작전통제권을 미국으로부터 환수했을 때 좋아할 사람은 누구 겠는가? 대한민국을 공격해서 전쟁을 일으킬 준비를 하고 있는 사 람만이 좋아할 것이다. 그렇다면 그 사람은 바로 김정일이 아니겠는 가? 대한민국 국민 대다수(66% 이상)가 반대하는 전시작통권 환수 를 끝까지 고집한다면 노 대통령은 대한민국 국민을 버리고 김정일 의 비위를 맞추는 꼴이 된다는 것을 명심해야할 것이다.

(《경제풍월》/ 2006. 10)

보복 정치는 이제 그만

대통령 직선제를 요구하는 민주화 데모가 광화문 네거리를 몇 차례 휩쓸고 지나간 뒤, 이른바 노태우의 6.29선언에 따라 여야 합의 개헌이 이루어진 시점에서 필자는 제12대 국회 제137회 본회의에서 대정부 질문을 했었다.

"지난 헌정사를 돌아볼 때 6.29 노태우 선언에서부터 여야 합의 개헌 성공에 이르기까지 이 나라 의회 정치의 모습은 가장 높이 평가받아야 할 헌정사의 금자탑이라 생각됩니다. (중략) 이 나라 의회 정치의 어려움 속에서 마침내 만들어낸 합의 개헌의 정신은 앞으로 정치 선진화의 기본 이념으로 승화 발전시켜 나가야 한다고 생각합니다. 그러기 위해서는 첫째, 다가올 대통령 선거가 평온한 가운데 공명정대하게 치러져야 하고, 둘째, 선의의 경쟁이 이루어지고 선거 결과에 승복하는 민주 의식이 확립되어야 하고, 셋째, 자유 민주 체제를 근본적으로 부정하는 좌경 용공 세력의 책동을 초당적으로 봉쇄해야 하고, 넷째, 보복 없는 명랑한 정치 풍토를 조성해야 하고,

다섯째, 법과 질서를 지키는 자세가 마련되어야 한다고 생각합니다. 이 다섯 가지에 대해서 많은 국민이 걱정하고 있기 때문에 앞으로 대통령 후보로 나서는 분들이 한 자리에 모여 공동 선언을 함으로써 국민 앞에 서약할 것을 제의합니다."

당시 3선 국회의원이던 본인의 연설에 대해 여야 의원 거의 모두의 공감이 있었지만 공동 선언은 이루어지지 않았다. 그러나 그 6.29선언과 합의 개헌으로 채택된 국민 직선제에 따라 노태우, 김영삼, 김대중 세 분의 대통령이 탄생되고 이제 네 번째 대통령을 뽑을 선거가 2002년 12월 19일로 다가오고 있다.

민주화 왔으나 정치는 저질화

지난 15년을 돌아보면 그 동안 이 나라 민주 발전은 크게 진전을 보았다고 할 수 있다. 평화적인 정권 교체가 이루어지고 오랜 세월 민주화 투쟁을 해온 야당 지도자 두 분이 대통령 자리에 오를 수가 있었다. 그러나 본인이 15년 전에 제의했던 5개 항을 오늘의 현실에 비추어 보면 민주화는 진전이 있었으나 정치의 선진화, 다시 말해서 정치의 질적 향상은 이루어지지 못하였다. 선거를 통한 정권 교체는 이루어졌으나 자유 민주 체제를 근본적으로 부정하는 좌경 용공 세력의 책동을 막기는커녕 오히려 그 세력이 국기를 흔드는 상황에 이르고 보복 정치는 오히려 정치 풍토를 황폐화시키고 법과 질서는 정부 스스로 파괴하여 무법천지가 되었다. 특히 보복 정치의 악순환은 이 나라 정치를 저질화하여 국민으로 하여금 정치를 혐오하게 만드는 지경에 이르렀다.

보복 정치의 악순환 지겹다

보복 정치는 반복되어 왔다. 김대중 대통령은 박정희 대통령으로부터 정치 보복을 당했고 전두환 대통령은 노태우 대통령으로부터 정치 보복을 당했다. 김영삼 대통령은 선거 경쟁자였던 김대중 후보에게는 정치 보복을 하지 않으면서 전두환 노태우 두 전임 대통령을 구속시켰다. 김대중 후보는 92년 선거에 패배하자 정계 은퇴를 선언하고 영국으로 떠나 정치 보복을 피했다가 바람이 지나간 뒤에 귀국해서 정계에 복귀, 당을 만들어 97년 대통령 선거에 도전하여 한나라당의 이회창 후보를 물리치고 대통령이 되었다. 보복 정치에 고통 받은 경험을 가진 김대중 대통령이 집권하자 정치의 초점을 이회창 죽이기에 맞추는 보복 정치로 일관하였다. 옛날 박정희 대통령은 계속 집권을 위해서 야당 지도자를 탄압했지만 지금은 누구도 5년 단임의 헌법을 지킬 수밖에 없는데 왜 야당 지도자를 죽이려 하는지 이해할 수 없다. 김대중 정권의 지난 5년은 북풍, 세풍, 병풍 등으로 표현되는 '창(昌) 죽이기' 보복 정치에 영일이 없었지만 창을 죽이지도 못하고 결과적으로 창을 키우는 역할을 하였다. 김대중 대통령은 일본에서 납치되어 오고 동교동에 연금되어 있는 동안 가만히 앉아서 지도자로 성장하였다. 박정희 정권의 탄압 정치가 결과적으로 김대중이라는 야당 지도자를 키운 것이다. 이회창 총재 또한 김대중 정권의 탄압 정치의 반사효과로 국민적 지지 기반을 확보했다고 볼 수 있다. 지난 국회의원 선거에서 압승한 것이나 지난 지방 선거에서 압승한 것이나 지난 보궐 재선거에서 압승한 것에서 나타난 흔들림 없는 지지 기반 확보의 일등공신은 바로 김대중 정권의 보복 정치라 할 수 있다.

병풍 재탕 공작은 치졸

창 죽이기 작전 가운데 병풍 재탕 공작은 역사상 가장 치졸한 실패작이라고 볼 수 있다. 아무리 정치적 효과가 예상된다고 해도 해서는 안 될 것은 하지 않는 자제력이 있어야 하는데 그러한 자제력이 없는 집단은 존립 자체에 위기가 오는 법이다. 병풍에 승부수를 걸기 위해 전과7범의 사기 엽색 파렴치범 김대업을 동원해서 벌인 병풍 재탕극은 처음부터 위험한 불장난이었다. 병풍 재탕으로 한 때 이회창 후보에 흠집을 내는 데 성공했을지 모르지만 김대업의 공세가 허위 조작으로 드러나고 그 배후까지 드러나게 되면 그 역풍은 그 진원지로 불게 되고 결과적으로 이회창 후보를 크게 돕게 되는 것이다. 검찰은 이제 김대업의 무고사건을 처리해야 될 단계에 왔고 김대업이 궁지에 몰리면 더 이상 비밀을 지킬 가치를 느끼지 못하는 심경의 변화가 올 것이다. 검찰은 김대업의 병풍 조작 사실을 알고 있었을 것이고 더 이상 김대업을 보호할 수 없는 처지에 몰리게 될 것이다. 극도로 저질화된 정치판에 검찰도 희생물이 되고 있음을 깨닫게 될 것이고 이것은 지극히 불행한 일이다.

우암(尤庵)과 미수(眉叟)의 우의(友誼)

신라시대에는 세계에서 유례를 찾아볼 수 없는 높은 도덕 정치가 있었다. 신라 천년의 왕조가 존재할 수 있었던 것이 그와 같은 도덕 정치가 있었기 때문일 것이다. 신라 6부 촌장이 모여(和白會議) 13세에 불과한 박혁거세를 왕으로 추대하였고 그 후 박 씨에서 석씨로 석 씨에서 김 씨로 주거니 받거니 평화적으로 정권이 이양되고 그 시대에 여왕이 등장하는 등 아름다운 정치 문화가 있었던 것이다.

조선시대에 이르러서는 엄청난 보복 정치가 사색당쟁 속에서 있었다. 그러나 그 중에서도 노론(老論)의 영수 우암 송시열(宋時烈) 선생과 남인의 영수 미수 허목(許穆) 선생의 일화는 오늘의 정치인들이 한 번쯤 되새겨 볼만하다. 그 때 양 세력 간의 정치적 대립은 엄청나게 심각했지만 두 영수 사이에는 서로 인격을 신뢰하고 우정을 지키는 군자의 도(道)가 있었다. 우암 선생이 기관지 천식으로 자신의 오줌을 약으로 마시고 있었는데 그 독성 때문에 고생하던 것을 안타까워한 미수 선생이 상당한 수준의 한방의학 실력으로 약방문(처방)을 지어 보냈다. 그런데 우암 선생의 아들이 그 처방 속에 비상이 들어 있는 것을 발견하고 격분했다.

'아무리 정적이라 해도 비상으로 독살하려 하다니.' 하고 흥분하였는데 우암 선생이 말하기를 '미수는 그런 사람이 아니다. 두말 말고 그 처방대로 약을 지어 올리라.' 하여 끝내 그 약을 마시고 병세가 호전되었던 것이다. 불구대천(不俱戴天)의 정적이지만 서로 인격을 믿는 군자의 도를 지켰던 것이 그 때 지도자였던 것 같다.

6.29선언 이후 네 번째의 대통령을 뽑는 이번 대통령 선거에 출마한 후보들은 한 자리에 모여 '보복 정치 종식' 공동 선언을 하기를 이 글을 통해 제의한다. 『명심보감』에 다음과 같은 글이 있다.

약요인중아 무과아중인 (若要人重我 無過我重人)

만약 남이 나를 소중히 여기기를 바란다면

내가 남을 소중히 여기는 것보다 나은 방법이 없다.

(《경제풍월》 / 2002. 9)

제헌절은 대한민국의 생일

성탄절을 공휴일에서 제외시킨다면 어떤 일이 벌어질까? 성탄절은 예수님 탄생일이기 때문에 전국의 기독교인들이 모두 서울 시청 앞 광장에 모여 정부에 항의하는 집회를 열고 이의 시정을 거세게 요구할 것이다.

정부가 부처님 오신 날을 공휴일에서 제외시킨다면 어떤 일이 벌어질까? 석가모니 탄생일이기 때문에 전국의 불교 신도들이 서울 시청 앞 광장에 모여 정부에 항의하는 집회를 열고 이의 시정을 거세게 요구할 것이다.

그렇기 때문에 감히 이런 결정을 할 엄두도 못 냈을 것이다. 그런데 제헌절을 공휴일에서 제외키로 정부가 결정할 때 무슨 생각을 했을까?

전 국민이 시청 광장 데모해야 할까

제헌절은 대한민국의 탄생일이니까 전 국민이 서울 시청 앞 광장

"

에 모여 데모를 할지도 모른다는 생각을 했을까? 그렇게 생각하지 않은 것이 분명하다.

기독교 신도는 무섭고 불교 신도는 무서운데 자유민주주의 시장 경제를 신봉하는 대한민국의 국민은 무섭지 않다고 생각하는 것이 분명하다. 대한민국의 정부가 대한민국 국민을 이렇게 무시할 수 있단 말인가?

노무현 정부는 2005년 3월 2일 국무회의에서 식목일과 제헌절을 공휴일에서 제외키로 했다. 식목일은 바로 시행하되 제헌절은 국회와 대한민국 헌정회의 의견을 들어보고 2008년부터 시행하기로 하였다. 그러나 정부가 국회와 헌정회에 진지하게 의견을 물어보지 않은 것 같다. 국회와 대한민국 헌정회가 이를 막지 못하면 제헌절은 2008년부터 공휴일에서 제외되고 국민들은 그 날 국기 게양을 하지 않아도 되는 기념일 정도로 격하되고 만다.

지금이라도 늦지는 않았다. 국회의원과 전직 국회의원인 대한민국 헌정회 회원들이 서울 시청 앞 광장에서 농성 데모를 해서라도 이를 막으면 다행이겠지만 그렇지 않고는 노무현 정권이 대한민국의 정통성을 훼손하는 정책의 하나로 대한민국의 탄생일인 제헌절을 공휴일에서 제외시키는 데 성공하게 될 것이다.

그 때는 전 국민이 서울 시청 앞 광장에 모여 제헌절을 국경일로 복원하는 거국적 투쟁을 벌여야 할 것이다. 문제는 노무현 정부가 제헌절의 비중을 성탄절이나 부처님 오신 날의 그것보다 하위에 두었다는 데에 있다. 대한민국의 대통령이 대한민국의 탄생일을 이렇게 가볍게 다룰 수 있는 것인지 그 생각의 바탕을 따지지 않을 수 없다.

이것은 노무현 대통령이 국헌을 수호하겠다고 국민 앞에 선서한 것을 지키지 않고 헌법과 국법 질서를 지키지 않아서 국회로부터 탄핵을 받은 것을 비롯하여 그 후에도 대통령의 선거 중립 의무를 지키지 않아 중앙선거관리위원회로부터 경고를 받았던 사실을 연상하게 된다.

'그 놈의 헌법' 망언 국민에 사과해야

노무현 대통령은 그 스스로 수호해야 할 헌법을 '그 놈의 헌법'이라고 표현함으로써 대한민국의 정통성에 대한 사고의 저변을 여지없이 드러냈다. 이것은 망언의 수준을 넘어서 대한민국 대통령으로서 상식 이하의 망발이 아닐 수 없다.

그 놈의 헌법이라면 그 헌법에 의해서 탄생된 대한민국을 '그 놈의 대한민국'이라고 말한 것과 같고 그 대한민국의 대통령은 '그 놈의 대통령'이라고 말한 것과 같은 것이다. 그렇다면 노 대통령은 더 늦기 전에 국민 앞에 그 말을 취소하고 정중히 사과하는 성명서를 내야 하는 것이다.

그렇지 않고는 국민의 마음을 달랠 길이 없다. 그 놈의 헌법이라고 한 그 발언으로 노무현 대통령이 대한민국 정통성보다 북한의 정통성을 우위에 두는 친북 반미 세력의 생각과 그 맥을 같이한다는 오해를 씻기 어려울 것이다.

386 주사파들의 정통성 격하

사실 노무현 대통령을 둘러싸고 있는 '노무현의 사람들' 가운데에는 대한민국의 정통성보다 북한의 정통성을 우위에 두는 김일성 주체사상에 물든 사람이 적지 않은 것이 사실이다.

지난날 전대협, 한총련의 운동권 학생들에게 김일성 주체사상을 교육시켰던 사람이 최근 모 안보포럼에서 주장하였다. '오늘의 386 가운데 자기로부터 김일성 주체사상을 교육받은 사람이 많고 그들이 노무현 정권 요소요소에 포진해 있으며 여권 국회의원으로도 활동하고 있다.'고 했다.

그들 주사파 386들은 그들의 사상을 바꾸었다는 전향선서를 한 바 없기 때문에 지금도 주체사상이 주입시킨 대로 6.25는 통일전쟁이고 미국의 개입이 없었으면 공산통일이 되어 북한 정부가 한반도의 정통성 있는 정부라는 인식을 갖고 있다고 봐야 한다.

노무현 정권의 정책 결정 과정에 깊이 개입하고 있는 이들 386 주사파들의 생각에 영향을 받아 제헌절을 국경일 공휴일에서 제외시키는 정책이 나왔다고 볼 때 앞으로 그들이 무슨 카드로 대한민국의 정통성을 무너뜨리는 작업을 할지 모르겠다.

대한민국 헌법과 건국의 역사

여기서 대한민국의 건국의 역사를 돌아볼 필요가 있다. 1946년 2월 14일 조선 과도입법의원이 미 군정청에 의하여 설치되었다. 민선의원 45명과 관선의원 45명으로 구성되어 그해 12월 12일 개원되었으며 김규식 선생을 의장으로 선출하였다.

입법위원은 1948년 5월 10일, 유엔 감시 하에 실시된 국회의원 선거에서 선출된 국회의원으로 1948년 5월 31일 대한민국 제헌국회가 개원되었다. 이승만(李承晩) 박사가 초대 국회의장으로 선출되었다.

마침내 제헌국회는 1948년 9월 12일 국호를 대한민국으로 하고 내각 책임제가 가미된 대통령 중심제 헌법을 의결하고, 이 헌법은 7월 17일 마침내 대한민국 헌법으로서 공포되었다.

이 헌법에 따라 7월 20일 이승만을 대통령으로 이시영(李始榮)을 부통령으로 선출함으로써 대한민국은 출범하였고 따라서 1949년부터 제헌절은 국경일로서 오늘에 이르렀다.

정부는 1949년 10월 1일 국경일에 관한 법률을 공포, '7월 17일 제헌절은 국경일로 정하여 정부 주관의 기념식전과 헌법을 존중하고 민주주의 정신을 앙양하는 내용의 각종 기념행사를 거행하며 공휴일로 한다.'고 결정하였다.

제헌절 행사, 정부 주관으로 격상하라

그 후 오랜 세월 정부 주관 행사를 가져왔는데 언제부터인가 국회 주관으로 국회에서 제헌절 기념식을 가져왔다. 국회 주관 기념식에 한때는 대통령이 참석했으나 노무현 대통령은 그 동안 한 번도 국회에서의 제헌절 기념식에 참석하지 않았다.

북한이 대한민국의 대선에까지 개입하고 핵과 미사일로 위협하는 이 시점에서 정부는 오히려 제헌절 행사를 정부 주관으로 격상해서 대한민국 헌정 체제의 우월성을 선양해야 할 것이다. 정부가 진정 너무 많은 공휴일을 줄이는 일에 고민한다면 얼마든지 방법이 있을 것이다.

《경제풍월》 / 2005.4)

아, 가신 님 숭례문

대한민국 국보 제1호 숭례문(崇禮門)이 2월 10일 밤 불타버렸다.

600년의 역사를 품고 대한민국의 자존심과 한민족의 위풍을 당당하게 상징해왔던 숭례문. 남대문으로 불리기로 했던 그 숭례문이 어처구니없는 정신병자의 불장난으로 불타버리는 영상을 본 모든 한국인은 그 충격으로 잠을 잘 수 없었다.

사람이 죽은 장소가 아닌 건축물의 사망 현장인 숭례문 터 앞에 조화가 산더미처럼 쌓이고, 큰절을 하고 눈물을 흘리면서 조문하는 시민의 발길이 이어지는 모습은 눈물겨운 장관이 아닐 수 없다.

9.11 테러로 미국 무역센터 빌딩이 붕괴되었을 때는 엄청난 인명 피해가 있었기 때문에 그곳에 조화가 쌓이고 눈물을 흘리는 사람이 많이 모여들었다. 하지만 그것은 희생된 인명에 대한 조의의 표현이었다. 영국의 다이애나 비(妃)가 사망했을 때 영국 왕궁 앞에 조화가 산더미처럼 쌓인 것도 인간의 죽음에 대한 애도의 표시였다. 그러나 숭례문의 경우 사람이 죽은 자리가 아닌 건물이 죽은 자리인데

조화가 이어지고 조문객이 이어지고 울음소리가 이어졌다. 이런 경우는 일찍이 없던 일이다.

외국인들이 보면 특이한 일이라고 할 수 있지만 5,000년의 역사 속에 유교 문화의 가르침을 받고 살아온 한민족으로서는 당연하고도 자연스러운 현상이다. 숭례문(崇禮門)이라는 그 이름만 보아도 그 뜻이 깊고도 높다고 할 수 있다.

유교의 기본 이념이 인의예지신(仁義禮智信)이다. 삼봉(三峯) 정도전(鄭道傳) 선생이 한양 도읍을 설계할 때 4대문과 종각의 이름을 인의예지신(仁義禮智信)으로 붙임으로써 한양을 도읍으로 한 조선 왕조의 통치 이념이 유교임을 만천하에 알리고 이를 자손만대에 이어지게 하겠다는 의지를 표현한 것이었다.

그래서 동대문은 흥인지문(興仁之門)이요, 서대문은 돈의문(敦義門)이요, 남대문은 숭례문(崇禮門)이요, 북대문은 홍지문(弘智門)이요, 종로 한가운데 세워진 종각은 보신각(普信閣)으로 하였다.

흥인(興仁)은 착한 정치를 일으킨다는 뜻이요, 돈의(敦義)는 정의로움을 돈독하게 한다는 뜻이요, 숭례(崇禮)는 예절을 숭상한다는 뜻이요, 홍지(弘智)는 지혜로움을 넓게 하겠다는 뜻이요, 보신(普信)은 믿음을 보편적 가치로 삼겠다는 뜻이다. 4대문 중에 돈의문(서대문)은 일찍이 없어졌지만 흥인문(동대문)과 숭례문(남대문)과 홍지문(북대문)은 서울의 상징물로 그 당당한 위용을 지켜왔는데 그 중에도 서울의 얼굴이자 한국의 얼굴로 빛났던 숭례문이 없어진 것은 동방예의지국인 한국 유교 문화의 한 축이 무너진 것과 같은 의미를 지닌다고 볼 수 있어 그와 같이 충격이 컸던 것이다. 복원하는데 예산이 200억이 소요된다고 하는데 200억으로 복원이 된다고 해도 국보 1호 숭례문의 원상 회복은 불가능한 것이다. 600년 역사의 풍진(風塵)이 빠진 숭례문이라면 그것을 우리 민족의 가슴속에 새겨져왔던 숭례문이라 할 수 없는 것이다.

그래서 '가신 님, 숭례문' 앞에 애도의 물결이 이어지는 것이다. 이것은 우리 민족만이 가지는 아름다운 정신문화요 이것은 또한 우리 민족의 무한한 에너지라 해야 할 것이다. 남북 분단 속에 자원이 없는 척박한 땅에서, 경제 강국이 되고 무역 규모 세계 10위권에 오른 대한민국의 힘이 과연 무엇일까? 그것은 유교 문화로만 설명할 수 있다.

일찍이 미국의 연구기관에서 아시아의 5룡(한국, 일본, 대만, 홍콩, 싱가포르)이 경제 개발에 성공한 배경을 연구해본 결과 그 다섯 나라는 유교 문화라는 공통점을 가지고 있다는 것을 발견하였다. 유교 문화는 나라를 사랑하고 부모에게 효도하고 교육열이 강하고 근면하고 검소한 것을 미덕으로 하는 가치관을 갖게 한다. 이와 같은 유교 문화는 아시아의 다른 나라보다 우리나라가 가장 강한 것이다.

명절이 되면 고향으로 가서 조상 묘에 성묘하고 부모에게 효도하는 변하지 않는 미풍이 다른 나라에는 없다. 88서울올림픽을 성공한 것, 2002년 월드컵 4강을 이룬 것, IMF 환란을 극복하고 세계 무역 대국 10위권에 진입한 힘이 모두 유교 문화의 힘이었다고 필자는 생각한다. 숭례문의 사망에 조문 행렬이 이어지는 대한민국의 미풍(美風)을 우리는 소중하게 자손만대에 이어지도록 보전해야 한다. 그러기 위해서도 숭례문을 보호하지 못한 노무현 정권의 책임을 철저히 규명해서 역사 앞에 준엄하게 단죄해야 한다.

국민은 숭례문을 지키지 못한 노무현 정권에 대해 분노의 마음을 억누르지 못하고 있는데 노무현의 고향에서는 노무현의 귀향을 환영하는 대규모 행사를 준비했으니 그 봉하 마을에는 무례문(無禮門)을 세워야 마땅하겠다.

《경제풍월》 / 2008. 3)

병자호란(丙子胡亂)의 교훈(敎訓)

지난 연말 대한민국 헌정회 강화도(江華島) 역사 탐방에 참여하였다. 그곳에서 나는 병자호란(丙子胡亂) 때 인조(仁祖) 대왕이 청(淸)나라 장수 앞에 나가 무릎을 꿇고 항복문서를 바쳐야 했던 치욕적인 역사의 원인을 만든 강화성(江華城)의 비극 현장을 보고 오늘의 사람들 가운데 그 때의 역사적 교훈을 뼈 아프게 가슴에 새기고 있는 사람이 과연 몇 명이나 될지 걱정되었다.

병자호란 때 청(淸)나라 군(軍)이 파죽지세로 밀려오자 왕은 남한산성(南漢山城)으로 들어가고 왕자는 강화도로 보냈는데 그 왕자를 인질로 잡기 위해 청군이 바다를 건너 강화성을 공격하자 그 성을 지키던 장수는 미리 겁에 질려 도망가버리고 군사에 전문가가 아닌 오합지졸 민간인들이 우왕좌왕 하다가 성은 함락되고 왕자는 청군에 잡히는 신세가 되었다. 청군은 그 길로 왕자를 끌고 남한산성 앞에 가서 항복을 하지 않으면 왕자를 죽이겠다고 위협하였다.

인조대왕은 주화론(主和論)과 척화론(斥和論)으로 전시 조정이

양분된 가운데 어쩔 수 없이 청나라 장수 앞에 나아가 항복문서를 바치고 사직(社稷)은 겨우 지켰으나 견딜 수 없는 엄청난 수모를 겪어야 했다. 임진왜란 7년을 겪으면서도 겪지 않았던 항복(降伏)이었다. 그 후유증은 얼마나 엄청났던가? 청나라는 항복 후에 조선 국왕에게 그 동안 청을 반대한 신하 세 사람을 청나라에 넘기라고 요구했다. 왕의 고민이 어떠했겠는가? 모두가 충신인데 누구를 사지(死地)에 보낸단 말인가? 청나라의 재촉은 추상(秋霜) 같은데 이러지도 저러지도 못하고 눈물의 고민만 거듭할 수밖에. 이 때 '소신(小臣)이 가서 죽겠나이다.' 하고 자청한 충신이 세 사람 있었으니 홍익한(洪翼漢), 윤집(尹集), 오달제(吳達濟)였다.

이들을 데리고 간 청나라 조정에서는 이들에게 좋은 음식, 좋은 옷을 주면서 회유하기를 1년이나 했다. 이제 청나라를 반대하지 않겠다고 마음을 바꾸면 살려서 보내겠다고 설득했지만 '청은 오랑캐라는 소신에 변함이 없다. 빨리 죽여라.' 하고 대쪽 같은 선비의 자세를 조금도 흩트리지 않았다. 결국 이들은 시신으로 돌아왔는데 송시열(宋時烈) 선생은 이들을 위하여 『삼학사전(三學士傳)』이라는 제목의 책을 발간하여 그들의 충절을 기렸다. '일월(日月)의 밝음이여 산악의 높음이여.' 그 맑고 높은 뜻을 이렇게 표현했다. 적을 맞아 싸우지 않고 도망가 국왕의 항복이라는 국난의 씨앗을 만든 장수와 조선 선비의 충절을 죽음으로 지킨 삼학사의 모습은 너무나 대조적이다.

지금 우리 안보 전선에 적이 오면 도망갈 장수는 없는지 걱정스럽다. 휴전선 철조망이 뚫렸는데 그 원인도 모르고 전방 부대 무기고가 구멍 나는 따위의 일들이 다반사(茶飯事)로 일어나고 적이 알아서 안 될 안보상의 비밀문서가 사흘이 멀다 하고 유출되는 오늘의 안보 상황, 주적이 앞에 있는지 뒤에 있는지도 잘 모르는 사람들이 휴전선에 총을 들고 서 있지나 않은지? 북쪽에서 핵으로 위협하는데 남쪽은 북쪽의 눈치만 보고 북핵을 막아줄 동맹국에게는 섭섭한 마음이 쌓이게 한다면 이것은 삼학사 후예의 선비 나라 모습이 아니다.

이제 대한민국을 위해서 기꺼이 죽을 수 있는 대쪽 같은 선비 정신을 복원할 때다. 그러기 위해 남한산성에 삼학사 묘역을 크게 만들고 남한산성을 성역화해서 삼학사의 정신을 국민 정신으로 승화시키기를 정부에 건의한다.

《헌정》 / 2005. 1)

지지율 10% 대통령의 개헌 발의와 그 종말

노무현 대통령은 지금 시점에서 자기가 고치겠다고 나선 헌법 제
1조 2항을 한 번 정독하기 바란다.

'대한민국의 주권은 국민에게 있고 모든 권력은 국민으로부터 나
온다.'로 되어 있는 이 조항의 뜻을 한 번 확인했다면 국민의 10%밖
에 지지하지 않는 자신의 현재 입장에서 개헌을 하겠다고 나서지 않
았을 것이다.

노 대통령은 취임할 때 국민 앞에 다음과 같이 선서했다.

'나는 헌법을 준수하고 국가를 보위하며 조국의 평화적 통일과
국민의 자유와 복리의 증진 및 민족문화의 창달에 노력하여 대통령
으로서의 직책을 성실히 수행할 것을 엄숙히 선언합니다.'

노대통령이 취임 선서를 한대로 충실하게 국정을 운영했으면 왜
국민의 지지가 10%대로 떨어졌겠는가? 거기에 대한 반성 없이 국
민의 생각이 어떻든 대통령으로서 개헌 발의권이 있으니 행사하겠
다고 불쑥 발표하는 것은 국민에 대한 반발 행위에 불과하다.

임기 1년을 앞둔 시점에서 국민의 지지율이 10%대에 떨어져 있으니 이것을 적어도 50%대로 끌어올리려는 진지한 노력을 해야 할 것이다. 자기 말로 두 번이나 개헌할 수 있는 시간이 있다고 말했으니 그 시간의 절반은 지지율 끌어올리는 노력을 하고 어느 정도 지지율이 회복되었을 때 진정으로 개헌을 하겠다는 생각이면 그 때 해도 늦지 않을 것이 아닌가.

국민은 노 대통령이 정치에 관여하지 말고 경제 살리기에 전념하기를 바라고 있지 개헌하기를 바라고 있지 않다는 것이 여론조사에서 나타나고 있다. 노 대통령이 개헌 발의 선언을 한 뒤에 나타난 여론의 흐름도 지금은 개헌할 때가 아니고 개헌을 하더라도 차기 정권에서 하는 것이 마땅하다는 생각을 국민의 70~80%가 가지고 있다는 것이 확인되었다.

그렇다면 국민이 박수를 치고 개헌에 찬성할 줄 알았던 판단이 오판으로 드러난 이상 즉각 개헌 발의를 포기하겠다고 선언하는 것이 마땅한데 노 대통령은 여론에 관계없이 개헌 발의권을 행사하겠다고 고집을 부리고 있으니, 그 모습이 돈키호테 같다.

한나라당 반대, 개헌안 국회 통과 불가능

4년 연임제 개헌을 해서 다음 대통령이 일하기 좋도록 해야겠다는 노 대통령의 선의가 선의로 인정받고 그 실천 의지에 진정성이 있다는 것을 보이려면 개헌 발의를 깜짝쇼 식으로 발표할 것이 아니라 한나라당의 강재섭 대표를 만나 진지하게 협상을 해서 설득시키는 절차를 밟아야 했다. 개헌안이 발의되어 국회에 회부되면 국회의원 3분의 2의 찬성을 받아야 국민투표에 부칠 수 있는 개헌안이 된다는 것은 대다수 국민이 알고 있는 상식이다.

한나라당은 이미 의원총회를 열어 개헌 반대, 개헌 발의 선언 철회를 촉구하는 결의안을 채택하고 이를 만천하에 공표했다. 그렇다면 개헌 발의는 물 건너 간 것으로 대다수 국민은 판단하고 있는데 그럼에도 불구하고 개헌 발의 쪽으로 가고 있는 대통령의 모습을 국민은 어떻게 볼 것인가? 개헌의 열매가 달려 있는 높은 나무 중간에 한나라당이 개헌 저지 철조망을 두텁게 쳐놓았는데 그 나무에 굳이 올라가겠다고 달려가는 노 대통령의 몰골을 보고 있는 국민의 마음을 노 대통령과 그 측근들은 생각해보고 있는가 묻고 싶다.

임기 4년 연임제 개헌이 필요하다는 것이 국민적 공감대가 형성된 것처럼 말하고 있는데 그 공감대는 5년 단임제 대통령을 역임했거나 현재 하고 있는 대통령 사이에는 확실히 형성돼 있을지 모르지만 일반 국민의 공감대는 형성되지 않았다. 5년 단임제 대통령을 했던 전임 노태우, 김영삼, 김대중 대통령은 물론 그 후의 노무현 대통령이 모두 잘한 대통령으로서의 평가를 받지 못하고 실패한 대통령으로 낙인 찍힌 것이 짧은 임기 때문이라고 생각하는 사람은 거의 없다고 봐야 한다.

한 마디로 현 단계에서의 평가는 모두 무능한 대통령이었기 때문이라는 것이 공통된 정답이지, 짧은 임기 때문이라는 것은 정답이 아니다. 차라리 무능한 대통령일 바에야 5년 단임으로 끝내고 다음의 유능한 대통령에 희망이라도 거는 것이 좋다는 생각을 하는 사람이 오히려 많을지도 모른다. 특히 노무현 대통령 같은 국민 지지 10%의 무능 대통령이 8년이나 대통령 자리에 앉아 있는 불행한 사태가 온다면 국민의 마음이 어떻겠는가?

　6월 항쟁의 쟁점이 된 대통령 직선제를 노태우 당시 민정당 대표가 6.29선언으로 받아들이게 됨에 따라 국민적 공감대 속에 이루어진 것이 87년 개헌이었다.

　6.29선언으로 여야가 쉽게 개헌 원칙에 합의했다. 그 때는 장기 집권이 가장 큰 문제점이었기 때문에 장기 집권을 막는 방법으로 5년 단임제를 만드는 데 여야가 쉽게 합의할 수 있게 되었던 것이다.

　그런데 노 대통령이 그 때의 국민적 공감대가 지금도 이루어졌다고 생각하는 것은 큰 착각이다. 87년 개헌 때는 12대 국회의원 임기를 1년 단축시켰다. 당시 개헌 때문에 임기 단축시켰다고 불평한 사람이 없었다. 그런데 노 대통령이 국회의원과 대통령 임기를 같이 하게 하는 것을 큰 문제로 삼고 있는데 그런 것을 내세워 지금이 개헌 적기라고 말하는 것은 설득력이 없다. 5년 단임제 대통령의 면면들을 회고하면, 그 누구도 5년으로 끝나기 아까운 대통령이 한 분도 없다는 것을 생각하면, 5년 단임제가 앞으로 계속되는 것이 바람직하다.

　혹시 앞으로 5년 단임으로 끝나기 아까운 대통령이 한 사람이라도 나오고 난 뒤에 4년 연임제 개헌을 고려하는 것이 순서일 것이다. 따라서 노무현 대통령이 임기를 1년이나 남겨둔 시점에서 개헌 발의를 선언하는 것은 한 마디로 스스로의 국정 실패 책임을 5년 단임제 헌법에 돌리려는 정치적 술책으로밖에 해석할 길이 없다.

　대통령의 자리가 어떤 자리인가?

　헌법 66조에 '1. 대통령은 국가의 원수이며, 외국에 대하여 국가를 대표한다. 2. 대통령은 국가의 독립, 영토의 보전, 국가의 계속성과 헌법을 수호할 책무를 진다. 3. 대통령은 조국의 평화통일을 위한 성실한 의무를 진다. 4. 행정권은 대통령을 수반으로 하는 정부에 속한다.'로 대통령의 권한과 책무와 의무를 규정하고 있다.

이렇게 어마어마한 권한과 권위와 책무를 지고 있는 대통령이 있기에 국민은 안심하고 생업에 종사할 수 있다. 그런데 노 대통령은 그 동안 국민이 안심하고 생업에 종사할 수 없도록 국민의 마음을 흔들고 자존심을 여지없이 짓밟고 심지어 대우건설 사장은 대통령의 말 한 마디에 한강에 투신 자살까지 하지 않았는가?

국군통수권자인 대통령이 군의 자존심을 크게 손상시키는 발언을 얼마나 했는가? 심지어 신성한 병역 의무 수행에 '군에서 썩는다.'는 표현까지 썼으며 나라 안보를 걱정해서 전시작전통제권 환수 문제에 성명을 낸 원로 장군과 전직 국방장관 등을 모독하는 발언을 함으로써 국군통수권자의 권위를 포기했던 것이 한두 번이었던가?

그 많은 말실수, 말 뒤집기, 헌법을 지키지 않아서 국회의 탄핵까지 받고 헌법재판소에서 겨우 구제되지 않았는가? 대통령의 말 한 마디, 대통령의 일거수일투족이 신중해야 함은 두말할 나위가 없다.

대통령이 여당의 당 의장을 만찬에 초대했는데 여당의 당 의장이 공개적으로 거절했다면 당의 의장 마음 하나를 잡지 못하고, 초청했다가 거절당하는 대통령을 보고 있는 국민의 마음을 헤아려보았는가?

그런 대통령을 모시고 있는 국민의 마음이 이런데 대통령을 지도자로 받들고 있는 열린우리당 의원들을 비롯한 당원들의 마음을 생각해 보았는가? 개헌 발의의 진의를 설명하겠다고 여야 당대표를 초청했는데 한나라당과 민주당, 민주노동당, 국민중심당 등 4당이 모두 거절해버렸다. 그랬더니 열린우리당 간부들만을 초청해서 오찬을 하면서 초청을 거절한 한나라당을 비난하는 것으로 시간을 때우고 말았다.

같은 날 천정배 전(前) 법무장관은 정곡을 찌르는 발언을 방송을 통해 했다. 한나라당이 반대하면 개헌은 어려운 것인데 개헌에 매달리는 것은 옳지 않다고 했다. 노무현 대통령 진영에도 옳은 판단을 하는 사람이 있는데 그런 사람의 말을 귀담아 듣지 않고 개헌 타령을 계속한다면 그야말로 국력 낭비의 극치가 아닐 수 없다.

노 대통령은 상황이 이런데도 기자 간담회를 열고 대통령의 초청을 거절하는 한나라당을 향해 정략적이라고 비난했다. 개헌 카드를 내민 자기는 정략적이 아닌데 대화조차 거절하는 한나라당이야말로 정략적이라고 공격했다. 이것은 부질없는 논쟁이다.

정치인이나 정치 집단의 행동 하나하나는 정략에서 나오는 것이 상식이다. 노 대통령의 개헌 카드에는 첫째 개헌이 되면 좋고 둘째 안 되더라도 한나라당을 흔들어 정국의 주도권을 장악할 수 있을 것이라는 정략이 담겨져 있을 것이고 이와 같은 정략을 감지한 한나라당은 무대응의 정략이 상책이라고 판단한 것이다. 그렇다면 너에게는 정략이 있고 나에게는 정략이 없다는 주장은 부질없는 소리이다.

박정희 개헌과 노무현 개헌 카드는 다르다

박정희 대통령이 3선 개헌을 할 때와 노무현 대통령의 이번 개헌의 경우를 비교해보자. 박정희 대통령은 3선 개헌의 명분이 약했지만 강력한 힘이 있었기 때문에 그것을 성공시켜 3선 고지까지 올라갔다. 후계의 자리를 노리는 김종필 세력을 비롯한 내부 반대가 커졌지만 이를 제압하고 야당 의원 2명을 빼오면서까지 개헌을 관철하였다. 그 힘은 그 개헌으로 박정희의 권력이 계속될 수 있었기 때문에 나온 것이다.

그러나 노무현 대통령의 이번 개헌 시도는 이를 관철할 힘이 없다. 개헌이 성공하더라도 노무현의 권력은 끝나게 되어 있기 때문에 힘이 나오지 않는 것이다. 그렇기 때문에 노무현의 개헌 카드는 승산이 없는 것이다.

《헌정》 / 2007. 2)

한나라당과 좌파 정권 종식

한나라당 경선, 성공하고 있나

한나라당의 대선 후보 경선이 과열 양상으로 치닫고 있다. 승패가 판가름 날 8월 20일이 이제 얼마 남지 않았다. 국민들은 가슴 조이면서 이명박이냐 박근혜냐로 편이 갈라지고 있다.

한국 정치사에서 가장 뜨거운 경선 씨름판이 되고 있다. 사람들은 만나면 당신은 '이(李)냐 박(朴)이냐?' 물을 정도로 국민의 관심이 높아지고 있다. 여기에 덧붙여 오는 질문이 하나 있다. 저러다가 한나라당이 깨지고 그러다가 정권 교체의 열망이 물 건너가는 것이 아닌가 하는 것이다.

이쯤 되면 한나라당의 경선은 성공하고 있는 것으로 봐야 한다. 지난날의 한나라당 경선은 흥행성에 있어 성공하지 못했었다. 특히 지난 2002년 대선 때의 한나라당 경선은 이회창, 이상희 후보 사이의 형식적인 경선 쇼에 불과했기 때문에 국민의 관심을 끌지 못했다. 워낙 이회창 대세론이 절대 우위에 있었기 때문이다. 저러다가

"

경선 결과에 승복하지 않고 어느 한 쪽이 당을 깨지 않겠느냐는 질문에 나는 그런 일은 없을 것이라고 자신 있게 답변한다. 이인제 악몽을 잊지 못하고 있는 많은 국민들이 그런 사태를 걱정하고 있는 것은 당연하다. 그런 사태를 막기 위해 한나라당은 미리 법률적 조치를 취해두었다. 경선에 참여했던 사람이 탈당해서 출마할 수 없도록 법망(法網)을 만들어 두었으니 적어도 한나라당에는 이인제와 같은 제2의 정치적 패륜아는 나오지 못하게 돼 있다.

정치인에게 필요한 승복(承服)의 미덕(美德)

지난 정치사를 보면 경선에 승복한 사람은 정치인으로 성공했지만 불복한 사람은 몰락의 길을 걸었다. 그 대표적인 예를 71년 대선을 앞두고 있었던 신민당 대통령 후보 지명대회에서 찾을 수 있다. 그 때 김영삼 후보는 42세의 젊은 나이에 40대 기수론을 제창하면서 대통령 후보 출마 선언을 하였다. 그 때 노(老) 정객(政客)으로 권위가 대단했던 유진산 당수는 '구상유취(口尙乳臭)'라는 말로 비하하였다. 젖비린내 나는 소리라는 뜻이다.

그러나 여기에 김대중, 이철승까지 참여해서 40대 세 기수가 함께 움직이니 국민의 관심이 높아질 수밖에 없었다. 그러자 유진산은 세 사람을 불러놓고 '그렇다면 내가 지명할 테니 따르겠느냐'고 물었다. 김대중 후보는 따르지 않겠다고 했고 김영삼, 이철승 후보는 따르겠다고 했다.

유진산이 누구를 지명할 것이냐도 큰 관심사였다. 그 때 유진산은 이철승 후보와 함께 월남을 시찰할 정도로 이철승 후보와 가까운 사이였고 김영삼 후보와는 여러 모로 불편한 관계에 있었다. 그 때 김영삼 후보의 '스피치라이터' 역할을 하고 있었던 나는 그러다가 유진산이 이철승 후보를 지명하면 어떻게 하겠느냐고 물었다. '나는 유진산을 믿는다. 만에 하나 이철승을 지명하더라도 승복하겠다고 서명까지 한 마당에 승복할 수밖에 없지.'라고 김 후보는 담담하게 대답하는 것이었다.

어쨌거나 유진산은 김영삼을 지명했다. 유진산의 지명을 받은 김영삼은 승리가 눈앞에 와 있었다. 김영삼 진영에서는 수락 연설문까지 작성, 대의원에게 나누어줄 유인물을 준비해서 대회에 나갔다. 1차 투표에서 김영삼은 1등이었으나 2차 투표 때 이철승 계열 80여 표가 김대중에게 넘어가는 바람에 역전패당했다.

김대중의 승리가 발표되는 순간 김영삼이 단상으로 올라갔다. 무슨 일이 벌어질까 긴장된 순간, 장내는 숙연했다. 마이크를 잡은 김영삼의 입에서 무슨 말이 나올까 숨 막히는 순간, '김대중 동지의 승리는 나의 승리입니다. 나는 김대중 동지의 승리를 위해 제주도는 물론 무주구천동까지 가겠습니다.'라는 명연설이 나왔다.

멋진 승복의 드라마를 연출한 김영삼이 청와대라는 고지에 먼저 도착한 것은 시사하는 바가 크다.

대한민국을 지키는 일

이번 대선은 한나라당의 입장에서가 아니라 국민적 입장에서 매우 중요하다. 정당과 정당 사이의 정권 교체 이상의 의미가 있다고 봐야 한다.

첫째, 친북 좌파에 넘어간 정권을 우파로 되찾는 과업이다. 또다시 친북 좌파에 정권이 넘어간다면 대한민국 자체가 무너질지도 모른다는 위기감이 국민 속에 팽배해 있다.

김대중 정권과 노무현 정권이 소위 햇볕정책이라는 이름으로 북한에 일방적으로 퍼주기를 해서 얻은 것이 무엇인가? 북은 남의 햇볕 앞에 옷을 벗었는가? 오히려 핵폭탄으로 옷을 갈아 입고 남쪽을 위협하고 있지 않는가? 수백만 인민이 굶어죽는데 남한의 퍼주기 돈이 아니면 무슨 돈으로 핵폭탄을 만들었겠는가.

둘째, 국헌(國憲)을 준수하겠다고 국민 앞에 선서한 노무현 대통령이 헌법과 법률을 짓밟은 것이 몇 번인가? 국헌을 지키지 않아서 국회로부터 탄핵까지 받고 헌재에서 구제받은 몸이 임기 몇 개월을 남겨둔 시점에 또다시 선거중립 법조항을 위배해서 중앙선거관리위원회의 경고를 받고도 반성하지 않고 오히려 헌재에 소를 제기하는 데에 이르렀다. 대통령으로서 선거중립 원칙을 위배한 것이 문제된 것인데 노무현 개인 이름으로 헌재에 소를 내었다. 이것은 소의 요건이 성립되지 않기 때문에 헌재에서 접수 자체를 거부해야 마땅한 데 이를 접수한 헌재의 처사는 잘못된 것이다.

노무현 대통령은 한나라당이 집권하는 사태는 끔찍한 일로 표현하고 있다. 노무현 대통령은 한나라당의 집권을 막을 수 있는 일이라면 헌법이나 법률 따위를 안중에 두지 않고 무슨 일을 벌일지 모른다. 한나라당의 집권을 막아보겠다는 공작 정치는 이미 시작된 지 오래다. 섣부른 공작 정치의 실체가 드러나고 있다. 한나라당의 이명박 캠프는 노 정권의 공작 정치를 잘 역이용하고 있다. 경선 국면을 대처하는 데 공작 정치를 적절히 이용하고 있다.

김영삼 전 대통령도 야당 시절 중앙정보부의 공작 정치를 적절히 이용해서 성공했다. 1974년 신민당 총재 경선 때 중앙정보부가 김영삼 의원의 총재 경선 선언 기자회견을 못하게 하고 기자회견문을 압수하고 기자회견장으로 나오려던 김영삼 의원을 자택에 연금시킨 일이 있었다.

이 사건은 김영삼 의원의 선명성을 홍보하는 데 결정적인 자료로 이용되었다. 항상 사쿠라 시비가 따라다녔던 당시 야당에는 선명성이 당원의 지지를 얻는 데 크게 도움이 되었다. 결과적으로 그 때 중앙정보부의 공작 정치는 김영삼을 신민당 총재로 당선되게 하는 데 도움이 되었다. 김영삼 의원은 원내총무 시절 상도동으로 귀가하던 길에 초산테러를 맞았다. 김영삼 총무는 국회 본회의 연설을 하면서 '초산테러는 중앙정보부장 김형욱의 짓이다.'라고 주장하였다.

김형욱은 명예훼손죄로 김영삼 의원을 고발했지만 잡아넣지도 못했고 김영삼 의원은 그 후 '박정희 라이벌'로 외신이 보도하는 계기가 되었다. 수많은 공작 정치는 결과적으로 야당 지도자를 키워준다. 지금 노무현 정권의 공작 정치도 야당의 집권을 막기는커녕 결과적으로 그것을 도와주게 될 것이다.

노무현과 노무현 사람들의 핵심은 과거 전대협이나 한총련 출신으로 북한의 김일성 주체사상의 교육을 받았고 그 이념으로 무장해서 학생운동을 주도했던 사람들이다. 소위 386세대로 노무현 정권의 권력 핵심에 포진하고 있는 사람, 국회 의석을 차지하고 있는 그 사람들은 대한민국의 정통성보다 북한 정권의 정통성을 우위에 두고 있다고 볼 수 있다.

6.25 때 미국의 지원이 없었다면 북한의 통일전쟁이 성공했을 것이라고 생각하는 바탕에서 친북 반미 사상에 빠져 있는 사람이 주류를 이룬다고 봐야 한다. 만일 이들에게 다시 정권이 넘어간다면 대

한민국의 운명이 어떻게 될지 모른다.

셋째, 노무현과 노무현의 사람들, 다시 말해 좌파 정권이 정권을 쉽게 내어주겠는가. 무슨 음모를 획책하지 않겠는가. 노무현이 대통령 될 줄 누가 알았느냐 등 패배주의를 부추기는 여러 가지 이야기들이 난무하고 있다. 심지어 암살이라는 최악의 시나리오까지 나도는 것이 현실이다.

그러나 나는 노무현과 노무현의 사람들이 정권을 연장할 수 있는 길은 결단코 없다고 믿고 있다. 그것은 노무현 정권이 국민적 지지 기반을 잃었기 때문이다. 국민의 기지 기반이 20% 선에 있는 노무현 정권이 할 수 있는 일은 선거 관리를 공정하게 해서 선거를 통해 정권을 넘겨주는 길밖에 다른 방법이 없다고 본다.

노무현과 노무현의 사람들은 지리멸렬되어 있고 노무현당인 열린우리당은 이미 집권당의 위치를 상실해버렸다. 노무현의 말발이 그들에게도 먹혀들지 않고 있다. 사분오열된 세력을 DJ의 힘, 노무현의 힘으로 대통합이라는 포장으로 리모델링 해서 대선에 후보를 낼 수 있을지 몰라도 이제 시간이 없다.

한나라당은 '당원의 당'이 아니라 '국민의 당'이다

한나라당의 이명박이나 박근혜와 싸워 이길 수 있는 '스타'는 탄생되기 어렵다. 지금 너도 나도 대통령 후보를 선언한 인물 중에 대통령 후보를 만들어낸다고한들 국민의 지지를 갑자기 끌어올릴 방법은 없다고 봐야 한다. 왜냐하면 민주화의 우산 밑에 숨어 있던 친북 좌파의 정체를 국민들이 이제는 다 알았기 때문이다.

프롤레타리아 독재 권력의 계급주의적 발상으로 서민을 위하는 정책이라고 해서 내놓은 것들이 모두 실패하고 서민들은 더욱 살기 어렵게 만든 노무현 정권의 모습을 국민들이 모두 보았기 때문에 좌파 정권 연장은 불가능하다. 따라서 노무현과 노무현의 사람들이 전략적으로 퍼뜨리는 루머에 현혹되어서는 안 된다. 패배주의를 부추기는 입방아쟁이들의 언동을 경계해야 한다. 역사는 되풀이 하는 것 같지만 한 걸음 한 걸음 전진하기 마련이다.

한나라당은 당원의 당이 아니다. 국민의 당이다. 오늘의 시점에서 정권을 맡길 정당이 한나라당밖에 없기 때문이다. 그래서 대한민국을 지켜야 한다고 생각하는 사람은 선택의 여지없이 한나라당을 지지하고 있는 것이다. 한나라당이 잘해서가 아니다. 국민이 한나라당에 기대를 걸고 지지하는 것은 국민의 지지를 받는 이명박과 박근혜가 있기 때문이다.

따라서 한나라당은 이명박, 박근혜 두 후보의 경선을 잘 관리해서 본선에서 이길 수 있는 경쟁력 있는 인물을 뽑아서 국민 앞에 내세워야 할 역사적인 책무가 있는 것이다. 이명박, 박근혜 두 후보는 이제는 네거티브 공세를 하지 말고 그야말로 국민이 불안해하지 않는 선의의 경쟁으로 박수 받는 멋진 경선 드라마를 연출해야 한다. 두 후보 중 누가 되든지 서로를 존중하고 손잡고 정권 교체라는 대의 앞에 함께 서야 할 것이다. 그것이 한나라당을 바라보는 국민 모두의 희망이며 그것이 대한민국을 지키는 길이다.

《헌정》 / 2007. 8)

촛불과 유모차, 그리고 FTA

이명박 대통령이 서울시장 때 시민을 위해 시청 앞 광장을 잔디 광장으로 만들어 '도심의 녹색 공간'으로 크게 환영받았는데 이 잔디광장이 이명박을 때려잡는 촛불 시위로 짓밟혀 그 아름다운 녹색이 사라지고 흉물스런 모습으로 전락했다.

500만 표 차로 압도적 당선을 한 이명박 대통령의 지지율이 불과 100일 사이에 20% 이하로 떨어졌으니 이 모습을 보는 이명박을 지지했던 사람들의 마음은 착잡하다. 어떻게 되찾은 정권인데, 그것이 이명박 개인의 힘으로 얻은 정권이던가? 이러다가는 대한민국의 헌정 체제가 무너질지도 모른다는 위기 의식에 분연히 일어난 모든 애국 국민들이 이명박 후보를 지지함으로써 BBK 폭풍도 물리치고 10년간 좌파에 넘어갔던 정권을 되찾았는데 그 이명박 정권이 촛불 태풍 앞에 풍전등화(風前燈火)가 되었으니 이 상황을 누가 상상할 수나 있었겠는가?

촛불 데모 속에 난무하는 피켓에는 이명박 퇴진을 요구하는 내용도 많고 이명박 대통령이 마치 광우병에 걸린 소를 수입해서 국민에게 먹으라고 하는 것처럼 과장되고 왜곡된 내용이 주류를 이루고 있으니 어쩌다가 대한민국 국민이 이렇게 되었는가?

이명박 정권은 미국에서 수입해온 정권이 아니라 대한민국 국민이 헌법 절차에 의해서 합법적 선거를 거쳐 국민의 압도적 지지로 선출된 합헌적 정권이다. 쇠고기 협상이 성급했고 따질 것을 따지지 못한 부분이 있다 하더라도 그것은 그것대로 해결을 촉구할 수 있지만 100일밖에 안 된 정권을 물러가라 한다는 것은 전무후무(前無後無)한 정치 공세가 아닐 수 없다.

필자는 시계바늘을 44년 전인 1964년으로 돌려본다.

1963년 겨울에 실시된 제5대 대통령 선거에서 박정희 대통령이 불과 15만 표 차로 윤보선 야당 후보를 누르고 당선되었다. 그 때 윤보선 후보는 축하 꽃다발을 보냈지만 선거 소송까지 걸면서 선거에 반발하는 정치 공세를 벌였다. 그 때 윤보선 민정당 당수를 중심한 야권이 정치적 명분을 잡은 것은 한일회담이었다. 64년 봄부터 시작된 야당의 선거에 대한 정치적 반발 데모 전면에 '대일 굴욕 외교 반대'라는 플래카드를 내세웠다.

5.16 군사 쿠데타로 정권을 잡은 박정희 대통령은 선거를 통해 제3공화국 민선 대통령이 되어서 혁명에서 내세운 민족 중흥의 과제를 하나하나 실천해가는 첫 단계로 한일 국교 정상화를 강행했고 야당은 이를 결사 반대하는 정치 공세를 벌이기 시작했던 것이다. 굴욕 외교 반대 범국민 운동 조직이 만들어지고 여기에 학생 데모가 가세해서 매일같이 광화문을 휩쓸고 있었다.

결국 계엄 사태가 벌어지고 수많은 데모 주동 학생과 정치인들이 구속되는 사태까지 벌어지고 그 정치 공세의 중심에 섰던 당시 김영삼 민정당 대변인은 미 국무성 초청으로 미국을 방문하는 형식으로 사실상의 망명길에 올라야 했다.

박정희 정권은 한일 회담을 강행, 결국 '김종필-대평(大平) 메모' 대로 대일청구권은 7억불로 타결되고, 한일국교정상화조약 비준안은 국회에서 날치기 통과되었다.

박정희 대통령은 대일청구권자금으로 산업화 정책에 박차를 가하였다. 그 청구권자금으로 포항제철이 건설되었다. 연간 조강 규모 100만 톤의 포철을 만들 때도 야당은 반대했다. 포철은 100만 톤 규모로 시작했으나 불과 몇 년 사이에 1,000만 톤 규모로 발전되어 세계적인 철강 기업으로 성장했고 그것은 한국의 산업화와 수출 대국으로 발돋움하는 동력이 되었다. 지금 생각하면 그 때 포철을 만들지 않았다면 오늘의 세계적 자동차 생산국, 오늘의 세계 정상의 조선 대국이 될 수 있었겠는가?

그 당시 한일 회담을 대일 굴욕 외교라고 몰아붙여 계엄 사태까지 몰고 갔던 63세대가 오늘의 정치 지도자 대열의 중심에 서 있다. 이명박 대통령이 바로 그 63동지회라는 단체의 회원이 아닌가?

FTA를 전면 반대해서 WTO체제 속의 쇄국주의를 고집했을 때 미래의 대한민국의 위상이 어떻게 되겠는가를 생각해야 할 것이다. 촛불 시위에 유모차를 끌고 나가는 주부에게 묻고 싶다.

주부께서 참여해서 광화문을 뒤덮는 그 촛불 시위가 마침내 FTA까지 무산시킨다면 유모차 속에서 웃고 있는 그 아이가 자라서 살아갈 몇십 년 후의 대한민국의 위상이 어떻게 될 것인지를 생각해봤는지, 1964년 6.3 계엄 사태가 있은 지 44년이 되는 오늘의 시점에서 우리는 앞으로 44년 뒤의 미래를 생각해보자. 연일 벌어지고 있는 촛불 시위의 궁극적 목표는 한미FTA를 무산시키는 것이다.

FTA 반대 데모의 선봉장은 민노당의 강기갑 의원이다. 강기갑 의원은 미국까지 가서 FTA 반대 데모를 한 상징적인 반(反)FTA 국회의원이다. 촛불 데모의 승리로 FTA가 무산된다면 강기갑 의원은 영웅이 되고 대한민국은 WTO체제에서 왕따 된 후진국으로 남게 될 것이다. 그렇게 열심히 촛불 시위에 나오는 국민들은 그와 같은 대한민국의 미래를 원하는가? 수출길이 막혀 자동차 공장이 문을 닫고 잘나가던 자동차 기술자들이 실업자가 되어 거리에 쏟아져도 폐허가 된 자동차 공장 터에 FTA 저지의 영웅 강기갑 의원의 동상을 세울 것인가.

이명박 대통령은 박정희 대통령이 계엄령까지 선포하면서 한일 국교 정상화를 관철시켰던 것처럼 어떤 어려움이 있더라도 FTA만은 성사시켜 이 시대의 대통령으로서 당당하게 소임을 다해야 할 것이다. 당장은 박수를 받지 못할지라도 먼 훗날에 평가받을 것이다.

《헌정》/ 2008. 5)

국난^{國難}에 땀 흘리는 사명대사^{四溟大師} 표충비^{表忠碑}

건국 60주년, 국민소득 3만불 시대에 진입해서 선진국 대열에 올라서야 할 오늘의 시점에서 우리는 호국성사(護國聖師) 사명대사(四溟大師)의 살아 있는 호국정신을 깊이 생각해 봐야 할 것 같다.

광화문 네거리에 미국 쇠고기 반대 촛불 데모가 계속되면서 나라의 기틀이 흔들릴 것 같은 위기감이 돌던 지난 6월 18일 오후 1시부터 오후 8시까지 경남 밀양에 있는 사명대사의 표충비(表忠碑, 경남도 유형문화재 제15호)는 땀을 흘렸다. 흘린 땀을 수건에 짜서 모은 것이 닷 되 정도였다. 사명당 비석이 땀을 흘린 뒤에 촛불 시위는 서서히 퇴조(退潮)해서 그쳤다.

국난 때마다 땀 흘린 표충비

필자는 어릴 때부터 사명대사 비석에서 땀이 난다는 말을 들었다. 비석에서 무슨 땀이 나느냐, 혹시 비석이 서 있는 자리에 습기가 있어서 이슬이 맺힌 것이 아닐까 했는데, 긴 세월이 지난 뒤 가보니 비석 바닥에는 돌이 깔려 있고 비석 위에는 비각 지붕으로 덮여져 있으니 습기라고는 있을 수 없었다. 현대 과학으로는 풀 수 없는 미스터리지만 땀을 흘린 것은 한두 번이 아니다.

표충비는 국난이 있을 때마다 땀을 흘렸는데 흘린 땀이 어떤 때는 다섯 말이나 되었다는 기록이 있다. 이 비석이 세워진 것은 1742년인데 기록에 보면, 1819년 갑오농민봉기(甲午農民峰起, 東學亂) 때, 1910년 한일합방(韓日合邦) 때, 1919년 3.1 독립만세운동 때, 1950년 6.25 동란 때, 1960년 4.19 학생혁명 때, 1961년 5.16 군사혁명 때, 1996년 강릉 북한 잠수함 침입 때 땀을 흘렸다.

세계에 유례를 찾아볼 수 없는 믿을 수 없는 미스터리지만, 사명대사비의 땀 흘리는 이야기는 아득한 전설이 아니다. 바로 우리 눈앞에 전개된 현실이다. 이것을 우리는 어떻게 보아야 할 것인가. 우리는 이것을 가볍게 넘길 것이 아니다.

세계에 알려야 한다. 사명대사는 지금도 이 나라 수호신으로 살아 있는 것이다. 대한민국에 이렇게 위대하고도 신기한 비석이 있다는 것을 유네스코 문화유산으로 등재해야 함은 물론이고, 우리 국민 모두가 이것을 알게 하여 사명대사의 살아 있는 호국정신을 가슴에 새기게 해야 한다.

사명대사는 누구인가

사명대사는 밀양 풍천임씨 가문에서 태어나 출가한 스님이다. 사명대사 표충비가 세워져 있는 곳이 바로 대사의 출생지다. 임진왜란이 나자 대사는 의승병(義僧兵)을 모으고 훈련시켜 서산대사와 함께 왜군과 싸워 큰 공을 세웠다. 평양성을 점거하고 있던 왜군의 보급로를 차단하여 왜군이 굶어죽게 만들어놓고 쳐들어가서 평양성을 탈환하는 데 큰 공을 세웠으며, 서울 노원벌 전투를 지휘하여 승리함으로써 왜군을 서울에서 물러가게 하였다.

그 뿐만 아니다. 전국을 무대로 종횡무진, 신출귀몰하는 게릴라 전법으로 왜군에 큰 타격을 주었던 것이다. 그래서 '바다에는 이순신, 육지에는 사명대사'라 할 정도로 임진왜란의 영웅이었던 것이다.

사명대사, 도쿠가와 이에야스를 만나다

전쟁이 끝나자 왕명을 받들고 일본으로 건너간 사명대사는 천하를 통일하고 권력을 잡아 기고만장한 도쿠가와 이에야스(德川家康)를 만나 강화를 이루어 그로부터 260년간 양국간 평화가 유지되도록 함으로써 외교적 성과도 크게 거두었다. 대사가 도쿠가와를 만났을 때 도쿠가와가 대사의 사람됨을 알아보기 위해서 한 수의 시(詩)를 내밀었다. 대마도를 거쳐 일본으로 건너가 몇 달의 우여곡절을 거쳐 마침내 도쿠가와와의 면담이 이루어졌는데, 뜻밖에 시 한 수를 받아 쥔 대사는 황당할 수밖에 없었다.

문시(問詩)의 내용은 이랬다.

석상난생초(石上難生草) 방중난기운(房中難起雲)
여이하산조(汝爾何山鳥) 래참봉황군(來參鳳凰群)
돌 위에는 풀이 나기 어렵고 방 안에는 구름이 일기 어렵다.
너희는 어느 산의 새이기에 봉황이 노는 데 왔느냐?

잡새가 감히 봉황이 노는 곳에 왔느냐는 내용으로 기를 죽이려

하였다. 즉석에서 붓을 든 대사는 다음과 같은 답시(答詩)를 지어 내밀었다.

아본청산학(我本青山鶴) 상유오색운(常遊五色雲)
일조운무진(一朝雲霧盡) 오락야계군(誤落野鷄群)
나는 본래 청산의 학이어서 항상 5색 구름 위에 놀았는데
하루아침에 운무가 없어져서 야계(꿩) 무리에 잘못 떨어졌다.

너희들이 무슨 봉황이냐, 야계(野鷄) 따위가 청산의 학을 보고 무슨 소리를 하느냐는 반박시(反駁詩)가 아닌가. 도쿠가와가 단칼에 목을 칠 수도 있는 위험을 무릅쓰고 정면 대결한 사명대사의 당당한 위풍 앞에 도쿠가와는 과연 듣던 대로 큰 인물이구나 하고 판단했던 것 같다.

그로부터 도쿠가와는 왕명을 받들고 찾아온 강화사(講和使)로 예우함으로써 대화가 순조롭게 풀려서 피로인 3,500명을 석방시켜 데려오고, 왜병이 빼앗아간 부처님 진신사리 12과도 돌려받았다. 그 후 양국간에는 조선통신사가 건너가 조선의 문화를 전하는 등 친선이 계속되어 260년간 평화가 지속되게 하였는데, 대사의 비범한 외교 역량을 여기에서 찾아볼 수 있다.

그대의 목은 우리의 보배

평화의 시대가 깨지고 일제의 침략으로 식민지시대가 계속될 때 해인사(海印寺) 홍제암(弘濟庵)에 세워진 사명대사 석장비(石藏碑)를 일제 경찰이 네 조각으로 파괴하였다. 파괴할 때 뇌성벽력이 치

고 천하가 진동할 만큼 소나기가 퍼붓자 망치로 한 번 쳐서 네 조각을 내고는 혼비백산하여 도망쳤다.

왜 그랬을까? 『홍길동전』의 작가 허균(許筠)이 쓴 비문에 다음과 같은 내용이 담겨 있었다.

사명대사는 전쟁 중에 울산 서생포(西生浦)에 있는 왜성에서 왜장 가토 기요마사(加藤淸正)를 몇 차례 만났다. 대사가 가토를 만났을 때 가토는 말했다.

"당신 나라에 보배가 있는가?"

대사가 대답했다.

"없다. 보배가 있긴 한데 일본에 있다."

가토 기요마사는 "그게 무슨 소리인가?" 하고 되물었다.

대사가 말했다.

"지금 우리나라는 그대 머리를 보배로 보고 있으니 이는 일본에 있는 셈이 아니냐?"

가토 기요마사는 놀라며 탄복했다.

이와 같은 이야기가 단순히 구전으로 전해진 것이 아니라 대사 입적(入寂) 후 2년 뒤에 세운 비석에 뚜렷하게 새겨졌으니 이것을 알고 있던 일제 경찰이 파괴한 것이다. 이 석장비는 해방 후에 네 조각을 붙여서 다시 세웠다.

사명대사 영정을 구속시킨 일제 경찰

태평양전쟁 말기에 합천 경찰서장은 해인사 홍제암에 모셔져 있

장충단에 세워진 사명대사 동상 앞에서 추모제를 마치고

는 사명대사의 영정(초상화)을 연행해서 유치장에 구속시켰다. 해방
이 된 뒤에 해인사 임환경(林幻鏡) 주지스님이 찾아와 홍제암에 모
셨는데, 합천 경찰서장은 왜 그랬을까? 그것은 단독 범행이 아니고
총독부 지시에 따랐을 것으로 봐야 한다. 일제는 사명대사가 입적한
지 수백 년이 되었는데도 겁이 났던 모양이다. 왜냐하면 그 때도 사
명대사 표충비는 땀을 흘렸으니까.

사단법인 사명당기념사업회

사명대사의 업적이 이렇게 엄청난데도 국민들이 잘 모르고 지낸
것은 숭유억불(崇儒抑佛)이 나라의 정책이었던 조선시대에 그 공적
이 봉인(封印)되어 있었기 때문이다. 해방 후에도 대사의 공적은 크
게 빛을 보지 못하다가 5.16 군사혁명으로 집권하여 조국 근대화의
횃불을 높이 든 박정희 대통령이 이순신 장군의 동상을 광화문에 세
울 때 사명대사의 동상을 장충단공원에 세움으로써 세상의 주목을
받기 시작하였다.

90년대 중반에 15대 국회의원 박권희(朴權熙, 日本 東京 上野病院
長) 씨가 사명당기념사업회를 설립해서 사명당의 업적을 선양하는
일을 시작함으로써 각계의 관심을 불러일으켰다. 사명대사의 업적
을 연구 개발하는 국내 학자는 물론 일본 학자까지 찾아내어 국제학
술대회를 서울에서, 밀양에서, 일본에서 여러 차례 열었다. 그 과정
에 밀양시는 사명당의 생가지를 복원하고 '사명대사 유적지'를 조성
해서 교육의 현장으로, 관광 자원으로 만들었다.

1998년에 문화관광부의 사단법인으로 인가를 얻어 활발한 활동
을 시작하여 오늘에 이르렀다. 초대 회장에 박권희 전 국회의원, 2

대 회장에 오재희(吳在熙) 전 주일대사, 3대 회장에 박권흠(朴權欽) 전 국회의원으로 이어졌다.

올 가을에도 밀양 표충사(表忠寺)에서는 제4회 〈사명제전(四溟祭典)〉이 열린다. 표충사에는 사명대사(四溟大師), 서산대사(西山大師), 기허대사(騎虛大師)를 모시는 표충서원(表忠書院)과 표충사(表忠詞)가 있다. 영조대왕이 사액(賜額)을 내려 현판을 걸고 해마다 춘추(春秋)로 향사(享祀)를 받들도록 하여 오늘에 이르고 있다. 승려를 위해서 유교식 서원이 사찰에 세워진 것은 이곳뿐이다. 사명대사의 호국정선을 기리기 위해 국왕의 명으로 배려한 것이다.

(《헌정》/ 2008. 7)

6자회담은 성공해야 한다

북핵 문제를 해결하기 위한 한국, 미국, 북한, 중국, 일본, 러시아 6개국 회의가 2003년 8월 27일부터 베이징에서 열리게 되었다.

필자는 1975년 1월 당시 김영삼 신민당 총재가 일본을 방문, 동경 외신기자클럽에서 한반도 평화를 위한 6개국 평화 회담을 제의해서 내외에 큰 관심을 모았던 일이 생각난다. 그 때 필자는 김영삼 총재의 비서실장으로서 발표문을 작성했던 사람이다. 한반도 평화 6개국 회담이 그로부터 28년 만에 열리게 되었으니 남다른 감회를 감출 수 없다. 그 때 김영삼 총재가 제의했던 내용은 남북한 유엔 동시 가입, 남북한 크로스 승인이 핵심이었다.

크로스 승인이란 미국과 일본이 북한을 승인하고 중국과 소련이 한국을 승인하는 동시 해결 방식이었다. 그 동안 남북한 유엔 동시 가입은 이루어졌고 한국은 중국, 러시아와 국교를 맺었다. 그 동안 국제 공산주의 종주국이던 소련이 무너지고 동구 공산권이 모두 붕괴되었다. 그래서 소련이 러시아로 바뀌었다. 중국은 정치는 사회주의지만 경제는 시장경제로 바뀌고 동독은 서독에 흡수 통일되었다.

이 지구상에 오직 공산주의 체제를 고수하고 문을 열지 않으면서 핵을 가지겠다고 버티고 있는 북한의 고집 때문에 6개국 회담이 열리게 되었으니 28년 전에 김영삼 총재가 제의했던 6개국 회담이나 오늘에 열리는 6자회담이나 평화를 위한 목적만은 동일한 것이다. 어쨌든 6자회담이 열리게 된 것은 다행한 일이다. 이 회담은 한반도의 평화를 위해서 반드시 성공해야 한다. 이것이 성공하지 못하면 한반도에는 걷잡을 수 없는 위기가 온다는 것을 생각해야 한다.

북한은 핵 문제에 대해 미국과 직접 대화하기를 고집하고 한국을 따돌리려 했다. 그래서 6자회담의 전단계인 베이징 회담에는 미국 북한 중국만 참여했던 것이다. 그 동안 미국 중국이 나서고 러시아도 거들어서 6자회담이 이루어져 한국이 겨우 참여하게 되었으니 한국 외교의 현주소를 실감케 한다.

북한은 체제 보장을 요구하고 그 방법으로 미국과 불가침 조약을 맺자고 주장하고 있다. 미국은 불가침 조약은 안 되지만 북한이 핵을 포기한다면 미국 일본 중국 러시아가 공동으로 체제를 보장하는 방안을 제시하고 있다.

북한이 미국의 대북한 정책을 먼저 바꾸어야 핵을 포기하겠다고 하는가 하면, 미국은 북한이 핵무기를 포함한 대량 살상 무기를 포기하지 않은 상태에서 대북 정책을 바꿀 수 없다는 입장이다.

윤 외교통상부 장관은 6자회담 대표단에 임명장을 주면서 '이번 회담은 우리나라 운명이 걸린 중대한 회담'이라고 말했다. 정말 그렇다. 그만큼 6자회담에 임하는 우리 정부의 책무가 막중하다는 뜻이다. 이 회담에서 우리 대표단은 당사국의 위치에서 발언권을 제대로 행사하고 얻을 것은 얻어내야 한다. 외교에는 국력이 뒷받침되어야 한다. 그런데 오늘의 우리 내부의 갈등은 심히 우려되는 상황이다.

노무현 대통령은 지난 5월 방미에서 부시 대통령과 합의한 정신을 지키는 선에서 6자회담에 임해야 한다. 노무현-부시의 합의는 한미 동맹의 확인이었다. 6자회담에 임하는 우리 정부의 원칙은 한미 공조의 입장에 서야지 국내 일부 친북 세력의 반미 흐름에 눈치를 보는 일이 절대로 있어서는 안 될 것이다.

북한이 끝까지 핵을 포기하지 않는 사태에까지 간다면 일본도 핵을 가질 것이고 대만도 핵을 가질 것이고 그렇게 되면 한국도 핵을 가질 수밖에 없게 된다. 그런 상황을 미국은 결단코 그냥 두지 않을 것이다. 그 때 미국은 선택의 여지가 없을 것이다. 선제공격 외에는.

북핵을 해결할 것이냐 전쟁을 몰고 올 것이냐의 중대한 문제를 놓고 6개국이 모이는데 정작 그 한반도 한가운데 살고 있는 우리 국민들의 생각은 한가하기만 하다.

노사갈등, 세대갈등, 이념갈등, 지역갈등, 날이면 날마다 데모와 파업, 온통 머리에 붉은 띠를 두르고 붉은 깃발만 흔드는 모습이 한국의 전부인 양 비친다. 이렇게 되면 6자회담에 임하는 열강의 대표들이 한국을 얕잡아 보지 않을까 우려되기까지 하는 것은 나만의 기우일까? 지금 우리가 이럴 때인가? 우리 모두가 나라를 생각해서 자제해야 한다.

(《대구일보》 / 2003. 8. 26)

대구 U대회와 북한의 미녀 응원단

대구에서 명예를 걸고 유치하고 주최한 대구 유니버시아드대회는 그런대로 무사히 막을 내렸다. 북한 선수 응원단이 온다고 하다가 안 온다고 하다가 끝내 오기는 했기 때문에 주최 측은 대회를 계획 대로 진행할 수 있어 다행이었다. 일단 대구 유니버시아드대회는 세계 젊은이들의 축제로서 성공한 대회로 평가되어 마땅할 것이다.

특히 북한의 미녀 응원단에게 아낌없는 박수를 보낸 대구 시민들의 주최 시민으로서의 자세는 평가받아야 마땅하지만 북한 쪽에 너무 관심을 집중시키고 다른 나라에 너무 냉담했다는 비판은 피할 수 없겠다. 그러나 그 속에서 큰 깨달음을 얻었음을 소중하게 생각해야 한다. 그 아름답고 순진무구해 보이던 북한 미녀 응원단이 김정일 국방위원장과 김대중 전 대통령이 만나는 사진이 걸려 있는 환영 플래카드를 보고 조건반사적으로 한 행동을 우리들은 하나의 충격으로 보았다.

미녀 응원단은 '김정일 장군님의 사진을 비를 맞게 하다니, 김정일 장군님의 사진을 저렇게 낮게 걸다니….' 하고 눈물을 흘리며 항의하고 그 플래카드를 떼어서 들고 간 것이다.

우리는 그 동안 남북 화해, 통일의 환상 속에 북한의 실체를 잊고 눈앞에 보이는 미녀 응원단원들의 고도로 훈련된 미소에 홀려 박수치기에 바빴던 것이다. 우리는 북한 사람들의 가치관이나 사상이 우리와는 너무 다르다는 사실을 실감하였다.

북한 주민들은 분단 50년 오직 하나의 사상, 공산주의와 김일성 주체사상 교육을 받고 '위대한 수령', '위대한 지도자'를 매일같이 외우며 살아왔다. 그러면서 미국은 제국주의 침략자이고 남한은 미국의 앞잡이라고 교육받아 왔으니 그럴 수밖에 없다.

그들이 가장 중요하게 암송하는 유일사상 10대 원칙 3조에 '경애하는 수령의 초상화나 초상화를 모신 출판물을 정중하게 모시고 다루어야 하며 철저히 보위해야 한다.'라는 대목이 있으니 그럴 수밖에 없다. 미녀 응원단뿐만 아니라 북한의 모든 사람들은 유치원 때부터 김정일 장군님의 은혜 속에서 살고 있다고 교육받아 왔다. 먹이는 것, 입히는 것, 교육받는 것 모든 것이 김정일 장군이 해주는 것으로 교육받았으니 그 충성심이 오죽하겠는가? 유니버시아드대회 중에 남한의 보수 시민 연대가 북한 인권 문제와 핵문제를 비판하는 기자회견을 하는데 북한 기자들이 폭력으로 때려 부수었다. 김정일을 비난하는 플래카드를 보는 순간 북한 기자들은 조건 반사적으로 달려들어 그 플래카드를 찢고 그것을 말리는 시민 연대 사람들에게 폭력을 가해서 제압했다.

그럴 수밖에 없다. 그들은 기자이기 전에 김정일 장군의 충성스러운 인민이기 때문에 그 순간에 그렇게 하지 않으면 문제가 생기게 되어 있는 것이다. 그 사건을 놓고 지금 이념 논쟁이 한창이다. 자유민주주의 대한민국에서는 그런 기자회견을 어디서나 할 수 있는 일이라는 주장, 유니버시아드대회에서 그런 행동은 지나치다는 주장이다. 그렇다고 북한 기자가 폭력을 행사하는 것은 용납될 수 없다.

일부 방송은 친북 논객들을 동원해서 반핵, 반 김정일 주장을 수구, 보수, 냉전논리로 몰아세운다. 소련이 무너짐으로써 미소 냉전은 없어졌다. 그러나 동서 냉전의 상징물이었던 한반도의 휴전선은 그대로 있고 남북한은 총부리를 겨누면서 휴전선을 사이에 두고 대치하고 있다. 그렇다면 한반도에는 아직도 냉전이 계속 되고 있는 것이다. 지금 이 시간에도 한반도에서 가장 냉전적 사고를 가지고 행동하는 사람이 김정일이 아닌가? 그 동안 남쪽에서 그 많은 돈을 퍼주었지만 그는 핵으로 남한을 위협하고 미국을 위협하고 있지 않는가?

냉전 시대의 유산을 그대로 안고 북의 핵 위협에 떨면서 살고 있는 현실을 모른 체 하고 북한의 핵 개발과 북한의 인권을 비판하는 사람의 주장을 냉전논리라고 몰아세우는 사람은 어느 나라 사람인가. 우리가 미녀 응원단에 박수를 치고 있을 때《뉴욕 타임스》는 미녀 응원단을 '북한 신무기'라고 보도하였다.

그 기사는 한국 사람들에게 정신 차리라는 따끔한 경고가 아니고 무엇이겠는가?

《대구일보》 / 2003. 9)

이승만 대통령 기념관, 헌정회가 세우자

G20 의장국이 된 대한민국

다가오는 11월이면 G20 정상회의가 우리나라에서 열린다. 세계 선진국 20개국 정상들이 서울에 모여 보다 잘 사는 세계의 미래를 논의하는 역사적인 큰 행사를 우리나라가 주제하는 의장국이 되는 것이다. 이것은 이명박 대통령의 큰 외교적 업적의 결과이지만 이것은 외교 수완만으로 된 것이 아니라 대한민국 경제가 선진국 수준으로 발전되었기 때문에 가능한 것이었다. 대한민국은 2009년도에 세계 수출 대국 9위에 올라섰고, 2010년도에는 8위에 올라설 가능성이 있다. 대한민국은 남북 분단 상태에서 처참한 민족 상잔의 6.25 전쟁을 겪고 지금도 휴전 상태에서 북한의 핵 위협을 받고 있는 세계에서 마지막 남은 시한폭탄 같은 불안정한 나라이다. 국토는 좁고 그 좁은 국토에 천연자원은 미약하고 오직 있는 것은 인적 자원이다. 그렇다면 오늘의 대한민국의 경제 대국으로의 발전은 어떻게 이루어졌는가. 세계 사람들은 신기한 눈으로 보고 있을 것이다. 특히

11월에 한국에 오는 G20 정상들은 그런 생각을 하게 될 것이다. 그 해답은 크게 나누어 첫째 건국 성공, 둘째 산업화 성공, 셋째 민주화 성공으로 요약할 수 있다. 이승만(李承晚) 박사가 대한민국 건국에 성공한 것이 가장 큰 대목이다. 이승만 박사는 평생 조국 광복을 위해서 투쟁했고, 해방 후 귀국해서는 그 극렬한 공산 세력의 방해를 물리치고 심지어 김구 선생의 완강한 반대도 뿌리쳤다.

이승만 박사, 불굴의 의지로 대한민국 건국

1948년 5월 10일 제헌 국회의원 선거를 강행, 1948년 7월 17일 대한민국 제헌 국회에서 헌법을 통과시키고, 1948년 8월 15일 대한민국 정부를 수립, 이승만 박사는 초대 대통령으로 취임했었다. 대구 10.1폭동, 여순반란, 제주도 4.3사태 등은 모두 대한민국 탄생을 전후해서 벌어진 일이자 대한민국의 건국을 방해 내지 파괴하기 위한 공산 세력의 저항이었다. 그것은 마침내 북한의 남침으로 이어져 수도가 부산으로 옮겨야 했고 전선은 낙동강까지 밀려 더 이상 물러날 데 없는 급박한 상황까지 몰렸었다. 이 때 이승만 대통령은 유엔 안보리의 결의를 이루어내고 유엔군의 참전을 이끌어내었다. 유엔의 깃발 아래 맥아더 장군의 인천상륙작전 성공으로 서울을 수복하고 압록강까지 진격하였으며, 세계 16개국의 참전을 이끌어내기도 하는 등 그의 외교적 역량은 눈부신 바 있었다.

이 박사가 흔들렸다면 대한민국은 없다

그 때 이 박사가 만일 공산 세력의 거센 반발에 흔들리고 김구(金九) 선생 같은 지도자의 반대를 이겨내지 못하고 좌고우면하다가

시기를 놓쳤다면 오늘의 대한민국은 존재할 수 없었을 것이다. 그렇게 되었다면 한반도는 지금 북한에서 벌어지고 있는 굶어 죽는 나라, 김일성, 김정일로 이어진 세계 유례가 없는 세습왕국에서 5,000만 한민족이 오늘날 같이 좋은 시대에 짐승보다 못한 삶을 살아야 했을 것이다.

이제 광복 65년, 대한민국 건국 62년이 되었다. 그 동안 우리는 그 어려운 상황에서도 산업화에도 성공하고 민주화에도 성공해서 오늘의 대한민국은 세계가 부러워하는 경제 대국, 세계 어느 나라 부럽지 않은 풍요한 나라가 되었다.

G20 정상들이 초대 대통령 기념관을 찾는다면

그래서 G20 선진국 반열에 올라선 것이다. G20 정상회의가 마침내 열렸을 때 대부분의 정상들이 한국의 발전상을 보고 경탄을 금치 못한 끝에 이런 나라를 건국한 초대 대통령이 누구냐고 묻는다면 누구나 쉽게 이승만 박사라고 답변할 수 있을 것이다. 그 다음이 문제다. 그렇다면 이승만 초대 대통령의 기념관이 어디에 있느냐고 묻는다면 그 답은 어떻게 해야 할지 걱정스럽다. 이명박 대통령은 G20 정상회의를 유치한 공적을 부각시키는 데 신경을 집중했지 이런 질문에 대한 답변 준비에는 소홀했던 것 같다. 이명박 정부는 G20 유치 성공 직후부터라도 서둘러서 초대 대통령 기념관을 건립했어야 했다. 세계에 초대 대통령 기념관이 없는 니라가 있는가. 더구나 대한민국 수립 자체를 반대하고 남북 협상만 강조한 김구 선생의 기념관도 있고 윤봉길(尹奉吉) 의사의 기념관도 있는데 이승만 초대 대통령 기념관이 없다는 것이 말이 되는가.

김구 기념관은 있는데 왜 이승만 기념관은 없나

4.19 때 남산에 있던 우남(雩南) 이승만 대통령의 동상이 철거되고 부산 용두산공원에 붙여졌던 '우남공원'이란 이름도 역사 속에 사라졌다. 그 4.19 학생혁명이 있은 지도 50년이 지났다. 그 때 학생들이 외쳤던 대한민국의 민주화도 성공하고 정착되었다. 이제 초대 대통령을 기념해야 한다는 국민적 공감대도 형성되고 있다. 대한민국은 우리끼리 지지고 볶고 하면서 살아야 할 나라가 아니다. 세계 앞에 나가야 한다. 우리나라 기업의 활동 무대는 대한민국 안이 아니라 밖이다. 오대양육대주가 대한민국의 무대인 것이다. 그런 대한민국이면 대한민국다운 높은 문화와 높은 도덕을 포용하는 국격을 갖추어야 할 때이다. 오늘 시점에서 냉정하게 생각하더라도 이승만 대통령은 대한민국 건국의 공 하나만으로도 민족의 은인이요 스승이다. 이승만 초대 대통령 기념관을 만드는 일은 더 이상 늦출 수 없는 국가적 현안으로 부상되었다. 미국을 보라. 조지 워싱턴 초대 대통령을 어떻게 기념하였는가? 미국의 수도 워싱턴D.C.가 바로 워싱턴의 이름을 딴 것이고, 워싱턴 기념관이 있고, 워싱턴 광장이 있고, 워싱턴 주까지 있지 않은가. 조지 워싱턴 대학이 있고 세계의 화폐가 된 달러에도 워싱턴의 얼굴이 찍혀 있지 않은가.

이제 대한민국 헌정회가 나서자

나는 대한민국 헌정회에 제의한다. 초대 국회의장 이승만, 초대 대통령 이승만 기념관을 만드는 일에 헌정회가 나서자고. 초대 국회의장은 헌정회 회원이기도 하다. 이 일은 정부가 직접 하기보다 전직 국회의원들이 모인 원로단체인 대한민국 헌정회가 하는 것이 좋다고 생각한다. 회원들이 능력에 따라 헌금도 하고 대국민 모금도 하고 국고 지원도 받아서 하면 되는 것이다. 초대 국회의장이기 때문에 국회 경내에 세우는 것이 좋다고 생각한다. 누가 뭐라 해도 대한민국 헌정회는 대한민국의 오늘을 있게 한 건국, 산업화, 그리고 민주화에 기여한 정치 원로들의 단체이다. 이 일은 헌정회가 마땅히 해야 할 일이고 하면 할 수 있는 일이다. 국회가 부지를 마련한다면 돈이 많아야 되는 일도 아니다. 나는 1986년 국회 문교공보위원장 재임 중에 윤봉길의사기념관 건립추진위원회 집행위원장으로 참여한 경험이 있다. 그 때 독립투사 이강훈(李康勳) 선생이 고문으로 앞장서고 회장 김상만(金相万, 동아일보 회장), 부회장 이중재(李重載, 국회의원), 이종찬(李鍾贊, 국회의원), 집행위원장 박권흠(국회 문교공보위원장)으로 추진위원회를 구성해서 그 일을 해냈다. 그 당시 염보현 서울시장으로부터 양재동 시민의 숲에 부지를 얻어내고 한국서화작가협회(회장 박권흠)가 서화전으로 마련한 1억원과 구자경(具滋暻) 전경련 회장이 앞장서 모금한 15억원을 받아 오늘의 윤봉길의사기념관을 세우는 데 실무적인 일을 도맡아 해냈던 것이다. 헌정회가 이 일을 하는 데 나선다면 절대 다수의 회원들은 기꺼이 찬동할 것이고 국민들도 박수를 보낼 것이다. 헌정회 회원들이 정파를 초월해서 단합된 힘으로 이 일을 해낸다면 대한민국 헌정회의 위상도 크게 격상될 것으로 확신한다. 특히 양정규(梁正圭) 회장께서 취임 이후 헌정회를 크게 격상시킨 그 추진력으로 이 일에 적극적으로 앞장설 것을 공개적으로 건의하는 바이다.

《헌정》 / 2010. 10)

상생相生의 정치 공약 지켜라

지난 국회의원 선거 때 여야 정당은 다같이 상생(相生)의 정치를 하겠다고 국민 앞에 공약하였다. 그러나 17대 국회가 개원되자 여야는 상생의 정치는 그 싹도 보이지 않고 상살(相殺)의 정치를 계속하고 있다. 여당은 야당이 반대하는 정책을 죽기 살기로 밀어붙이고 야당은 죽기 살기로 이에 맞서고 있다.

국민이 바라는 상생의 정치를 외면하고 국민 다수가 공감하지 않는 정책을 원내 다수의 힘으로 밀어붙이는 것은 순리(順理)의 정치가 아니라 역리(逆理)의 정치이다. 특히 여당이 강행하려는 친일 행적 조사는 그야말로 상살(相殺) 정치의 극치라 할 것이다.

조사 대상을 일본군 소위로 확대하는 법의 개정은 누가 뭐라 해도 박정희 대통령의 일군 소위 시절 행적을 조사해서 친일파로 단죄하여 그의 딸 박근혜 한나라당 대표의 앞길에 재를 뿌리겠다는 의도가 숨어 있는 것 같다는 생각을 일부 국민들이 하고 있는 것이다. 이와 같은 국민의 의혹을 외면하고 이를 강행한다면 이것은 현대판 부관참시(剖棺斬屍)가 아닐까.

역사 속 부관참시의 대표적 사건은 연산(燕山) 때 있었던 무오사화(戊午士禍)로 부관참시 당한 점필재(佔畢齋) 김종직(金宗直) 선생의 일이다. 공교롭게도 박정희 전 대통령도 선산인(善山人)이요, 그 당시 부관참시를 당한 김종직 선생도 선산인이다.

수많은 젊은 선비를 죽이고 귀양 보낸 무오사화도 그 당시 조정에서 상생의 정치를 하지 못하고 상살의 정치를 한 결과였다. 그 때도 권력을 지키려는 훈구파와 개혁을 주장하는 사림(士林)파의 갈등이 심화되고 있었는데 훈구파가 사림파를 때려잡을 호재를 잡았다.

그 때 사관(史官)이던 김일손(金馹孫) 선생이 사초(史草)에다 그의 스승인 김종직 선생이 쓴 조의제문(弔義帝文)을 올린 것을 알게 된 훈구파가 이 글은 세조(世祖)를 비방하는 글이라고 왕에게 고하였다. 이에 연산군은 김일손 선생을 비롯한 수많은 사림파 엘리트를 죽이고 이미 사자가 된 김종직 선생의 무덤을 파헤쳐 시체의 목을 베었던 것이다.

김종직 선생은 영남 사림의 거목으로서 성리학의 맥을 이은 큰 선비였다. 그는 경상도 병마평사, 함양군수, 선산부사 등 지방관직을 비롯하여 도승지, 이조참판, 한성부윤 등 요직을 지나면서 수많은 제자를 배출하였고 성종(成宗)의 총애를 받아 많은 제자를 관계에 진출시켜 전국 사림의 존경의 대상이 되었는데 김종직 선생 사후에도 이 세력은 훈구파에게 위협이 되었던 것이다.

오늘의 정치 상황을 보자. 박근혜 대표가 지난 국회의원 선거 때 탄핵 역풍으로 침몰 위기에 있던 한나라당을 구하고 과반수 선에 가까운 의석을 확보하여 제1 야당의 자리를 만드는 데 큰 공을 세우고 국민의 지지도가 만만치 않은 상태를 유지하니 무오사화 당시 사림파의 배후에 김종직 선생이 있듯이 오늘의 박근혜의 배후에 박정희가 작용하고 있는 것으로 생각할 만하다.

일제 때 친일의 행적을 모두 파헤친다면 안 걸릴 사람이 몇 명이나 되겠는가? 그 때 한글을 가르치지 않고 일본글만을 가르친 선생들, 공출을 바치라고 독려한 면서기, 집집마다 일본 천조대신(天照大神)을 모시는 귀신상자를 벽에 달도록 강요한 사람들, 창씨개명할 때 일본식으로 이름을 지어준 당시의 작명가들, 양력을 따르지 않고 음력설에 제시를 모시지 못하게 차려놓은 제상을 때려 엎은 경찰 앞잡이들, 이 모든 크고 작은 친일 행적을 조사해서 이미 지하에 묻혀 있는 망령들을 친일파로 단죄해서 그 자손들의 명예를 짓밟아서 무슨 정치적 이득이 있겠는가?

나라의 기틀을 튼튼히 하고 국민의 마음을 편안하게 하는 것(國泰民安)이 정치의 원리일진데 이에 정면으로 배치되는 것이 바로 이것이다.

경북 청도군 이서면 서원동에 김일손 선생을 모신 자계(慈溪)서원이 있다. 김일손 선생이 처형되던 날 선생의 고향 마을 앞 냇물이 핏빛으로 흘렀다 하여 자계(慈溪)라는 이름이 된 것이다. 자계의 슬픈 고사(故事)를 생각하면서 제발 이제는 상살(相殺)의 정치를 그만두고 상생(相生)의 정치로 방향을 바꾸기를 호소하고 싶다.

《대구일보 / 2004. 7》

야당은 극한투쟁 전략 바꿔라

이제 야당은 투쟁 전략을 바꿔야 한다. 극한투쟁의 시대는 끝났다. 지금은 정치도 경쟁의 시대다. 이명박 정권이 들어선 이후에도 이어지는 야당의 무한 극한투쟁은 시대에도 맞지 않고 국민의 지지도 얻을 수 없다. 원천적으로 실패할 수밖에 없다.

작년 연말 국회에서 보여준 야당의 모습은 실망 그 자체였다. 민주정치는 결국 다수결이 원칙이다. 협상이 안 되면 다수결에 승복해야 한다. 그렇게 반대했던 신년도 예산안이 통과되는 순간 야당 의원들은 의장석 앞에 피켓을 들고 도열해서 그 예산안을 환송(?)하는 듯했다. 국민의 눈총 때문인지 이번에는 의장석을 침범 못 하는 무기력한 모습으로 기나 긴 연말 국회의 극한투쟁은 싱겁게 끝나고 말았다.

이와 같은 극한투쟁은 이번으로 끝내고 이제부터는 전략을 바꿔야 한다. 지금의 이 대통령은 지난날 야당의 극한투쟁의 대상들과는 근본적으로 다르다는 것을 알아야 한다.

　과거 야당의 극한투쟁은 명분이 뚜렷해서 국민의 지지를 받았다. 이승만 대통령은 종신집권을 위한 사사오입 개헌을 강행함으로써 당시 민주당에 극한투쟁의 명분을 주었다. 박정희 대통령은 5.16 군사 쿠데타에다 3선 개헌, 유신체제 구축 등으로 당시 야당의 극한투쟁에 강한 명분을 주었다. 그 때의 야당은 정부가 하는 일은 무조건 반대해도 국민이 그 정당성을 인정했다. 그 때는 투쟁의 대상이 독재자라는 데 국민이 공감했기 때문에 심지어 경부고속도로 건설까지도 반대할 수 있었다.

　그러나 지금의 이 대통령은 민주화가 완성되고 난 후 벌써 세 번째로 선출된 대통령이다. 그것도 유례가 없는 압도적 지지로 당선됐다. 이런 대통령을 독재자로 몰아붙인다면 국민이 공감하겠는가. 김대중 전 대통령이 작고하기 얼마 전에 이 대통령을 '독재자'라고 부르며 투쟁해야 한다고 야당 사람들에게 말했지만 그 말 한 마디로 독재자 아닌 사람이 독재자가 될 수는 없는 일이다.

　박정희 전 대통령과 윤보선 전 대통령의 대립은 심각한 것이었다. 6.3계엄사태는 1963년 대통령 선거에서 박 대통령에게 근소한 차로 패배한 윤 전 대통령의 한(恨)도 상당히 작용한 것이었다. 그러나 윤 전 대통령은 '대일 굴욕 외교 반대'라는 대의명분이 있었다. 국민이 공감할 수 없는 정치 구호는 내놓지 않았다.

　야당은 이제 김대중 전 대통령의 유훈에서 벗어나서 이 시대에 맞는 투쟁 전략을 지혜롭게 짜서 국민의 가슴에 와 닿는, 그래서 차기 선거에서 이길 수 있는 전략을 세워주길 바란다. 제발 정치도 원자력 발전소를 수출하는 나라 수준이 됐으면 한다.

《조선일보》/ 2010. 1. 13)

어머니의 신심과 용천사

옛날이나 지금이나 남의 가문에 시집가서 아들을 낳지 못하면 큰 죄인이 될 수밖에 없다. 그 가문의 대를 잇지 못하게 하는 죄는 엄청난 것이다. 그래서 칠거지악(七去之惡)이라고 하지 않았던가.

나의 어머니는 그 시대에 27세가 될 때까지 아들을 낳지 못했으니 얼마나 안타까웠겠는가. 그래서 용천사라는 신라 고찰(경북 청도군 각북면 오산동 소재)에 가서 열심히 불공을 올렸다. 마침내 어머니께서 27세 되던 해에 첫 아들로 나를 낳았다. 부처님의 은혜가 한없이 크다는 것을 느끼면서 나를 키웠을 것을 생각하면 가슴이 뛴다.

어릴 때 어머님 손잡고 용천사에 갔던 기억이 희미하게 남아 있다. 나는 한창 공부해야 할 시기에 태평양 전쟁과 6.25를 겪고도 살아남은 것만으로도 큰 행운이었는데 신문기자가 되고 국회의원도 되고 신문사 사장도 되고 현재는 사단법인 한국차인연합회 회장으로 보람있는 일을 하고 있으니 이와 같은 행운이 모두 부처님의 은

혜로 이루어졌다는 생각을 해왔고 지금도 그 소신에 추호의 변화가 없다.

1978년 12월 12일 실시된 제10대 국회의원 선거에 돈 없고 권력 없고 탄압받는 야당, 신민당 공천 후보로 경주 월성 청도 지역구에 출마했을 때 용천사에는 '학성'이라는 법명의 젊은 스님이 있었는데 그 스님과 깊은 인연을 맺게 되었다. 이것은 우연한 인연이 아니라는 생각이 들었다. 그 스님과의 인연은 지금도 계속되고 있다. 제10대 국회의원에 당선된 후 필자는 3선을 했다.

국회 건설위원장 때 나는 학성 스님의 강력하고도 명분 있는 건의를 받아들여 용천사가 있는 청도군 각북면과 대구 달성군 가창면 사이의 태산준령에 도로를 개설함으로써 버스길로 두 시간 걸리던 대구와의 거리를 30분으로 단축시켰다. 나는 이 일을 할 때, 첫째는 용천사와 인연을 맺었던 어머니에 대한 효심이 앞섰고, 둘째로 나를 도와준 고향 주민들을 돕고, 셋째로 이 지역 발전을 가져오게 한다는 생각을 했었다.

그래서 지금은 용천사 주변이 크게 개발되어 이제 용천사는 깊은 산골에 있는 이름 없는 고찰이 아니라 대구 시민이 즐겨 찾아오는 명찰이 되었다. 학성 스님은 그 후 보다 큰 원력을 세워 영천에 만불사를 창건하여 한국 불교 발전에 크게 한몫하고 있으니 자랑스럽기까지 하다.

나의 눈썹과 눈썹 사이에는 큰 점이 하나 있다. 태어날 때부터 있었다. 이것이 무슨 뜻인가 싶지만 우연은 아닐 것이다. 부처님께서 불제자라는 도장을 찍어둔 것이라고 생각했다.

청도군 내 보살 4,000명을 구미 금오산 밑 저수지에 초청하여 방생법회를 할 때 나는 보살님들 앞에 서서 설명했다. '부처님께서 내 얼굴에 도장을 찍었습니다.'라고.

큰 박수 소리가 금오산을 흔들었다. 이 법회도 학성 스님이 만든 것이었다. 청도의 보살이 다 모이도록 하는 능력이 학성 스님에게는 있었다.

올 가을에는 용천사를 찾아 부처님전에 삼배를 드리고 차 한 잔을 올려야겠다는 다짐을 해본다. 그래야 지하에 계신 어머님이 기뻐하실 것 같다.

(《불교신문》 / 2006. 8. 30)

東茶頌 海道人命作 草衣沙門 意恂 頌

后皇嘉樹配橘德　受命不遷生南國
密葉鬪霰貫冬青　素花濯霜發秋榮
姑射仙子粉肌潔　閻浮檀金芳心結

沆瀁微清碧玉條　朝霞含潤翠禽舌
天仙人鬼俱愛重　知爾爲物誠奇絶
炎帝曾嘗載食經　醍醐甘露舊傳名
解酲少眠證周聖　脫粟伴蔬羨齊嬰

虞洪薦犧乞丹丘　毛仙示叢引秦精
潛壤不惜謝萬錢　鼎食獨稱冠六情
開皇醫腦傳異事　雷笑茸香取次生
巨唐尚食羞百珍　沁園唯獨記紫英

法製頭綱從此盛　清賢名士誇雋永
綠笋龍鳳轉巧麗　費盡萬金成百餅
誰知自饒眞色香　一経點染失眞性
道人雅欲全其嘉　曾向蒙頂手栽那

養得五斤獻君王　吉祥蕊與聖楊花
雪花雲腴爭芳烈　雙井日注喧江浙
建陽丹山碧水鄉　品題特尊雲澗月
東國所産元相同　色香氣味論一功

陸安之味蒙山藥　古人高判兼兩宗
還童振枯神驗速　八耋顏如天桃紅
我有乳泉把成秀碧百壽湯　何以持
僊木覓山兩獻海　翁有九難四香玄

妙用何以敎汝浮　塵上坐禪衆九
難不犯四香全至味　可獻九重供絶
濤綠香纔入朝　聰明四達無滯壅
甫靈根托神山仙　風玉骨自另種綠

茅紫笋穿雲根　胡靴犎臕皺水紋吸
盡瀁瀁淸夜露　三昧手中上奇茶中
有玄微妙難顯眞　精莫敎體神分體
神雖全猶恐　過中正不過健靈

係一頃玉花風　生腋身輕己涉上淸
境明月爲燭兼　爲友白雲鋪席因作
屏竹籟松濤俱　蕭凉淸寒瑩骨心肝
惺惺許白雲明月　爲二客道人座上

此爲勝　題跋草衣
初纖穀雨前　莫數丹山雲澗月
新試綠香煙禽舌
雷笑可述筆

庚辰夏
韓國茶人聯合會長　受堂　朴權欽
白水居士題

필자의 『동다송(東茶頌)』 병풍 글씨

제3부

우사다담

又史茶談

靜坐讀書　茶香滿堂
涌詩飲茶　心自閑也

草衣禪師句

乙丑春　文史　朴權欽

차^茶는 신이 인간에게 준 가장 큰 보물

차(茶)를 알아서 차인(茶人)이 된 것이 아니라 차인이 되어서 차를 알게 되었다. 차를 알게 된 것이 내 인생에 있어서 큰 행운이라는 생각을 하면서 차를 마신다. 차를 모르던 때 중국이나 홍콩에 여행 가서 남이 차를 사는 것을 보고 나도 사가지고 와서는 그대로 몇 년을 고이 간직했다가 버린 것을 생각하면 그 때의 어리석음이 우스꽝스럽게 느껴지는 것이다. 차는 신(神)이 인간에게 준 가장 큰 보물이다. 신농씨(神農氏)는 일찍이 '차를 오래 마시면 즐거워지고 힘이 난다.'고 『식경(食經)』에 기록해 두었다. 내가 차인이 된 것은 1992년 사단법인 한국차인연합회 회장으로 추대되었기 때문이다.

그로부터 1년 동안 차를 마시면서 차의 가치를 알게 되었다. 주변의 친구들이 차를 마시지 않는 것을 보면 인생의 맛 가운데 가장 소중한 것을 모르고 사는 것 같아 안타깝게 느껴지기까지 한다. 보석을 옆에 두고 그것이 보석인지 돌멩이인지를 구별 못하는 것 같은 것이다. 우리나라에도 차를 마시는 인구가 500만 정도 된다고 추산하지만 내 주변에는 아직도 차를 모르는 사람이 너무 많다. 친구들 모인 자리에 가면 내가 차인연합회 회장이기 때문에 차 이야기가 나오기 마련인데 자기들끼리 주고받는 이야기를 들으면 기가 찬다. '차를 어떻게 끓이나?', '차를 주전자에 넣고 푹 끓여서 마시면 되지.' 하는 식이다. 우리나라에도 옛날에 차를 끓여 마신 기록이 있긴 하지만 지금은 차를 끓여 마시지 않고 끓인 물에 차를 넣어 우려서 마시는 것이다. 우려서 마시는 차에 색향미(色香味)가 있는 것이다.

차는 오직 차나무에서 딴 잎으로 만든 것일 뿐 차나무 잎이 아닌 차는 그 어느 것도 차가 아니다. 차는 중국 남쪽에서 재배된 식물인데 그것이 우리나라에 온 역사는 2,000년에 가깝다. 서기 48년에 가락국 김수로왕(金首露王)의 허왕후가 인도에서 시집올 때 차씨를 가져와서 백월산(白月山)에 심었다는 기록이 우리나라 차문화(茶文化) 역사의 시작이고 신라 흥덕왕(興德王) 때 대렴공이 사신으로 당나라에 다녀오면서 차씨를 가져온 것을 왕명으로 지리산에 심었다는 기록이 『삼국유사(三國遺事)』 역사의 중요한 대목이다. 오늘의 지리산 야생차의 뿌리가 바로 그것이다.

2,000년의 역사 속에서 수많은 차인들이 자취를 남겼다. 신라시대 충담사(忠談師)가 경덕왕에게 차를 우려 바친 이야기(『三國遺事』)에서부터 고려시대 이규보(李奎報), 정몽주(鄭夢周) 등 선비들이 많은 차시(茶詩)를 남겼다.

포은(圃隱) 정몽주 선생의 차시를 소개한다.

보국무효노서생(報國無效老書生) 끽다성벽무세정(喫茶成癖無世情)
유제독와풍설야(幽齊獨臥風雪夜) 애청석정송풍성(愛聽石鼎松風聲)

　나라에 이바지 할 힘이 없는 늙은 서생이

　차 마시는 버릇 덕택에 세정을 모르고 사네

　눈바람 치는 그윽한 방에 홀로 누워

　돌솥에 찻물 끓는 소리 즐겨 듣도다

　조선시대에 매월당(梅月堂) 김시습(金時習) 선생이 남긴 차시는 더욱 일품이다.

　산당야정객포좌(山堂夜靜客圖坐) 일철운철쌍안명(一啜雲啜雙眼明)

　산집의 밤이 고요한데 손님들이 둘러 앉아

　운유차 한 모금 마시니 양 눈이 밝아지네

　조선시대엔 많은 차인들이 발자취를 남겼지만 대표적인 차인으로 다산(茶山) 정약용(丁若鏞) 선생을 생각한다. 다산 선생이 차를 마시지 않았으면 18년이란 기나긴 유배생활 속에서 그 많은 저술을 할 수 있었을까? 울화통에 술타령만 했다면 '위대한 선비 다산'은 존재하지 못했을 것이다. 다산(茶山)이라는 아호(雅號) 자체가 차인이라는 뜻이다. 다산 선생은 '차를 마실 줄 모르는 민족은 망한다.'는 명언을 남겼다. 다산은 『동다송(東茶頌)』을 지어 우리나라의 차도 중국차 못지않게 좋다고 자랑한 다성(茶聖) 초의(草衣)선사와 교유하고 추사(秋史) 김정희(金正喜) 선생 등과 어우러져 조선 후기에 쇠퇴해가던 우리나라 차문화를 중흥시킨 차인이다. 다산 선생이 주옥같은 많은 차시를 남겼는데 내가 가장 아름답다고 느낀 한 수를 소개한다.

첩격소다조(疊擊小茶竈) 이화손풍형(離火巽風形)

다숙산동수(茶熟山童睡) 뇨연유자청(裊煙猶自靑)

흙벽돌 쌓은 조그만 차 부뚜막 불괘와 바람괘 모양 갖추었네

차는 끓고 산동(山童)은 졸고 있는데 연기 하늘하늘 파랗게 퍼지네

차는 단순한 음료가 아니다. 그러기에 중국 당나라 때 육우(陸羽) 선생이 『다경(茶經)』을 지어 남겼고 조선 후기의 큰 스님 초의선사는 『동다송』을 지어 식어가던 이 나라 차문화에 불을 붙였던 것이다. 당나라의 류정량(劉貞亮)은 「다선십덕(茶扇十德)」을 통해서 차의 품격(品格)을 규정하였다.

일덕(一德)은 이다산울기(以茶散鬱氣)로, 차로써 우울한 기분을 흩뜨린다. 이덕(二德)은 이다각수기(以茶覺睡氣)로, 차로써 졸음을 깨게 한다. 삼덕(三德)은 이다양생기(以茶養生氣)로, 차로써 기력을 양생한다. 사덕(四德)은 이다제병기(以茶除病氣)로, 차로써 병을 제거한다. 오덕(伍德)은 이다이례(以茶利禮)로, 차로써 예절을 이롭게 한다. 육덕(六德)은 이다표경(以茶表敬)으로, 차로써 공경함을 표한다. 칠덕(七德)은 이다상미(以茶賞味)로, 차로써 맛을 칭찬한다. 팔덕(八德)은 이다수신(以茶修身)으로, 차로써 몸을 닦는다. 구덕(九德)은 이다아심(以茶雅心)으로, 차로써 마음을 아름답게 한다. 십덕(十德)은 이다행도(以茶行道)로, 차로써 도를 행하게 한다.

한편 육우는 『다경』에서 말했다. '차는 아무나 마시는 것이 아니라 정행검덕지인(精行儉德之人)이 마시는 것이다.'라고.

정행검덕지인(精行儉德之人)이란 무슨 뜻인가. 바르게 행하고 검소하고 덕이 있는 사람으로 풀이되지만 한 마디로 군자(君子)를 말

한다. 중국에서는 군자라고 하고 한국에서는 선비라고 하고, 일본에서는 사무라이, 영국에서는 젠틀맨이다. 이래서 다도(茶道)라고 하는 것이다. 다도의 핵심을 중국에서는 정행검덕(精行儉德)이라 하고, 한국에서는 중정(中正)이라 하고, 일본에서는 화경청적(和敬清寂)이라 한다.

한국차인연합회 회장으로 취임한 뒤 내가 제일 먼저 한 일은 자체 연수기관으로 다도대학원을 만든 것이다. 거기서 차인 지도자를 양성했다. 이 다도대학원 졸업생 1,500여명이 지금 전국에서 차문화를 확산시키고 있다. 내가 이들에게 한결같이 강조하는 말이 있다. '차문화를 통해서 선비정신을 복원하자.' 이 땅에 선비정신이 복원되는 날, 도덕 실종의 한국에 희망이 보일 것이다.

나는 차인 생활 19년의 시점에서 아직도 차를 모르는 친구들에게 간곡하게 권하고 싶다. 커피를 줄이고 녹차를 마셔라. 틀림없이 건강을 얻으리라. 얻은 건강, 길이 보존하리라. 차는 암을 예방하고 암의 성장을 억제한다. 차는 인체 내의 세균을 죽인다. 그래서 충치를 예방하고 입의 냄새를 제거해 준다. 차는 피를 맑게 해주고 따라서 성인병을 예방해 준다. 이것은 모두 임상실험으로 확인된 바이다. 우리나라의 차는 지리산 야생차가 있고 전남 보성을 중심으로 해남 강진 등지에서 좋은 차들이 생산되고 제주도에 태평양화학(太平洋化學)의 대형 차밭에서 대량 생산되고 있다. 태평양화학 서성환(徐成煥) 회장은 2년 전에 제주도 황무지를 개간, 차밭을 일구었다. 차 산업에 투자해서 돈을 벌겠다는 생각에 앞서 우리나라에도 차문화가 있어야겠다는 생각으로 차밭을 일구었다는 것이다. 오랫동안의 적자가 최근에 와서 겨우 흑자로 돌아섰다고 한다. 태평양화학이 지난 9월 1일 제주도에 차박물관(茶博物館)을 만들어 개관식을 가졌다. 중국 항주(抗州)에는 국립 차엽박물관(茶葉博物館)이 있고 일본에는 각지에 차 박물관이 있지만 우리나라에는 변변한 차 박물관이 없어 부끄러웠는데 이제 외국인에게 보일만한 차 박물관을 갖게 되어 기쁘다.

제주도의 차 박물관이 관광코스의 하나로 사랑받게 되는 날 이나라 차문화의 위상이 한 단계 업그레이드 될 것이다.

《헌정》 / 2001.10)

한재 이목 선생 다선^{茶仙} 추앙 선언

조선후기에 『동다송(東茶頌)』을 짓고 차문화 중흥의 횃불을 든 초의선사(草衣禪師)를 다성(茶聖)으로 모셔온 (사)한국차인연합회는 조선조 초기에 『다부(茶賦)』를 지어 남긴 한재(寒齊) 이목(李穆) 선생을 다선(茶仙)으로 모시는 의식을 가졌다.

본 연합회는 2004년 8월 14일 오후 영남의 지기가 집중된 팔공산 기슭 대구은행 연수원에서 다선 한재 선생과 다성 초의선사에 대한 헌공다례의식을 가졌다. 이에 앞서 13일 오후 필자는 본연합회 회장으로서 전국 회원 350여 명 앞에서 특강을 하면서 한제 선생을 다선으로 모시자는 취지를 설명하고 회원들의 절대적인 찬동의 절차를 밟아 '다선(茶仙) 추앙(推仰) 선언'을 하였다.

한재 선생은 1471년(성종 2년)에 태어나서 1498년(연산군 4년)까지 살았던 당시 사림파의 중심인물 점필재(佔畢齊) 김종직(金宗直) 선생의 문인으로서 19세에 진사에 합격하고 성균관 유생으로 들어갔다. 그 때 유생들의 선두에서 당시 간신 윤필상을 탄핵하다가 공주에 유배되기도 하였다. 1495년에 증광(增廣)문과에 장원급제하여 영안도평사(永安道評使) 등의 벼슬을 하였다. 선생은 장인인 대사성(大司成) 김수손(金首孫)이 명나라에 사신으로 갈 때 수행하여 9개월을 머무는 동안 중국의 차문화를 깊이 살피기도 하였다.

선생은 1498년(연산군 4년)에 있었던 무오사화(戊午士禍)에 연루되어 김일손(金馹孫) 선생, 권오복(權五福) 선생 등과 함께 28세의 젊은 나이에 사형되었다가 그 뒤 갑자사화(甲子士禍) 때 부관참시를 당하였다. 선생은 사형되기 3년 전인 25세 때『다부(茶賦)』라는 글을 지었는데 사화로 별세하는 바람에 그 명문의 작품이 세상에 널리 알려지지 못하고 현대에 와서야 알려지게 되었다.

필자는 일찍이『다부(茶賦)』를 접했지만 최근에 와서야『다부(茶賦)』라는 글이『동다송』과 함께 이 나라 차문화 역사 속에 우뚝 솟은 산맥으로 평가받아 마땅하다는 생각을 하게 되었다.

선생은 차의 경지를 이렇게 표현하였다.

"차(茶) 한 잔을 마시니 메말랐던 창자를 눈 녹인 물로 씻어낸 듯하고 두 잔을 마시니 상쾌하여 신선이 된 듯하고 세 잔을 마시니 병골에서 깨어나 두풍이 없어지고 공자께서 세상을 뜬구름처럼 여긴 뜻과 맹자께서 호연지기(浩然之氣)를 기린 뜻의 경지에 이르고 네 잔을 마시니 근심과 분노가 없어지고 다섯 잔을 마시니 색마 식욕도 없어지고 내 몸은 구름치마(雲裳)에 깃옷을 입고 흰 남세를 타고 하늘에 오른 것 같다. 여섯 잔을 마시니 세상의 모든 것이 거적때기에 불과하고 소보와 허유를 말구종으로 하고 백이숙제를 종으로 거느리고 옥황상제 앞에 가서 읍하노라."

선생은 그의 글 〈천도책(天道策)〉에서는 이렇게 말하고 있다.

천성즉오지성(天性卽吾之性) 천심즉오지심(天心卽吾之心)

천도즉오지도(天道卽吾之道) 천지호오 오지호오(天之好惡 吾之好惡)

연즉오심지중 유천심(然則吾心之中 有天心)

하늘의 성이 곧 나의 성이고

하늘의 마음이 곧 나의 마음이요

하늘의 도가 나의 도요

하늘의 좋아함과 미워함이 나의 그것과 같고

그런 즉 내 마음 가운데에 하늘의 마음이 있도다

이 얼마나 당당한 선비의 모습인가.

한재 선생의 정신 세계는 이미 생사를 초월한 선계에 가 있음을 볼 수 있다. 따라서 우리 차인들은 선생을 다선(茶仙)으로 모시기에 추호의 부족함이 없다고 필자는 확신한다.

《차인》 / 2004. 9)

다원(茶源) 몽정산(蒙頂山)에 올라

중국에서는 『식경(食經)』을 통해 차(茶)를 알려준 염제(炎帝) 신농씨(神農氏)를 다신(茶神)이라 하고 최초로 차를 인공 재배한 오리진(嗚理眞) 감로선사(甘露禪師)를 다조(茶祖)라 하며 『다경(茶經)』을 저술한 육우(陸羽) 선생을 다성(茶聖)이라 한다.

(사)한국차인연합회는 지난 4월에는 중국 서안(西安) 지방에 있는 다신(茶神) 염제 신농씨 능에 참배, 헌다의 예를 올린 데 이어 9월에는 중국 사천성 아안시 명산현 오리진 광장에 있는 오리진 상에 헌다의 예를 올렸다.

9월 19일 오후 2시, 그 날은 비가 내리고 있었다. 아안시는 〈제8회 국제차문화연토대회〉를 유치하여 〈제1회 몽정산 국제차문화축제〉를 열었는데 오리진 상 헌다식을 본연합회가 맡았다. 허재남, 김인순, 최순애, 오양가 부회장, 전정현, 변순례, 이재선, 임미숙, 오명희, 김남순, 이재현 이사, 그리고 이목자, 김혜자 지회장 등이 흰 한복차림으로 엄숙하게 헌다식을 올리는 동안 광장 주변 아파트 옥상에까지 메운 수만 군중이 비를 맞으면서 숨을 죽이고 바라보고 있었다. 한국차인연합회는 그 동안 국제행사에 나가 행다를 많이 했지만 다조(茶祖) 오리진 상 앞에 올린 헌다례는 매우 뜻 깊은 일이 아닐 수 없다.

한국차인연합회는 지난 1999년에 육우 묘에 일주문을 세운 바 있으므로 다신(茶神), 다조(茶祖), 다성(茶聖) 모두에게 예를 올린 셈이다.

오리진은 기원전 서한(西漢)시대에 태어난 사람으로 몽정산에 7주의 차나무를 심어 차의 인공 재배 방법을 가르쳐 주었다. 그래서 몽정산을 차문화의 발원지라고 부르게 된 것이다. 우리 일행은 아안시장의 안내로 몽정산에 올라 오리진의 유적을 답사하였는데 다신전(茶神殿)에 오리진선사 상을 모시고 그 옆에는 육우 선생의 상도 모셔 놓고 있었다. 오리진이 최초로 차를 재배한 그 자리는 황실에 차를 보내는 어다원(御茶園)이 되어 그 명성과 기능이 천 년이나 계속된 유적이 보존되고 있었다.

몽정산을 비롯한 아안시 일대에는 눈에 보이는 것 모두가 차밭이었다. 초의스님도 『동다송』에서 '육안지미(陸安之味) 몽산약(蒙山藥)'이라고 언급한 바 있다. 육안차는 맛이 좋고 몽산차는 약이 된다는 뜻이다. 차의 산지로서 가장 역사가 긴 몽정산 차 중에는 석화(石花), 운로(雲露), 성설(省舌), 모봉(毛峯), 황아(黃牙) 등이 유명하다.

차가 주산업이 돼 있는 이곳에서는 몽산차의 전통만을 고집하지 않고 부단한 품종 개량을 하고 있다. 차 묘목 시험장의 규모가 동으로 40리, 서로 40리, 남으로 40리, 북으로 40리의 규모였다. 우리 일

행은 사천성에서 티베트로 넘어가는 길목에 자리잡은 차마사(茶馬
司)를 보았다.

　티베트에는 차가 생산되지 않지만 티베트인들은 차 없이는 못 사
는 사람들이다. 그래서 중국은 차로써 티베트를 지배했던 것 같다.
티베트의 말을 받고 차를 바꿔주는 관청이 차마사였다. 차마사에는
황명(皇命)을 직접 집행하는 어사(御使)가 자리 잡고 앉아서 차마(茶
馬)무역을 관리하였던 유적들이 보존되어 있었다. 필자는 어릴 때
서당에서 한문공부를 할 때 '아미산월반륜추(峨眉山月半輪秋)'라는
이백(李白)의 시구를 배운 바 있는데 그 아미산을 올라보게 되어 감
회가 깊었다. 아미산 대국사(大國寺)에는 장개석(蔣介石) 총통이 쓴
'정충보국(精忠報國)'이라는 액자가 법당에 걸려있어 인상적이었다.

　아안시는 몽정산 차문화축제를 해마다 열어 몽정산이 세계 차문
화의 발원지라는 사실을 계속 홍보하겠다고 한다. 뒤늦은 감이 있으
나 좋은 착상임에 틀림없다.

《차인》 / 2004. 11)

웰빙은 다도^{茶道}와 함께

'밀레니엄'이라는 말과 함께 21세기 문턱에 들어선 것이 어제 같은데 어느덧 2005년의 달력을 마주하게 되었다. 정치를 보아도, 경제를 보아도, 우리를 둘러싼 국제 상황을 보아도 어느 한 구석 희망이 보이지 않는 가운데 맞이한 을유년(乙酉年) 새해지만, 발전을 거듭하고 있는 차문화에만은 희망의 등불이 보인다.

그것은 웰빙(well-being) 바람이다. 웰빙이 무엇이냐? 그것은 잘 살자는 것이다. 잘 사는 것은 생활의 질을 높이자는 말과 같은 것이다. 생활의 질을 높이는 것은 돈만으로 되는 것이 아니다. 웰빙은 물질문화와 정신문화가 조화를 이룰 때 이루어지는 것이다. 100평짜리 초호화판 주상복합 아파트에서 산다고 웰빙이 되는 것이 아니다. 소득이 많다고, 부동산이 많다고 웰빙이 되는 것도 아니다. 아무리 잘 먹고 잘 입어도 가정이라는 울타리 안에 평화가 없으면, 사랑이 없으면 거기에선 웰빙을 찾을 수 없다. 웰빙의 두 기둥이라고 할 수 있는 물질문화와 정신문화 중 정신문화 속에 다도(茶道)가 자리 잡는다면 참된 웰빙이 될 것이다.

국민소득 2만불의 고개를 넘지 못하고 있는 우리의 현실에서 걸맞는지, 걸맞지 않는지는 몰라도 웰빙 바람은 우리 현실 앞에 불고 있다. 우리 차인들은 웰빙 바람을 기회로 삼아 다도(茶道)를 국민적인 생활문화로 확산시키는 데 배전의 노력을 함으로써 시대적 사명에 충실해야 할 것이다.

차를 마시면 건강에 좋다는 인식은 크게 확산되고 있다. 차는 암을 예방하고 걸린 암도 억제시킨다. 고혈압, 당뇨병 등 성인병도 예방한다는 것이 연구 결과로 입증되었다.

나는 1992년 사단법인 한국차인연합회 회장이 되고부터 차를 마시기 시작한 지 14년째 되었다. 나는 내 스스로 내 몸을 임상실험하였다. 그 결과 오늘의 건강이 차를 마신 덕택이라고 종합평가 할 수 있었다. 그 중에 확신을 가지고 말할 수 있는 것이 한 가지 있다. 차를 마시기 시작한 1992년 당시 나의 머리가 빠지기 시작하였는데 지금 나의 머리는 그 때의 상태를 유지하고 있다. 그 때 추세대로 머리가 계속 빠졌다면 지금쯤은 거의 반대머리가 돼있을 듯한데 그렇지 않은 이유는 차에서 찾을 수밖에 없다. 그 동안 차에 관한 연구가 다각적으로 이루어졌지만 '차와 모발에 관한 연구'는 연구된 바 없다. 그래서 나는 작년 10월 22일 전북 익산 원광대학에서 열린 한국차학회 창립 10주년 기념 학술대회에서 '차와 모발에 관한 연구'를 제의한 바 있다.

홍일식(洪一植) 전 고려대학 총장은 일찍이 말했다. '일본은 다도(茶道)가 있어 전국민을 양반화했고, 한국은 다도(茶道)가 없어 전국민을 상놈화했다.'고. 새해에는 가정마다 다도(茶道)가 꽃피고 그

욱한 차향 속에 가정의 평화와 사랑이 열매 맺게 되었으면 하는 것이 차인 모두의 소망이다.

웰빙 바람과 차문화의 만남이 전 국민의 양반화에의 길을 재촉하는 데 큰 보탬이 되어야 할 것이다.

《차인》 / 2005. 1）

민주화 시대에 걸맞는 팔도 차문화 큰잔치

(사)한국차인연합회가 2005년 5월 4일 서울시청 앞 잔디광장에서 'HI SEOUL 페스티벌 팔도 차문화 큰잔치'를 열게 된 것은 민주화 시대에 걸맞는, 시민과 함께 하는 차문화의 역사를 창조하기 위한 것이다. 이 나라 차문화의 역사는 서기 48년 가락국 김수로왕의 왕비로 인도의 허황옥 공주가 시집올 때 차씨를 가져와 심었다는 기록으로 시작된다.

그렇다면 우리의 차문화는 2,000년에 가까운 역사를 이어온 것이다. 그 동안에 있었던 차문화 행사가 얼마나 많았겠는가? 그러나 그것은 모두 궁중다례 등 상류사회의 문화 이벤트였지 서민 대중은 그 찻자리에 앉을 수가 없었다. 왕도(王道)정치의 이상은 여민동락(與民同樂)으로 돼있었지만 그 어떤 성군(聖君)도 서민과 함께 찻자리에 앉은 예는 없다. 농민들은 차를 생산하여 왕실에 바쳐야 했지만 정작 그들이 차를 즐길 수 있는 태평시대는 없었던 것 같다. 조선 초기의 큰 선비 차인이셨던 김종직(金宗直) 선생이 함양군수로 부임

600년의 역사를 자랑하는 문화도시 서울, 그 한복판 시청 앞 서울광장에서 지난 2005년 5월 4일에 열린 팔도차문화 큰잔치. 한국최고의 차전문가 모임인 (사)한국차인연합회가 펼쳐보인 우리 차문화 한마당, 하이서울 진다례, 신라화랑다유회, 선차 사방찬 등 행다시연과 국악공연, 차 및 차기구 전시, 그리고 천여 명이 합심하여 차린 500여 개의 찻자리와 3만여 명의 관람객, 그 역사적인 모습을 사진에 담아보았다.

성공적인 행사를 기원하는 박권흠 회장(좌)과 이명박 서울시장.

하이서울 진다례(좌)와 신라화랑 다유회(아래)

사방찬 행다례

'팔도 차문화 큰잔치' 관련 기사

해 보니 이곳에는 차밭이 없는데도 농민들은 쌀을 짊어지고 전라도로 가서 차로 바꾸어 와서 나라에 바치는 모습을 보고 이래서는 안 되겠다 하여 군 스스로 차밭을 일구어 차를 자체 생산하여 농민들이 나라에 차를 바치는 일을 대신해 주었다는 기록이 있다. 병자호란 이후 청나라가 차 수탈을 가혹하게 해가기 때문에 농민들이 차밭을 없애는 것으로 항거했다는 이야기도 전해진다.

이와 같은 역사의 단면을 생각할 때 아름다운 차문화를 시민과 함께 하는 '팔도 차문화 큰잔치'야말로 민주화시대의 차문화 역사의 시작이라 할 수 있다. 서울시는 HI SEOUL 페스티벌 행사 5일 중 하루를 팔도 차문화 큰잔치에 할애하였다. 한국차인연합회는 잔디광장에 전국의 차인들이 찻자리를 만들어 시민들에게 차를 대접하는 두리차회를 만들고, 아름다운 차인들의 차 우리는 모습을 보여주고, 텐트를 가설하여 전국의 차와 다기를 전시하는 한편, 무대에서는 행다를 시연하고, 당대 최고의 국악인을 초청, 우리의 전통음악 공연으로 흥겨운 축제의 분위기를 절정에 이르게 하였다.

'시민 여러분, 차 한 잔 들고 가세요. 끽다거(喫茶去)'라고 새긴 현수막이 이 행사의 의미를 상징적으로 표현하였다. 이명박 서울시장을 비롯하여 각계의 지도자는 물론, 외교사절들이 참여하였다. 한국차인연합회는 전국의 모든 차문화 단체에 문호를 개방, 뜻깊은 두리차회를 주최하여 화합의 자리를 만들기도 하였다. 팔도 차문화 큰잔치는 우리나라의 차문화 위상을 크게 업그레이드할 것으로 기대된다. 팔도 차문화 큰잔치의 원대한 목표는 다도가 가정마다 살아 숨 쉬는 나라를 만드는 데 있음을 밝힌다.

《차인》 / 2005. 5)

차^茶와 월병^{越病}과 웰빙

우리나라는 누가 뭐라 해도 선진국 문턱에 와 있다.

머지않아 국민소득 2만불 시대를 맞게 되어 있다. 실제 국민소득
이 2만불에 미달된 상태에 있지만 다수 국민의 의식은 3만불 시대
에 살고 있다. 따라서 웰빙은 모든 국민의 최대 관심사로 발전하고
있다. 어떻게 사는 것이 웰빙인가? 웰빙은 한 마디로 '행복하게 잘
사는 것'을 말한다. 행복하게 잘 사는 길은 크게 나누어 두 가지가
될 것이다. 첫째는 건강하게 사는 것, 둘째는 마음 편하게 사는 것이
다. 건강하게 잘 사는 길은 여러 가지가 있겠지만 무엇보다도 병에
걸리지 않아야 한다. 다시 말해서 월병(越病)을 해야 한다는 것이다.
병을 뛰어 넘는 월병(越病)을 하는 데에는 차(茶)를 마시는 것이 가
장 쉬운 길이라는 것이 차에 관한 연구 결과로써 계속 밝혀지고 있
다. 차를 마시면 암을 예방할 수 있으며 암을 억제한다는 것은 밝혀
진 지 오래 되어 이미 새로운 이야기가 아니고, 차가 각종 성인병(고
혈압, 당뇨병 등)을 예방한다는 것도 이미 밝혀진 사실이며 최근에는

차와 피부미용, 차와 다이어트에 관한 연구도 그 결과가 발표된 바 있다. 차가 사람 몸 안에 서식하는 세균을 죽인다는 연구 결과도 나왔다. 녹차 한 잔을 마시면 체내의 모든 나쁜 세균이 죽는다는 연구 결과는 1997년 효성여대 연구팀이 밝혀낸 바 있지만 최근에는 '차와 구강'에 관한 연구 발표가 있었다.

지난 5월 13일 서울 웨스틴조선호텔에서 있었던 〈국제 녹차 심포지엄〉에서는 '차(茶)와 구강건강(Oral Health)'을 주제로 하여 활발한 논의가 있었다. 서울대학교 진보형, 이정옥, 이은정, 백대일, 김현덕 교수팀은 〈녹차 음용이 초등학생의 구강건강에 미치는 영향〉이라는 제목으로 연구 결과를 발표하였다. 서울시내 초등학교 4학년생 320명을 대상으로 연구한 결과 '녹차 음용법은 구강건강을 증진시키는 모델로 활용할 수 있다.'고 결론지었다. 미국 시카고 치과대학 크리스틴 DWU 교수는 〈녹차 폴리페놀의 구강질환 예방과 구강건강 증진효과〉라는 제목의 연구논문을 발표하였다. 이 논문의 결론은 '차의 음용이 충치 질환을 예방·억제함으로써 구강 건강에 도움을 줄 수 있다. 녹차의 수많은 생리적 조절 기능에다 구강 건강 효과를 더한다면 녹차는 구강 건강 기능식품으로 간주될 수 있다.'로 되어 있다.

일본 요코하마 트수루미 치과대학 마사아기 오가모도 교수는 〈치주질환 세균에 대한 녹차 카테킨의 억제 효과〉라는 제목의 논문을 발표했고, 일본 동경 국립건강과학연구소의 유기고 하라 구도(Yukiko Hara Kudo)교수와 요시고 스기다 고니시(Yoshiko Sugita-Konishi) 교수는 〈식중독균에 대한 카테킨의 항균효과〉라는 제목의 논문을 발표하였다. 이밖에도 만성 세균성 전립선염에 관한 연구, 녹차 항암 효과에 관한 연구, 전립선암에서 녹차의 항암 메커니즘에 관한 연구 등 세계적 차원에서 광범위한 연구 결과가 발표되었다.

이 모든 연구의 한결같은 결론은 '차(茶)가 건강 증진에 도움이 된다.'는 것이다. 이제는 건강하게 살려면 차를 마셔야 되고 차를 통해서 웰빙을 할 수 있다는 사실을 모두에게 알리는 과업이 모든 차인들이 할 일이다.

《차인》 / 2005. 7

시어머니 뺨 때린 며느리의 그 후

KBS 2TV가 7월 27일 밤 방영한 〈올드미스 다이어리〉라는 드라마에서 며느리가 시어머니의 뺨을 때렸다. 이 일로 KBS의 도덕성이 각 신문 사설로 얻어맞고 있다. 국민의 시청료를 받고 운영하는 공공방송이 이럴 수 있느냐며 야단들이다. 이것은 오늘날 우리 사회 각 분야에서 일어나고 있는 유교문화 붕괴 현상의 일면이라고 볼 때 모두가 각성해야 한다는 경고 신호라고 봐야할 것 같다.

드라마의 내용은 이렇다. 맞벌이 아들 부부를 뒷바라지하는 시어머니가 손주를 돌보다 잠깐 자리를 비운 사이 아이가 국그릇을 엎어 화상을 입어 병원으로 갔는데 병원으로 달려온 며느리가 '도대체 애를 어떻게 보신 거예요?' 하면서 시어머니의 뺨을 갈겼다. 뒤늦게 온 아들은 이럴 수 있느냐고 호소하는 어머니에게 '맞을 짓을 하셨네요.' 하며 오히려 뺨 맞은 어머니를 몰아 세웠다. KBS측은 오늘의 노인의 애환과 서글픔을 드러내기 위해서 했다고 변명하는데, 사실 이 드라마의 장면은 서울 시내에서 있었던 실화를 옮긴 것이다. 실제 며느리로부터 뺨 맞은 시어머니는 그 뒤에 어떻게 했을까? 마음 속으로 저런 불효막심한 자식과는 함께 살지 않겠다고 결심하고 자기 명의로 된 집을 황급히 부동산에 내다 팔아 현금으로 몽땅 챙겨 어느 날 한 마디 말도 없이 실버촌으로 들어가 버렸다. 시어머니의 통쾌한 보복극에 그 동안 시어머니들은 박수를 쳤다. 갑자기 집 없는 신세가 된 그 불효자 부부는 그 후 어떻게 되었는지 모르지만 아마도 후회의 눈물을 흘렸을 것이다. 그러나 이미 때는 늦었다. KBS는 오늘의 세태를 알리기 위해서 이런 드라마를 방영했다고 하지만 이를 모방하여 시어머니 뺨 때리는 며느리가 앞으로 대량생산된다면 그 책임을 어떻게 질 것인지 묻고 싶다.

그렇다면 옛날 세태는 어떠했는가? 나의 어머니는 특별히 소문난 효부가 아닌 평범한 며느리였다. 큰집이 워낙 가난하여 아침부터 죽으로 끼니를 때우는 처지였다. 내가 어릴 때 매년 흉년이 들어 정월쯤 되면 양식이 떨어졌는데, 12대를 혈손으로 이어 온 선비 가문의 종가인 큰집의 형편은 말이 아니었다. 큰집으로부터 2킬로미터 정도 떨어져 살고 있던 우리 집은 형편이 조금 나아 아침에 밥 먹을 정도는 되었다. 어머니는 둘째 며느리였는데 큰집에 계시는 시어머니는 죽을 드시는데 우리만 밥을 먹을 수 없다면서 아침마다 밥 한 그릇을 담아 나더러 할머니께 갖다 드리라고 심부름을 시켰다. 정이월 엄동설한(嚴冬雪寒) 추운 아침마다 밥 한 그릇 택배하느라고 고생한 기억이 아직도 생생한데, 생각할수록 눈물이 핑 도는 것은 할머니가 밥을 들고 계실 때 다른 식구들은 죽을 먹고 당신만 밥을 먹고 있는 사실을 몰랐다는 것이다. 불행 중 다행이랄까, 80이 넘으신 할머니는 눈이 어두워 아무것도 볼 수 없었기 때문이었다.

나는 갈 때마다 할머니 손목을 잡고 인사하였는데, 할머니는 귀여운 손자가 아침마다 오니 좋아만 하셨지 손자가 무엇 때문에 이 추운 날 아침마다 오는지 그 이유는 모르셨다. 시어머니가 죽을 드시는데 우리 식구만 밥을 먹을 수 없다는 그 시대 며느리의 도덕관이 여기에 나타나 있다.

시어머니의 뺨을 때리는 오늘의 며느리를 보면서 아침마다 시어머니에게 밥 한 그릇 보내던 그 시대의 며느리인 나의 어머니가 새삼 존경스러워 다시 한 번 불러본다. 어머니….

(《차인》 / 2005. 9)

하인즈 워드의 효심

북미 프로 미식축구 스타 하인즈 워드가 한국에 와서 보여준 모습은 우리에게 효도의 가치를 크게 일깨워 주고 있다. 하인즈 워드가 혼혈아로서 홀어머니 슬하에서 자라 미식축구 MVP가 될 수 있게 한 힘은 무엇일까? 그것은 한국인의 피 속에 맥맥이 흐르는 유교 문화의 힘일 것이다.

하인즈 워드의 어머니 김영희 씨는 '맹모삼천지교(孟母三遷之敎)'를 실천하였다. 맹모삼천지교란 맹자의 어머니가 아들의 교육을 위해서 세 번이나 이사를 했다는 유교적인 교육 모델이다. 김영희 씨는 한국 사회에서는 혼혈아로서 성공하기 어렵다는 것을 일찍이 깨닫고 하인즈 워드의 장래를 위해 미국으로 건너가 여자 혼자의 몸으로 모든 고통을 견디면서 오직 아들을 위하여 모든 것을 바쳤다. 그 결과 오늘의 하인즈 워드라는 영웅을 만들어 낸 것이다.

김영희 씨는 아들을 바르게, 효자로 키웠다. 하인즈 워드는 입만 열면 어머니에 대한 효(孝)의 표현을 잊지 않는다. 하인즈 워드가 4

월 9일 용인 민속촌에서 한복을 입고 어머니를 모시고 큰절을 하면서 만수무강을 비는 모습은 참으로 아름다웠다. 그는 한국에서 보내는 며칠 동안 어머니의 손을 꼭 잡고 다니며, 어머니의 나라 한국에서 태어난 것을 자랑스럽게 생각했다. 그는 모든 것은 어머니 덕택이라며, 어머니의 이름으로 아이들에게 장학금을 주고 싶다고 했다.

4월 8일에 있었던 MBC와의 단독 회견에서도 그는 시종일관 어머니에 대한 효심과 존경심을 표현했다. 어머니 김영희 씨는 근검절약 정신으로 오직 아들의 교육을 위해 헌신하는 한국의 어머니상을 실천했다는 것을 입증하였다. 하인즈 워드는, '어머니에게 차를 사라고 돈을 드리면 어머니는 차를 사지 않고 예금을 했을 것'이라고 말했다. 또 그는 흑인 친구들은 나를 한국인이라고 했고 백인 친구들은 나를 흑인이라고 말해 어린 시절에는 매우 힘들었다고 했다. 그럴 때마다 운동에 몰두함으로써 그러한 차별에 따른 고통을 잊을 수 있었다고 말한다.

하인즈 워드가 성공한 힘은 틀림없이 어머니의 사랑과 어머니에 대한 효심이었을 것이다. 고생하는 어머니를 위해서 반드시 성공해야 한다는 그 마음, 그 집념, 그 인내심이 그를 슈퍼볼 MVP로 만들었음이 틀림없다. 하인즈 워드는 돈방석에 올라앉았다. 그가 한 번 미소를 짓기만 해도 엄청난 광고료가 나온다. 이 시대의 영웅은 바로 하인즈 워드이다. 그러한 영웅이 한국에서 태어났다는 것이 자랑스럽다.

피츠버그 대학에 다닐 때 그는 공부도 잘하는 학생이었다고 한다. 그의 말 한 마디 한 마디에 교양미가 보인다. 그는 분명 유교적 가치관이 몸에 배인 한국 청년이다. 그는 한때 한국에서 태어난 것을 부끄럽게 생각한 것을 후회하며 지금은 한국에서 태어난 것을 자랑스럽게 생각한다고 말한다. 그에게는 애국심과 효심이 있다. 지난번 미국에서 세계야구대회가 열렸을 때 일본을 두 번째로 이긴 뒤 한국 선수들이 태극기를 들고 운동장을 한 바퀴 돌고 그 태극기를 운동장 한복판에 세우는 모습을 세계에 보여 주었다. 누구도 그들에게 그렇게 하라고 시키지 않았다. 그것은 한국 선수들만이 갖고 있는 애국심의 자발적 표현이다. 그러한 애국심이 힘이 되어 일본을 두 번이나 이길 수 있었을 것이다. 2002년 한국이 월드컵 4강을 이룰 수 있었던 것도 선수들에게 애국심이 있었기 때문일 것이다.

1984년 LA올림픽 때 유도 선수 하형주가 금메달을 따고 나서 어머니에게 전화를 걸어 한 말은 '이제 엄마 고생 끝이다.'였다. 이는 한국인 특유의 효심(孝心)의 표현이 아닐 수 없다.

2006년 독일에서 열리는 월드컵에서도 한국 선수들은 애국심과 효심의 힘으로 큰성과를 거둘 것이다. 효심의 모범생 하인즈 워드에게 '하인수(河仁秀)'라는 한국 이름을 붙여주고 싶다.

《차인》 / 2006. 5)

사랑과 정성의 산물 차인회관^{茶人會館}

1979년에 창설된 사단법인 한국차인연합회가 그동안 셋방살이로 전전하다가 마침내 초라한 공간이지만 자체 재산으로 사무실을 마련하여 '차인회관'이란 현판을 달게 되었다. 어느 개인의 큰 독지(篤志) 없이 회원들의 회비로 견디어 온 한국차인연합회가 이 일을 이루는 데는 오랜 시간과 많은 분들의 정성이 필요했다. 한국차인연합회는 자체 연수기관인 한국다도대학원이 13기까지 착실하게 성장하고 회원 차회가 200개에 이르렀지만 재정 사정은 현상유지에도 급급할 수밖에 없었다. 사무실 구입은 목표이지 실천하기는 벅찬 일이었다. 이러한 사정을 걱정해 온 도천 천한봉 선생(본연합회 고문)이 몇 년 전부터 '우리 문경 도예인들이 다기(茶器)를 희사할 테니 그것으로 돈을 만들어 사무실을 하나 장만토록 해보라'고 권고하였지만 회원들의 사정을 아는 필자로서는 엄두를 못내고 세월만 지나갔다. 도천 선생이 '내가 더 늙기 전에 빨리 해보라'고 서둘러서 지난 4월 12일부터 18일까지 서울 세종문화회관에서 〈문경 명품다기

특별전)을 가졌던 것이다.

문경전통도자기협회 회장 백산 김정옥 선생도 도천과 뜻을 같이 하여 문경전통도자기협회 전 회원(22명)이 10점 이상 작품을 기증하게 하고 백산과 도천은 20점 내지 40여 점까지 작품을 더 내놓아 전시회를 갖게 되었던 것이다. 문경 도예인들의 차인연합회를 돕겠다는 그 정성에 한국차인연합회 회원들이 감동할 수밖에 없었다. 임원들이 앞장서서 어려운 호주머니를 털어 작품을 사고 각자 영향력을 동원하여 작품 팔기에 나서고 전국의 회원들이 적극적으로 협조하여 불경기 속에도 상당한 성과를 거둘 수가 있었다. 조익환 고문은 백산의 수작 백자 항아리를 흔쾌히 고가에 샀고 차문화에 각별한 애정을 가진 김동길 박사까지 만만찮은 가격의 찻사발을 사주었다.

여러 지방의 회원들이 일정이 바빠 오지는 못하고 작품 고르는 일을 필자에게 위임하고 작품을 흔쾌히 구입해 주는 데 감동하지 않을 수 없었다. 공간 사이 사이에 전시한 필자의 졸작 우사 서예작품을 사준 분도 꽤 많아 큰 도움이 되어 흐뭇했다. 때를 놓쳐 작품을 사지 못하고 뒤늦게 성금을 보내준 회원의 마음도 아름답기 그지없다. 이 전시를 통해 마련된 기금이 용기를 낼 수 있는 힘이 되어 이전에 가지고 있던 약간의 기금과 은행 융자를 받아 서울 종로구 경운동 수운회관 뒤 SK HUB 운현궁 빌딩에 46평짜리 사무실을 구입하게 되었다.

문경 도예인들의 사랑과 차인들의 정성이 결합되어서 만들어진 차인회관에 큰 의미를 부여하고 싶다. 사랑과 정성이 모이면 뭐든지 이룰 수 있다는 자신감이 생긴 것이다.

　이것은 이 나라 차문화 발전의 동력이 될 수 있다는 생각도 하게 된다. 사무실 계약을 했다는 소식을 듣고 임원들이 눈시울에 손수건을 갖다 대는 모습을 두고두고 잊지 못할 것이다.

《차인》 / 2006. 7)

운현궁 다례 실습 장면

주례(酒禮)를 차례(茶禮)로 복원하자

나는 2006년 추석부터 명절 차례를 술 아닌 차로 모시기로 결심하고 이를 실천할 것을 선언한다. 뿐만 아니라 내가 주재하는 모든 기제사에 있어서도 술 아닌 차로 모실 것임을 밝힌다.

한국차인연합회 회장이 되어서 차문화 중흥을 외친 지 15년이 되는 이 때에 와서야 이런 결정을 한 것이 너무나 늦은 감이 있어 부끄럽지만 그 동안 말은 차례(茶禮)라고 하면서 주례(酒禮)를 지내온 기나긴 세월을 생각하면 15년은 짧은 시간이란 생각이 들기도 한다. 이 시대의 모든 차인들도 이렇게 해주었으면 하는 뜻에서 이 선언을 하는 바이다. 우리 시대에 주례를 차례로 복원시켜 놓아야 우리들이 죽은 뒤에 차 맛을 볼 것이 아니겠는가? 어릴 적 명절에 집안 어른에게 문안 인사를 갔을 때 '차례는 잘 모셨는가?'라고 물을 때 그 차례라는 말이 제사를 두고 하는 말인 줄 알고 아무 생각 없이 '예'라고 답하였던 생각이 난다. 왜 술로 제사를 올렸는데 그것을 차례라고 말했을까? 그것은 옛날에는 차로써 제사를 올렸기 때문이 아니겠는가? 차가 없어지고 술로 대신해서 제사를 지내면서도 옛날 이름 그대로 차례라고 말해 온 관습이 그렇게 흘러 온 것이다. 내가 어릴 때 본 제사상에는 다식이 반드시 올려져 있었다. 차를 올리지 않고 술을 올리는 제사상에도 다식은 필수적이었다. 종가집 안방 벽에는 항상 다식판이 걸려 있었다. 제사 때가 되면 그 다식판으로 다식을 찍어 내는 것을 보았고 그 다식이 어느 떡보다 맛이 있었던 것이 기억에 생생하다. 그러나 그 때도 차를 마시는 모습은 보지 못했다.

성종대왕의 총애와 존경을 한 몸에 받던 점필재 김종직 선생이 함양군수로 부임해 보니 그곳에는 차밭이 없는데도 농민들이 차세(茶稅)를 바치기 위해 전라도에 쌀을 지고 가서 차를 바꿔 오는 모습을 보고 그 고통을 덜어 주기 위해 군에서 직접 차밭을 일구어 차를 생산하여 차세를 대신 내주었다는 아름다운 이야기가 기록으로 남아 있다. 병자호란 이후에는 청나라의 차 수탈에 항의하여 차밭을 가진 농민들이 차밭을 없애 버렸다는 이야기도 전해진다. 그래서일까? 밀양에는 다원이라는 지명이 있고 고령에는 다산이라는 지명이 있으나 차밭은 없으니 말이다.

조선시대에 와서 차문화가 쇠퇴한 이유 중의 또 하나는 조선조의 숭유억불(崇儒抑佛) 정책 때문이라는 설도 있다. 아무튼 조선 후기 초의스님이 『동다송』을 지어 차문화 중흥을 시도했지만 일제 강점기 36년을 겪는 동안 차문화는 거의 말살되다시피 사라져 버렸던 것이 사실이다. 1979년 한국차인연합회가 출범하여 차문화 중흥 운동을 전개하고부터 서서히 복원되기 시작한 차문화가 오늘날에 이르러 차인구가 500만을 추산할 정도가 되었다. 그래서 나는 이제 우

리 민족 문화의 뿌리라고 할 수 있는 숭조애친(崇祖愛親)의 전통의
례인 제례에서 주례(酒禮)를 차례(茶禮)로 복원하는 일은 매우 큰
뜻이 있다고 생각되어 이 선언을 하는 바이다.

《차인》/ 2006. 9)

차인 제1호 허황옥을 추앙하자

인간에게 최초로 차를 마시면 건강하게 오래 산다는 것을 일러준 분은 염제(炎帝) 신농씨(神農氏)이다. 그래서 그 분을 다신(茶神)이라고 한다.

인류 역사상 최초로 차를 인공재배한 분은 몽정산에서 차밭을 가꾼 오리진(嗚理眞) 선사이다. 그래서 그 분을 다조(茶祖)라 한다. 당나라 때 『다경(茶經)』을 지어 차의 모든 것을 가르쳐준 분은 육우(陸羽) 선생이다. 그래서 그 분을 다성(茶聖)이라고 한다.

한국차인연합회는 그 동안 염제 신농씨 능에 헌다를 했고 오리진 동상에 헌다를 했으며 육우 묘 앞에는 일주문을 세움으로써 예의를 갖추었다.

그런데 우리 조상들은 과연 언제부터 차를 마셨을까? 차 마시는 복을 우리 민족에게 안겨준 분이 과연 누구일까? 현재까지 알려져 있는 기록으로는 서기 48년 인도 아유타국 공주로서 가락국 김수로왕에게 시집올 때 차씨를 가져와 심었다는 허황옥 왕후의 이야기가 우리나라 차문화 역사의 시초이다.

그렇다면 허황옥 왕후는 나라 차문화의 원조이며 한민족에게 차를 마실 수 있는 복을 안겨준 분이며 바로 차인(茶人) 제1호가 된다. 한국차인연합회는 그 동안 조선 후기에 차문화를 중흥시키기 위해『동다송(東茶頌)』을 짓고『다신전(茶神傳)』을 펴낸 초의선사(草衣禪師)의 업적을 기리기 위해서 이 분에게 다성(茶聖)이라는 칭호를 붙여 추앙해 왔고 최근에 와서 조선조 초기 선비인 한재(寒齊) 이목(李穆) 선생이『다부(茶賦)』를 지어 남긴 업적을 기리기 위해 이 분에게 다선(茶仙)이라는 칭호를 붙여 추앙하고 있다.

뿐만 아니라 당나라에 사신으로 갔다 오면서 차씨를 가져와 왕명으로 지리산에 심은 김대렴(金大廉) 공을 기리는 차시배지 추원비(茶始培地 追遠碑)를 세운 바 있다.

그러나 우리는 차문화의 원조이며 차인 제1호인 허황옥 왕후를 추앙하는 일에 너무 소홀했음을 깨닫지 않을 수 없다. 마침 김해에서 가야 차문화 한마당 축제가 9월 30일에 두 번째로 열렸다. 가야 차문화에 각별한 관심과 애정을 가진 김종간 차인이 김해시장에 당선된 것을 계기로 김해지역 차문화가 크게 활성화되고 있어 기대되는 바가 크다.

차문화의 발상지인 김해의 차문화 유적을 발굴 보존하고 차인 제1호 허황옥 왕후를 기리는 사업과 격조 있는 축제 등으로 우리 차문화의 정체성을 드높이는 일에 모든 차인들이 나서야 할 때다.

《차인》 / 2006. 11)

주자 선생 묘에 헌다를 하다

(사)한국차인연합회 임원 일동은 2006년 12월 23일 중국 복건성 무이산 자락 건양시(建陽市) 황갱진(黃坑鎭)에 있는 주자(朱子) 선생 묘를 찾아 헌다의 예를 올렸다. 주자는 주자학으로 우리나라 유교문화의 기초를 제공함으로써 우리 민족의 의식 속에 크게 자리 잡고 있는 성현이다.

주자는 공자와 맹자의 가르침을 유교로 집대성하여 우리에게 전하고 이를 받아 고려 말 정몽주(鄭夢周) 선생을 비롯한 유학자들에 의해 성리학으로 발전하였다. 이성계가 조선왕조를 세울 때 정도전 선생은 그 때까지의 통치 이념이던 불교를 배척하고 유교를 조선 500년의 통치이념으로 숭상하게 하였다. 삼강오륜(三綱五倫)이 주자학에서 나왔고 조선시대의 모든 가례(家禮)의 뿌리가 『주자가례』였으니 주자의 영향이 얼마나 컸던가?

조선시대 학문의 줄기가 성리학이었고 그것이 이퇴계에 의하여 퇴계학(退溪學)이 되고 그것은 마침내 일본에 건너가 일본의 명치

유신의 사상적 뿌리가 되기도 하였다.

나는 중국 명차 중 하나인 무이암차의 뿌리를 찾아 무이산에 갔을 때 그곳에 주자기념관이 있는 것을 보고 크게 반겨 참관하였는데 주자 묘는 그곳에서 자동차로 두 시간을 달려야 갈 수 있는 산골에 있었다. 우리나라에서는 향교마다 공자와 더불어 주자가 모셔져 있지만 중국에서는 주자 선생이 우리나라에서만큼은 대우를 받지 못하는 것 같았다. 묘는 초라하다 싶을 만큼 소박하였다.

'소년이 늙기는 쉽고 학문을 이루기는 어렵다. 한 치의 시간도 가벼이 넘겨서는 안 된다. 연못가에서 꾸었던 봄꿈을 깨기도 전인데, 뜰 앞의 오동나무 잎에는 벌써 가을소리가 나는구나'로 돼 있는 유명한 주자의 근학시(勸學詩)를 서예로 써서 무덤 봉분 위에 펴놓고 우아한 백색의 다례복을 입은 한국 차인들이 차를 올릴 때 주자 선생의 28세손이라는 유지보진장(劉之保鎭長)이 우리 일행에게 오찬을 베풀고 헌다식에 참관하였다.

주자 선생은 800여 년 전 무이산 계곡을 흐르는 강에 뗏목을 띄우고 유람하면서 구곡시(九曲詩)를 남겼다. 그 시가 9곡 구비마다의 바위에 새겨져 있는데 옛날 주자가 타던 뗏목을 타고 9곡을 내려오면서 9곡시를 낭송함으로써 위대한 옛 차인을 추모하는 모습은 아름답기 그지없었다.

주자의 이름은 희(熹)이고 호는 매암(晦庵)이다. 남송대인 1130년 중국 복건성 건양시 유계(斿溪)현에서 태어나 19세 때 진사에 급제하여 71세에 생애를 마칠 때까지 여러 관직을 거쳤다. 남송 황제로부터 중대부직학사태사(中大夫直學士太師)의 칭호를 받을 정도로 그의 학문은 높이 평가되었다. 관직에서 물러난 뒤에는 무이산에 은

거하면서 학문에 정진하였다. 그의 가르침 가운데 가장 뚜렷한 것은
수신제가 치국평천하(修身齊家 治國平天下)이론이다.

《차인》 / 2007. 3)

국제차문화대회에서의 연설(중국 항저우)

사명대사를 서울의 수호신으로

호국보훈의 달인 6월, 한국차인연합회가 차인 사명(四溟)대사의 동상에 헌다례를 하였다. 때늦은 감이 없지 않으나 매우 큰 뜻이 있는 일이라 생각되어 모든 차인들과 함께 흐뭇한 마음을 나누고 싶다.

사명대사의 동상은 서울 시내 장충단공원에 세워져 있는데 서울 시민 가운데 사명대사의 동상이 그곳에 세워져 있는 것을 아는 사람이 몇 명이나 될지. 지난 6월 8일 (사)사명당기념사업회가 주최하고 (사)한국차인연합회가 후원하여 서울시 중구청의 지원으로 열린 '호국성사 사명대사 추모제'는 200여 명의 뜻있는 인사들이 모여 비교적 성대히 열렸지만 사명대사의 크나큰 업적에 비한다면 초라하기 그지없었다고 해야 할 것이다.

오재희 사명당기념사업 회장의 봉행사와 임용혁 서울시 중구의회 의장의 추모사가 고작이고 강재섭 한나라당 대표최고위원의 축사와 박근혜 전 한나라당 대표의 축사는 대독으로 마무리되었다. 1968년 이곳에 사명대사의 동상을 세운 분은 박정희 전 대통령이다. 박정희 대통령은 그 해 순국 선열에 대한 선양 사업으로 애국선열조상위원회 (총재 김종필)를 구성하고 세종대왕(덕수궁), 충무공 이순신 장군(세종로), 율곡 이이 선생(사직공원), 사명대사(장충단공원)의 동상을 세웠던 것이다. 임진왜란 당시 사명대사는 왜군에 점령되어 있던 평양성을 탈환할 때 왜군의 보급로를 차단하는 등 공을 세운 의승군을 지휘했고 그 후 노원전투를 진두지휘해서 왜군을 서울에서 몰아내는 데 큰 공을 세웠다. 그렇다면 서울시는 사명대사를 서울의 수호신으로 받들 만하다. 서울시는 사명대사추모제를 중구청 차원에서 약간의 예산을 지원하는 소극적인 차원을 넘어 시가 나서 거시적인 추모 행사를 하고 서울시장 주도 하에 전시민이 관심을 갖고 참여했으면 한다.

사명대사의 업적은 이순신 장군에 버금간다 할 수 있다. 임진왜란 후 왕명을 받들어 일본으로 건너가 덕천가강(德川家康)과 담판하여 포로인 3,500명을 석방시켜 데려오고 탈취해간 부처님 진신사리 12과를 반환받아 통도사와 건봉사에 모셨다. 또한 덕천가강과 강화를 맺음으로써 260년 동안 한일간에 평화가 유지되었던 공로를 잊어서는 안 될 것이다.

사명대사에 관한 신화적인 이야기가 많이 전해진다. 다른 것은 믿기 어려운 전설이라고 치부할 수 있겠으나 지금도 밀양에 있는 사명대사 표충비석이 국란이 있을 때나 나라에 큰 일이 있을 때 땀을 흘리는 사실을 누가 있을 수 없는 일이라 부인할 수 있겠는가?

바닥도 돌이요 비석도 돌인데 그 돌에서 구슬땀이 나서 흘러내리는 사실을 생각하면 사명대사는 지금도 살아서 이 나라를 보살피는 수호신이 틀림없는 것 같다.

《차인》 / 2007. 7)

누가 뭐래도 한국차가 최고야

조선 후기 해남 대흥사 주지 초의스님은 『동다송』에서 '동국소산 원상동색향기미미론일공(東國所産元相同色香氣味味論一功)'이라고 말했는데 이는 '우리나라에서 생산되는 차는 뿌리가 같은 것이고 색과 향기와 기와 맛이 으뜸'이라는 뜻이다. 초의스님이 『동다송』을 지은 깊은 뜻이 어디에 있었겠는가.

그 시대에도 차에 관한 사대주의가 있었을 것으로 짐작된다. 중국에서 들어온 차가 좋은 차고 우리나라에서 생산되는 차는 고급이 아니라는 인식이 팽배했을 것이다. 그러나 초의스님은 우리 차에는 색과 향기와 맛에다 기가 있음을 강조했다. 초의스님은 그 당시 강진에 계신 다산 선생과 제주도에서 유배생활 중이신 추사 선생 그리고 서울의 명문 다우들에게 손수 만든 차를 보내온 터라 누구보다 으뜸가는 차 전문가였을 것이다.

어느덧 성큼 다가온 가을 밤, 녹차를 마시며 도란도란 이야기를 나눌 친구가 그리워진다. 그런데 요즘 농약 시비로 우리 녹차 마시기를 주저하는 사람이 있다는 소리가 들리니 가슴 아프다. 일부 지각없는 사람의 무책임한 행동이 한국차의 체통을 깎아놓았다. 그래도 대부분의 한국차는 색향기미(色香氣味)가 살아 있는 좋은 차일 것이다. 초의스님의 『동다송』이 이를 보장한다고 볼 수 있다.

나는 1992년에 한국차인연합회 회장으로 취임하면서부터 차를 마셨다. 15년 동안 열심히 차를 마셨다. 중국차, 일본차, 말레이시아산 홍차 등 수 많은 차를 마셨는데 결론은 역시 한국차가 제일 좋다는 것이다. 색향미에 기를 느낄 수 있다. 나는 늘 주장한다. 차를 마시면 몸이 건강해지고 다도를 하면 가정이 건강해진다고. '차와 건강'에 관해서는 그 동안 많은 연구결과가 발표되었다. 차를 마시면 암을 예방하고, 이미 걸린 암도 발전 속도를 지연시킬 수 있고, 성인병을 예방한다. 충치를 예방할 수 있으며, 피부 미용과 다이어트에도 좋다는 등 여러 가지가 연구를 통해서 확인되었다.

내 체험을 통해서 말할 수 있는 것은 탈모에 관한 사항이다. 내가 차를 마시기 시작한 1992년 무렵, 머리카락이 빠지기 시작했다. 그런데 지금 나의 머리숱은 그 때 상태를 유지하고 있다. 이것은 분명히 차를 마신 덕택일 것으로 믿는다. 그런데 최근에 탈모 방지 효과에 대한 연구 결과가 보도된 것을 보고 내 생각이 옳았다고 확인했다. 나는 한국차가 약리적인 효과에 있어서도 중국차나 일본차보다 뛰어나다고 믿는다. 그것은 한국차의 기(氣)가 강하기 때문이다.

다도가 있는 가정에는 예절과 질서와 대화가 있고, 사랑이 넘친다. 어린 자녀에게 다도를 가르치면 그 가정의 품격이 한결 높아진다. 우리 조상들은 추석 명절 제사를 차로 올렸다. 그래서 추석 차례(茶禮)라고 하지 않는가. 나는 금년 추석에도 차로 차례를 올렸다.

작년 추석부터 차로 차례를 모시면서 모든 차인들에게 그렇게 할 것을 권고했다. 적어도 차인들은 이 땅에서 생산된 차로 추석 차례를 올려야 할 것이다. 다산 선생이 일찍이 '차를 마시는 민족은 흥하고 술을 마시는 민족은 망한다.'고 말씀하신 것도 명절 제사에 술 아닌 차로써 차례를 올리라는 뜻일 것이다.

《차인》 / 2007. 11)

올해의 명품다기 품평대회 개막식 장면(운현궁)

차의 날 기념 운현궁 차문화 큰잔치

올해 2008년은 (사)한국차인연합회 창설 30주년이 되는 해다. 지난 30년은 2,000년에 가까운 이 나라 차문화 역사를 생각하면 짧은 시간이지만 거의 사라져버린 이 나라 차문화를 중흥시키는 역사적 과업을 수행했다는 의미는 매우 크다고 할 수 있다.

서기 48년 가락국 김수로왕의 왕비로 시집온 허황옥 공주께서 차씨를 가져와 심은 것을 기점으로 한 이 나라 차문화의 역사는 신라, 고려시대에 화려하게 꽃피었지만 조선 후기에 크게 쇠퇴했고 일제 강점기 36년을 겪는 동안 거의 말살되었던 것이 사실이었다. 불가에는 명맥이 있었지만 일반 국민 속에는 차문화란 없었다 해도 과언이 아니었다.

1979년 1월 20일 서울 시내 당시 무역회관에서 열린 한국차인회 창립총회는 꺼져버린 차문화를 중흥시키려는 장정의 출발이었다. 그 때 최범술, 박동선, 이덕봉, 김봉호, 박종한, 김종희, 박태영 등 지도자들은 먼저 조선 말기 쇠퇴해 가는 차문화를 중흥시키기 위해

『동다송』을 지은 초의스님을 생각하고 그 분이 기거하던 일지암(一枝庵)을 복원하여 차의 성지로 만드는 일을 첫 사업으로 시작하여 1980년에 이를 완공했던 것이다.

1981년에는 5월 25일을 '차의 날'로 선포, 매년 이날을 기념하는 행사를 계속하였다.

한국차인회는 그 후 한국차인연합회라는 사단법인으로 등록하고 많은 일을 하였다. 무엇보다 중요한 것은 다도(茶道) 인재를 발굴하여 교육시킴으로써 차문화를 국민 속에 확산시킨 일이었다. 이를 위해 한국다도대학원을 설립 운영하여 올해 제15기생을 맞이하였다. 또 매년 '대한민국 청소년 차문화대전'(15회)을 열어 미래 다도 인재를 개발하고 교육시켰다.

차 산업의 질적 향상을 위하여 '대한민국 올해의 명차 품평대회'(1995년부터 매년 차의 날)를 열어왔고 차문화 홍보를 위하여 《차인(茶人)》지를 발간해 오고 있으며 차인들의 활동을 격려하기 위해 '올해의 차인상'을 제정, 매년 시상하고 있다.

이 과정에서 한국차인연합회는 크게 발전하여 현재 회원 차회가 300개로 늘어났다.

본 연합회의 이와 같은 일련의 차문화 중흥 운동은 이 나라 차 인구를 크게 증가시키는 핵분열의 효과를 내어 이 나라에 차 마시는 인구가 500만 명은 될 것으로 추정되고 있다. 그 동안 '차를 마시면 몸이 건강해지고 다도를 하면 가정이 건강해진다.'는 우리의 외침이 국민 속에 공감대를 이루어가고 있다고 본다.

이와 같은 희망적 흐름에 박차를 가하기 위해 본 연합회 30주년이 되는 올해 '제28회 차의 날' 축제를 조선 말기에 한때 이 나라 정치의 중심에 섰던 흥선대원군(興宣大院君)의 발자취가 살아 숨 쉬는 운현궁(雲峴宮)에서 '8도 차문화(茶文化) 큰 잔치'를 펼치기로 하였다. 5월 24일과 25일 이틀 동안 펼쳐질 이번 행사는 '제1회 대한민국 올해의 명다기 품평대회', '대원군에 대한 헌다례' 등 다양한 이벤트로 화려한 축제를 준비하고 있다.

21세기를 맞아 세계화 되어 가는 차문화를 선도하고 있는 본 연합회의 운현궁 축제에 모든 차인들이 운집하여 차문화의 아름다움을 뚜렷하게 보여줄 것으로 믿는다.

《차인》 / 2008. 3)

다도대학생들의 운현궁 실기 다례 교육을 마치고

영의정 벼슬을 버릴 때 사명대사가 남긴 말

사명(四溟)대사가 임진왜란 후 왕명을 받들어 강화의 사절로 일본으로 가려할 때 그의 스승인 서산(西山)대사가 한 통의 편지를 보내왔다. 편지를 받아보니 지금 뜯어보지 말고 일본에 다녀온 뒤에 뜯어보라고 적혀 있었다. 대사는 스승의 지시대로 편지를 뜯지 않고 가슴에 꼭 간직하였다. 대사께서 대마도를 거쳐 일본으로 건너가 우여곡절 끝에 천하를 통일하고 권력을 한 손에 쥐어 기고만장한 도요토미 히데요시(德川家康)를 만났다. 그리고 강화를 이루고 포로 3,500명을 석방시켜 데려오는 등 엄청난 성과를 거두고 귀국하였다.

사실 선조(宣祖)대왕은 사명대사를 보내면서도 그렇게 큰 성과를 거두어 올 줄은 생각하지 못했다. 그래서 감동한 나머지 사명대사에게 영의정(지금의 국무총리)의 벼슬을 내렸다.

머리를 기르고 정치에 참여해서 왕을 도우라는 명령이었다. 대사는 고민에 빠졌다. 왕명을 어기자니 불충(不忠)이 될 것이고 왕명을 따른다면 선비들의 반발로 국정에 큰 혼란이 올 것이 뻔하지 않는

가. 그 때 서산대사의 편지를 뜯어보았다. 내용인즉 일본에 가서 크게 공을 세우고 오면 반드시 논공행상(論功行賞)이 있을 터이니 절대로 그것을 받지 말라는 것이었다.

사명대사는 3일 동안만 영의정 자리에 앉았다가 산으로 떠나버렸다. 떠나면서 남긴 글이 있었다. '삼일행공 불역군명 야사귀산 불부사훈(三一行公 不逆君命夜事歸山 不負師訓)'. 3일 공직에 있었던 것은 임금의 명을 거역하지 않음이요, 밤중에 산으로 들어간 것은 스승의 가르침을 등지지 않음이라는 뜻이다. 4월 6일 밀양 표충사(表忠寺)에서는 서산당(西山堂), 사명당(四溟堂), 기허당 등 3대사를 추모하는 제529회 춘향제가 성대하게 열렸다. 이 자리에서 올해 90세의 큰스님이신 화산 스님께서 추모법문을 하면서 사명대사께서 영의정의 벼슬을 버리고 떠날 때 남긴 말을 힘주어 설명하여 참석자들을 숙연하게 하였다.

'오늘날 정치하는 사람들이 나 아니면 안 된다는 독선으로, 나아갈 때와 물러갈 때를 구별할 줄 모르니 나라가 시끄럽지 않느냐.'고 일갈하신 것이다. 때마침 선거철이라 그 자리에 국회의원 후보 몇 사람이 어깨띠를 두르고 나타나 노스님의 법문을 들었다. 노스님이 카랑카랑한 목소리로 법문을 할 때 유독 바람이 세게 불어 깃발이 크게 흔들렸으니 사명대사께서 '내가 여기에 있노라.' 하는 신호를 보낸 것이 아닐까. 일제 강점기 태평양전쟁이 막바지에 왔을 때 경남 합천경찰서장은 해인사 홍제암에 모셔져 있던 사명대사의 영정(초상화)을 경찰서 유치장에 구속시켰었다. 그 무렵에도 밀양 무안면에 있는 사명대사 표충비는 국난이 있을 때마다 땀을 흘리고 있었다. 사명대사의 영정을 구속시킨 행위는 경찰서장 단독범행이 아니라 일본 정부가 지시했을 것이다. 일본 정부는 사명대사를 그만큼 무서워했던 것 같다. 사명대사가 울산 왜성에서 일본 무사 가토 기요마사(加藤淸正)를 만났을 때의 일화다. 가토 기요마사는 사명대사에게 '당신 나라에 보물이 있소?'라고 물었다. 그러자 사명대사는 이렇게 말했다.

"우리의 보배는 당신 나라에 있소."

가토 기요마사가 다시 물었다.

"그게 무슨 말이오?"

"바로 당신 목이 우리에게는 가장 큰 보배란 말이오."

적장 앞에서 이런 말을 할 수 있는 사명대사를 일본이 몇 백 년이 지난 뒤에까지 무서워했던 것은 분명하다. 사명대사 표충비는 지금도 땀을 흘릴 때가 되면 땀을 흘리니 일본은 지금도 사명대사의 나라 한국을 무서워해야 할 것이다.

(《차인》 / 2008. 5)

육우^{陸羽}의 부활

지난 5월 28일 중국 절강성(浙江省) 호주시(湖州市) 장흥현(長興縣)에서 〈제10회 중국 국제 차문화 연토대회〉가 열렸다. 이곳은 당(唐)나라 때 공차원(貢茶園)이 있었던 곳이다. 공차원이란 황실에 차를 바치는 이른바 황실직속 차밭이라는 뜻이다.

중국국제차문화연구회가 소규모 지방 도시인 이곳에서 〈국제 차문화 연토대회〉를 연 것은 공차원의 복원을 국내외적으로 널리 홍보하기 위한 것이었다. 과연 그럴만했다.

현(縣) 단위의 지방정부로서는 생각할 수도 없는 엄청난 투자로 공차원이 복원돼 있었고 세워진 건물의 규모는 대단했다. 더구나 그곳에 『다경(茶經)』을 지어 남긴 육우(陸羽) 선생의 동상을 크게 세우고 거기에다가 길상사(吉祥寺)라는 불교 사찰을 세웠다.

그 동안 중국 정부는 차(茶) 산업에 관심을 보여 왔지만 차문화에는 관심이 없는 듯 했는데 차문화의 상징인 육우(陸羽)를 크게 부각시키는 것을 보면 중국도 이제는 차문화의 중요성을 인식하는 사고

(사)한국차인연합회가 2000년에 건립한 육우 묘의 일주문, 모우방(필자글씨)

의 전환이 진행되고 있음이 틀림없다.

육우 동상 제막식에 한국 차인을 대표해서 제막의 줄을 당기는 순간 '다성 육우가 부활하는구나' 하는 생각을 하였다.

중국국제차문화연구회가 몇 년 전부터 '차위국음(茶爲國飮)'이라고 선전해온 뜻이 차문화에 국가적 관심을 불러일으키려는 데 있었던 것 같다. 차위국음(茶爲國飮)은 차를 나라의 대표 음료로 만들자는 것이다.

〈제10회 국제 차문화 연토대회〉 한국 대표단 일행은 호주시(湖州市)에 있는 육우(陸羽)묘를 찾아 우리나라 차 한 잔을 올리며 참배했다. 한국차인연합회는 2000년 육우묘 앞에 일주문(一柱門)을 세우고 그 문의 이름을 '모우방(慕羽坊)'이라 새겨두었다. 그곳에 가서 필자가 놀란 것은 호주시(湖州市) 정부가 이곳에 엄청난 투자를 한 사실이었다. 포장도 안 되고 길도 좁아 자동차가 들어갈 수 없을 정도였는데 지금은 우회도로를 만들고 묘역 전체를 정화하고 묘에 올라가는 길은 돌을 깎아 깨끗하게 계단을 만들었다. 그야말로 격세지감을 느낄 정도가 아닌가.

육우(陸羽)는 서기 733년에서 804년까지 살았던 인물이다. 그는 천애고아로서 서호(西湖) 호숫가에 버려진 것을 용개사(龍蓋寺) 주지 지적 스님이 발견, 데려다가 키웠다. 절에서 자란 육우는 불교보다 유교에 관심이 많아 유학자가 되고 755년 안록산(安祿山)의 반란이 일어나자 호주(湖州)로 피난와서 이곳에 정착하여 『다경(茶經)』을 집필하게 된다. 그의 학문 실력이 인정되어 경능의 사마(司馬) 최국보(崔國輔)의 천거로 태자문학(太子文學, 정6품하) 태형(太祝, 정9품상)의 벼슬을 제수 받았으나 이를 사양하고 호주자사(湖州

刺使)로 부임한 안진경(顏眞卿)이 『운해경원(韻海鏡源)』360권을 편찬하는 작업에 석교연(釋皎然) 스님과 함께 참여하면서 『다경(茶經)』저술에 필요한 자료를 수집한다. 서예 대가로 후세에 크게 이름을 남긴 안진경은 육우를 위하여 삼계정(三癸亭)을 지어주었는데 이 때 육우는 장흥공차원(長興貢茶園)에도 깊은 인연을 맺었던 것 같다.

장흥공차원 복원과 함께 부활한 육우 다성을 만나고 오는 필자의 머리에는 한국 정부는 언제쯤 우리 민족문화의 뿌리인 차문화에 눈길을 보내줄까 하는 아쉬움으로 가득 찼다.

《차인》 / 2008. 7)

충담사와 「안민가^{安民歌}」의 가르침

한국차인연합회의 오랜 숙원, 충담사(忠談師) 안민가비(安民歌碑) 제막식이 대한민국 건국 60주년이 되는 2008년 8월15일 경주 보문 단지에서 있었다.

한국 불교의 상징인 불국사(佛國寺)와 한국차문화단체의 종가인 한국차인연합회가 공동으로 신라(新羅) 천년의 문화가 살아 숨 쉬는 경주에 세웠다는 것이 큰 뜻이 있다고 하겠다.

'임금은 임금답게, 신하는 신하답게, 백성은 백성답게 할지면 나라가 태평하리라.'

「안민가(安民歌)」에 담긴 이 가르침은 만고불변의 진리이고 오늘에 더욱 절실하게 지켜야할 정치의 원리이다. 3월 삼짇날 충담사가 삼화령(三花嶺) 미륵세존께 차를 올리고 내려오는 길에 경덕왕의 부름을 받고 왕 앞에 닿아 앉았을 때, 왕께서 '나를 위해 안민가를 지어 줄 수 있겠나?' 하자 즉석에서 지어 올린 「안민가」의 내용은 엄중한 경고였다. 삼국통일 후 통일 성취에 대한 들뜬 자만심과 사치 방종 무질서로 기울어져 가는 나라의 앞날을 걱정하고 있던 경덕왕은 충담사에게 지혜를 빌리고자 하였는데 충담사의 「안민가」는 '왜 임금답지 못한가?'라는 따가운 꾸중이었던 것이다.

오늘날 같은 민주시대에도 대통령에게 '대통령은 대통령답게 장관은 장관답게 국민은 국민답게 한다면 나라가 태평할 것이오.'라고 말할 수 있겠는가? 그것은 바로 '대통령 당신이 대통령답지 못하다.'라고 비판하는 것이기 때문에 그렇게 할 사람이 없는 것이 오늘의 현실이다.

「안민가」의 잣대로 오늘의 정치를 보면 대통령이 대통령답지 못하고 장관이 장관답지 못하고 국회의원이 국회의원답지 못하고 국민이 국민답지 못해서 나라에 끼친 해악(害惡)이 얼마나 큰지 이루 헤아릴 수 없지 않은가?

국민이 투표로서 뽑아놓은 대통령이 걸핏하면 '대통령 못해먹겠다.'고 투정하여 국민을 경악케 하더니 퇴임할 때는 나라가 관리해야 할 국가 문서를 몽땅 가져갔다. 이런 대통령을 누가 대통령답다고 하겠는가?

오늘의 장관과 국회의원들에 대해서 장관답다 국회의원답다고 점수를 주는 국민이 몇 명이나 될까? 처음부터 잘못된 촛불 시위에 국회의원들이 끼어들어 선동하는 행위야말로 국회의원답지 못한 철부지가 아니고 무엇이겠는가? 국민은 어떤가? 노조 파업이 세계 최고이다. 지금은 세계 어디에도 한국의 노조 같은 노조는 없다. 노조는 노조다워야 하는데 혁명 단체, 정치 단체화해서 3만불 시대로 가야 할 대한민국의 발목을 잡아 흔들고 있지 않은가?

이러다가는 대한민국이 언제 선진국 대열에 올라설지 모르는 혼

돈의 벌판 한가운데 안민가비(安民歌碑)를 세워 모두가 반성하고 각자 제자리에 서도록 길을 제시한 것이다.

맹자(孟子)가 양혜왕(梁惠王)을 찾아갔을 때 양혜왕이 '선생이 불원천리(不遠千里)하고 오셨으니 우리나라에 장차 이(利)로운 일이 있을 것 같습니다.' 하자 맹자는 '하필 이(利)를 말하십니까? 인의(仁義)를 말하시오.'라고 따끔하게 일침을 가했다.

맹자는 역사 속에 뚜렷한 성인(聖人)이지만 충담사는 역사 속에 묻혀있는 진광불휘(眞光不輝)의 성인(聖人)이 아닌가?

《차인》 / 2008. 9)

경주 보문단지에 세운 충담사 안민가비(필자 글씨)

오바마가 세계에 던진 메시지

바야흐로 오바마의 시대가 열렸다.

미국 뉴욕 증권시장의 시세가 올라가면 세계 증권시장이 동반 상승하고 내려가면 동반 하락하는 시대에 우리는 살고 있다. 앞으로 4년 동안 오바마의 한 마디 말이 미국 증권 시세를 올릴 수도 있고 내릴 수도 있다.

그렇다면 오바마는 사실상 세계 대통령과 같은 위치에 올라섰다. 한국은 미국과 이념적으로 혈맹의 관계요 경제적으로는 밀접한 동반자 관계이다. 한국은 안보를 위해서나 경제적 번영을 위해서도 오바마와 가까이 할수록 좋은 것이고 멀리할수록 나쁜 것이다. 오바마가 대통령이 된 것은 하나의 신분 혁명이다. 링컨 대통령이 노예 해방을 단행한 것은 첫 번째 신분 혁명이고, 오바마가 대통령이 된 것은 제2의 신분 혁명이다. 케냐 흑인이 미국에 와서 미국 여성과 결혼하여 오바마를 탄생시켜놓고는 자식과 아내를 버리고 케냐로 가버리고, 오바마의 어머니는 오바마를 데리고 인도네시아로 두 번째 시집을 가고, 오바마는 결국 미국에 있는 외할머니 품에서 외롭게 자란 천애고아의 신세였다.

그가 외로움을 극복하지 못하고 좌절해서 밑바닥의 길을 갔다면 할렘 가의 불량배가 됐을지도 모르는 천하디 천한 신분이었다. 그러나 그는 어려운 환경에서도 꿈을 잃지 않고 희망을 버리지 않고 열심히 공부하고 반듯하게 자라서 명문대학을 나와 변호사가 되고 상원의원이 되어 마침내 대통령까지 올라앉았다. 이것은 오바마 스스로 신분 혁명을 이루었다고 볼 수 있다.

오바마가 대통령이 되자 세계 여러 곳에서 축제가 열렸다.

케냐는 오바마의 아버지 나라라 하여 축제를 했고, 인도네시아는 오바마의 어머니 나라라는 이유로 축제를 했고, 일본의 오바마 시는 시의 이름이 오바마와 같다고 해서 축제를 했다. 우리나라에서는 오씨종친회에서 성이 같다는 이유로 축전이라도 보내지 않았는지 모르겠다.

한국에서 오바마를 모실 만한 곳이 있다. 바로 오죽헌이다. 오바마가 한국에 와서 이명박 대통령을 만난 뒤 북핵문제 해결을 위해 금강산에서 김정일과 정상회담을 하는 역사적 사건이 발생하지 않는다는 보장은 없다. 만일 그런 일이 벌어진다면 금강산으로 가는 길에 강릉 오죽헌(烏竹軒)에 가서 오바마 대통령을 모시고 차 한 잔을 대접하면서 이율곡(李栗谷) 선생 얘기를 들려준다면 오바마가 한국의 역사를 이해하는 데 도움이 될 것이고, 그것이 김정일과 협상하는 데도 보탬이 되지 않을까 생각된다. 이율곡 선생이 임진왜란 전에 10만 양병론을 제창한 목적은 두 가지가 있었다. 하나는 일본의 침략에 미리 대비하자는 안보의 차원이고, 또 하나는 노예도 군에 갔다 오면 과거를 볼 자격을 주자는 신분 혁명의 차원이었던 것이다.

이율곡 선생의 10만 양병론을 들으면 오바마도 그 때나 지금이나 한국은 안보를 중시해야 할 지정학적 조건에 있구나 하는 인식을 하게 될 것이다. 우리나라의 박정희 대통령은 새마을운동으로 우리도 하면 된다는 자신감을 국민에게 심었고, 오바마는 자신이 흑인으로서 미국 대통령이 됨으로써 세계인에게 노력해서 안 되는 일은 없다는 강한 메시지를 보냈다고 볼 수 있다.

오바마 대통령이 강릉을 떠나 금강산으로 가는 길목, 고성군에 세워져있는 사명대사의 동상 앞에 꽃다발을 올릴 것을 권하고 싶다. 사명대사가 의승병을 이끌고 왜적과 싸운 공적과 전후에 일본으로 건너가 도쿠가와 이에야스를 만나 260년간 한일간에 평화를 유지할 수 있게 만든 이야기를 오바마가 안다면 한국 안보를 더욱 확실하게 이해하는 데 도움 될 것이다.

우리 국민들이 오바마에 거는 기대가 많지만, 오바마 시대의 첫 해, 2009년에는 우선 북핵문제라도 해결하여 우리 모두의 잠자리를 편안하게 해준다면 그 이상의 다행이 없겠다.

《차인》 / 2009. 1)

차를 마시면 웰빙이 보인다

웰빙 바람을 타고 차문화가 발전하고 있다. 웰빙이란 무엇인가?

한 마디로 '잘 먹고 잘 사는 것'이 바로 웰빙이 아닌가? 잘 산다는 것은 행복하게 산다는 것을 뜻한다. 돈이 많고 좋은 차를 타고 좋은 집에 살고 사회적으로 높은 지위에서 내로라하고 산다면 웰빙의 조건에 만점이 될 것이다. 그러나 이 모든 조건을 갖추었다고 하더라도 '건강'이 없으면 웰빙이 될 수 없는 것이다.

웰빙의 기본이 건강인 것이다. 재산을 잃는 것은 조금 잃는 것이요, 명예를 잃는 것은 많이 잃는 것이요, 건강을 잃는 것은 전부를 잃는 것이다. 인생의 전부를 뜻하는 건강을 잃는다면 웰빙은 없는 것이다. 차를 마시면 몸이 건강해지고 다도를 하면 가정이 건강해진다는 진리를 아무리 강조해도 지나침이 없을 것이다.

차가 건강을 지킨다는 것은 세계 각국에서 경쟁적으로 연구한 결과로 입증되었다. 암을 예방한다, 걸린 암도 억제시킨다, 각종 성인병을 예방한다, 피부미용, 다이어트, 마침내 탈모 방지도 입증되었다. 나는 사단법인 한국차인연합회 회장으로 취임함과 때를 같이 해서 차를 마시기 작했는데 올해로 17년째다. 나는 지난 10여 년 동안 매년 정기 종합건강검진을 받았는데 의사의 건강지수 평가에서 피가 맑아 40대 피와 같다고 말한다. 곧 80 고개를 바라보는 나에게 '40대의 피'를 가졌다니 그 원인을 차를 마신다는 것 외에 찾을 길이 없다. 탈모 방지라는 말도 실감난다. 내가 한국 차인연합회장으로 취임한 1992년 무렵에 나의 머리가 빠지기 시작했는데 지금 내 머리의 상태가 그 때 그대로 유지되고 있다. 무슨 까닭일까? 역시 차를 마셨다는 것 외에 그 까닭을 찾을 수 없다. 웰빙을 누리고 싶은 사람은 차를 마셔야 한다. 그래서 나는 몇 년 전부터 '애차월병(愛茶越病)'이라는 말을 중국, 일본까지 전파시키고 있다. 차를 사랑해서 질병을 뛰어 넘자는 뜻이다. 월병(越病)이 웰빙의 전제조건이다. 질병을 뛰어 넘어야 웰빙이 되는 것이다.

다도도 같은 원리이다. 어린이에게 다도를 가르치면 예절바른 착한 아이로 바뀐다. 차를 통해 가정이 화목해지면 웰빙 하기에 가장 좋은 가정 분위기가 된다. 건강한 가정에서 웰빙이 되는 것이지 불화가 있는 가정, 청소년 문제가 있는 가정에서는 웰빙이 발붙일 수 없다. 마음이 편해야 되는 것이다. 차를 마시는 사람, 다도가 있는 가정에만 아름다운 웰빙의 꽃이 필 것이다.

우리 몸에는 우리 차가 좋은 것이다. 우리 차를 사랑하여 우리의 웰빙을 창조하자. 올해 5월 25일은 제29회 차의 날이다. 한국차인연합회는 서울 종로 운현궁에서 23, 24, 25일 3일간 차의 날 축제를 열어 2,000년의 역사를 이어온 우리 민족 문화의 꽃인 차문화의 큰 잔치를 펼칠 것이다. 올해에는 '애차월병(愛茶越病)'과 '다도가화(茶道

家和)'를 화두로 내세운다. 차를 사랑해서 병을 뛰어넘고 다도를 해서 가정의 평화를 이루어 웰빙을 누리자는 뜻이다.

(《차인》 / 2009. 5)

제8회 국제명차품평대회에서 기념서예작품 '애차월명'을 대회 집행위원장에게 전달하고 있다.

장군차(將軍茶)의 뿌리

우리나라 차문화의 발상지인 김해(金海)의 장군차가 작년에 이어 올해에도 '올해의 대한민국 명차'로 입상된 것은 그 의미를 되새겨 볼만한 일이다. 서기 48년 가락국 김수로왕에게 인도 아유타국 허황옥 공주가 시집올 때 가져온 차씨를 백월산(白月山)에 심었다는 기록이 우리나라 차문화 역사의 시작이라고 볼 때, 김해 장군차는 차문화 발상지 김해의 얼굴이라고 할 수 있다.

사실 그 동안 한국의 차라면 지리산 야생차, 보성녹차, 제주도의 설록차 이름만 널리 알려졌지 김해차는 두각을 나타내지 못했다. 사실 족보를 따져보면 김해 장군차는 한국차의 원조라 할 수 있는 백월산(白月山)의 허황옥(許黃玉) 차의 후손이라고 볼 수 있을 것이다. 김해시 녹산면에 구전(口傳)되어온 이야기는 허왕후가 시집올 때 옥상자에 차씨를 넣어 와서 명월산(明月山)에 심고 명월사(明月寺)를 건립하여 차 재배 전담 스님을 두고 차를 만들어 궁중에 바치게 하고, 고구려, 백제, 신라는 물론 일본(왜)에까지 알려져 일본에서 그 차씨를 구해 갔다는 것이다.

『삼국유사』〈가락국기〉에 신라 30대 문무왕(661~681)이 '김수로왕은 내 15대조가 되므로 비록 가락국은 망했어도 사당은 남아있으니 제사를 올리라.'고 명하였다. 그로부터 오랜 세월 차를 올리는 제사가 이어졌다고 한다. 그렇다면 가락국의 땅 김해지방에는 차문화가 어느 지역보다 활발하게 이어졌다고 보아야 한다. 그 근거로는 김해지역에 차와 관련된 지명이 많다는 사실이다. 백월산의 남동쪽에 다호리(茶戶里)라는 마을이 있고 김해시 진례면에는 다동(茶洞), 다곡(茶谷)이 있고 상동면에는 여다리(余茶里) 다시곡(茶時谷)마을이 있다. 김해의 동쪽 계곡의 옛 이름이 다전리(茶田里)였는데 지금도 그 곳에는 오래된 차나무가 있다. 특히 동면 다호리 고분에서는 2,000년된 다기가 발굴되어 찬란했던 가야시대 차문화의 발자취를 보여주고 있다.

이러한 가야지방의 차문화가 조선 후기를 거쳐 일제 식민지 시대를 겪는 동안 거의 자취를 감추다시피 쇠퇴했는데 그 속에서 살아남은 차가 바로 장군차라고 볼 수 있다.

장군차가 된 유례가 기록에 있다.

서기 1486년에 발간된 『동국여지승람』〈금강사조(金剛社條)〉하륜기(河崙記)에 '금강사에 산다수(山茶樹)가 있어 온 뜰을 덮었으니 전조 충렬왕(1274~1308)이 수레를 멈추고 장군이라 칭호를 내려주었다.'고 기록되어 있다. 서거정(徐居正)은 「장군수노초가야고물금유재(將軍樹老草伽倻古物琴猶在)」라는 글을 남겼는데 '장군차 나무 늙었는데 가야 옛 물건 거문고 아직도 남아있네.'라는 뜻이다. 이와 같은 역사 속에 가야차의 맥을 이어온 장군차가 2년을 거듭 명차로 상을 받게 된 사실에 김해시 김종간 시장께서는 각별한 감회를 가져야 할 것이다. 한국 차문화의 발상지는 김해라는 사실.

　김해를 대표할만한 브랜드로 장군차를 발전시켜 김해지역을 역사와 문화의 도시로 도약시키는데 과감히 정책을 세우고 과감한 투자를 해야 할 것이다.

《차인》 / 2009. 7)

클린턴의 평양 드라마, 우리는 할 수 없을까?

클린턴 전 미국 대통령이 느닷없이 평양으로 날아가서 김정일을 만나고 북한에 잡혀있던 두 여기자를 석방시켜 데리고 와서 가족 품에 넘겨준 드라마를 우리는 보았다.

미국과 북한은 핵을 놓고 전쟁 일보 전의 상태로 서로 막말까지 하면서 대립각을 세우고 있었는데 언제 물밑 작업을 했는지 클린턴에게 김정일이 만찬까지 베풀며 환대를 하는 모습을 보면서 이것이 정치구나 하는 생각을 세계 많은 사람들이 하게 되었다.

남편 클린턴을 평양에 보내 크게 한 건 하게 한 힐러리 클린턴 미국무장관이 아프리카에 있는 오바마 대통령의 아버지의 나라 케냐에 가서 환영회에 나온 무용수와 함께 춤을 추는 모습은 남편 클린턴의 평양드라마의 성공을 축하하는 것 같아 아름답기 그지없었다. 힐러리가 누구냐, 민주당 대통령 후보 경선 때 오바마와 피나게 싸웠던 경쟁자가 아니든가. 오바마는 경쟁자를 중용해서 이렇게 잘 써먹지 않는가?

며칠 전만해도 '힐러리 클린턴' 국무장관은 북한이 하는 꼴을 철부지 같다고 막말을 했는데 김정일은 그의 남편 클린턴을 맞아 큰 선물을 안겨주고 환대해 주었으니 이것을 지켜보는 한국 사람들의 마음은 어리둥절할 수밖에 없다. 같은 민족 끼리를 잘 내세우던 북한이 미국의 인질을 풀어주고 한국의 인질은 풀어 주지 않는데도 걸핏하면 인권을 내세우는 친북 좌파들은 한 마디 말도 없다.

그렇게 북핵을 해결하기 위해 북한을 벼랑 끝으로 밀어붙이는 미국이 자국민을 구출하기 위해 전직 대통령까지 투입하는 그 배경은 무엇인가.

'자국민 사랑'이다.

이명박 대통령이 힐러리 클린턴 국무장관이 오바마 정부에 기여하고 있는 정치적 역할을 보고 무엇인가 느끼는 바가 있을 것 같다. 우리나라는 일찍이 1,500년 전 신라에서 평화적 정권 교체를 실현했던 도덕정치의 역사가 있고 그 시대에 여왕이 세 명이나 있었던 선진국이었다. 그런 나라가 역사가 짧은 미국의 정치보다 한 수 밑에 처져 있어서 되겠는가? 남북 관계가 막혀있는 이 때 이명박 대통령이 그의 경선 경쟁자였던 박근혜 전 대표와 만나 차 한 잔을 나누는 것이 어떨지? 박근혜 씨가 대통령특사 자격으로 김정일과 담판해서 북핵문제 해결을 위한 6자회담에 다시 나오게 하는 제2의 평양 드라마를 만들어 낸다면 얼마나 보기 좋을까?

현대의 현정은 회장이 평양에 가서 며칠을 기다리고 기다리면서 김정일을 만나서 몇 가지 합의하고 왔지만 어딘가 당당하지 못하고 애걸복걸한 것 같이 느껴져서 뒷맛이 개운치 않으니 말이다. 북한이 현대와 직거래하고 대한민국 정부는 따돌림을 당했으니 이게 무슨 꼴인가?

　이산가족 상봉 문제까지 현대하고 이야기하는 북한에 대해 대한
민국 정부는 한 마디 불편한 심기를 표현하지도 못하니 왜 이래야
되는가?

(《차인》 / 2009. 9)

바이러스와의 전쟁과 녹차

우리나라 과학기술처 장관을 역임한 이상희(李相羲, 전 국회의원) 박사는 몇 년 전부터 여러 차례 국제회의에서 제3차 세계대전은 사람과 사람 사이의 전쟁이 아니라 사람과 바이러스의 전쟁이 될 것이라고 예고하고 지구 온난화의 영향으로 새로운 바이러스가 발생하여 인간을 대량 살상할 수 있는 위력으로 공격해 올 것이라고 경고하였다. 이 박사는 2004년 폴란드 와르소에서 열린 세계사회체육연맹회장 취임식에서, 그리고 2006년 4월 WHO(세계보건기구)의 약품대표자회의 기조연설에서, 2006년 11월 쿠바 아바나의 IOC(국제올림픽위원회) 학술회의에서, 2007년 이란의 사회체육국제행사에서, 2007년 베이징올림픽 학술회의에서, 2008년 부산 사회체육대회에서 줄기차게 다가올 바이러스와의 전쟁에 대비해서 인류는 면역력을 증강시키는 대책을 세워야 한다고 주장하였다. 한국의 정치인이면서 과학자인 이 박사의 이러한 경고는 2009년에 와서 뚜렷한 현실로 다가왔다.

이른바 신종플루 바이러스가 세계를 흔들고 있으니 말이다. 이것이 야말로 바이러스의 침공에 의한 세계 3차 대전이 아니고 무엇인가.

이 박사가 2009년도 '아이젠하워 피트니스 상(EISENHOWER FITNESS AWARD)'을 받은 것은 바이러스와의 제3차 세계대전 경고에 대한 상징적인 반응이라고 볼 수 있다. 조지 부시 전(前) 미국 대통령, 클린턴 전 대통령 등이 받은 이 상을 한국의 이 박사가 받은 것은 한국 사람이 이룩한 또 하나의 큰 업적이라고 할 수 있다. 이 박사가 경고한 대로 2009년도에 세계를 침공해 온 바이러스는 많은 사람의 생명을 빼앗아 갔고, 한국의 경우 1만명 이상 그 바이러스에 감염되고 2009년 10월 10일 현재 12명 정도가 사망했다. 이 박사는 지구는 살아있는 생명체인데 인간이 여기에 붙어살면서 가스, 기름, 광석 등을 괴로울 정도로 뽑아내니까 지구에 미열이 생겨서 일어난 것이 지구온난화 현상이고 그 영향으로 신종 병원성 바이러스가 생기게 되는 것이라고 주장한다. 이 박사는 그 대책으로서 신종 바이러스와의 전쟁에 대비해서 첫째, 사회체육으로 국민의 면역력을 증강시켜야 하고, 둘째, 백신을 개발하는 데 과감히 투자하여 이 기회에 떼부자가 되는 전략을 세워야 한다고 강조하고 있다.

나는 여기에 덧붙여 장기대책을 내놓겠다. 한국의 1만명에 달하는 신종플루 감염자 중에는 차인이 한 사람도 없다는 사실과 사망자 중에는 더구나 차인이 없다는 사실에 주목한다.

녹차를 마시면 신종플루를 예방할 수 있다는 보도가 여러 차례 나왔는데 정부의 정책결정자들이 여기에 어느 정도 관심을 갖고 있는지 알 수 없다. (사)한국차인연합회는 1997년 초의선사가 이 달의 문화인물로 선정된 것을 기념하여 '태평양'과 공동으로 국제학술대회를 가졌을 때 효성(曉星)여대 연구팀에서 발표한 학술 논문에 녹차를 한 잔 마시면 6시간 내에 인체 안에 있는 모든 세균이 죽는다는 것이 있었다. 바로 이것이다. 바이러스와의 전쟁에서 이길 수 있는 가장 강한 무기는 녹차라는 사실에 왜 바이러스와의 전쟁에 있어서 작전사령부라고 할 수 있는 정부 관계자들은 주목하지 않는가.

머지않아 언제 더 무서운 신종 바이러스가 침공해 올지 모른다.

그 때에 대비해서 대한민국 국민은 녹차를 마셔서 강한 면역성을 기르도록 정부 당국은 '전 국민 녹차 마시기 운동'의 횃불을 들어야 할 때다.

《차인》 / 2009. 11）

차문화 홍보에 이제 정부가 나서라

우리나라 차문화가 상당한 수준에 와 있다고 생각해왔다.

한국차인연합회가 창립 32주년을 맞았고, 1981년 5월 25일 차의 날 선포 이후 매년 차의 날 축제도 열어왔다. 이제 17년째 되는 한국차인연합회의 한국다도대학원이 배출한 다도교수 또는 부교수가 이미 1,500여 명에 달하고, 연합회 산하 회원 차회가 500여 개에 달할 정도로 발전하였으며, 이 나라에 차를 마시는 인구가 500만은 될 것으로 추산되고 있다. 그런데 나는 최근 우리나라 대표적인 TV 방송 건강 프로를 보고 크게 실망하였다. 입 안의 세균을 죽일 수 있는 식품이 뭐냐는 퀴즈에 대한 답변으로 당연히 '녹차'라는 말이 나올 줄 알았는데 '김치'로 나오는 것이 아닌가.

김치가 정답으로 인정된 데는 이유가 있겠지만 결정적인 정답은 녹차라는 사실을 대부분의 국민들이 알고 있을 줄 알았는데, 그 때 이 토론에 참여한 사람은 모두 인기 탤런트 또는 유명한 의사였다. 이들이 그 정답은 녹차라는 사실을 모른다는 데는 황당하기까지 하였다.

한국차인연합회는 조선 후기 『동다송(東茶頌)』을 지어 차문화 중흥에 앞장섰던 초의스님을 1997년 5월의 문화인물로 추천하여 성사시킨 것을 기념하여 그 해 5월에 (주)태평양과 공동 주최로 차문화 국제학술대회를 서울 세종문화회관에서 열었는데, 그 때 효성여대에서 나온 연구팀이 차를 한 잔 마시면 6시간 내에 몸 안에 있는 세균이 죽는다는 연구 결과를 발표했다. 그래서 차를 마시면 충치를 예방할 수 있으며 또한 입에서 나쁜 냄새 나는 것을 막아준다는 것이었다.

본연합회는 그로부터 기회 있을 때마다 이 사실을 홍보해왔는데 『동의보감』을 공부했을 한의사까지 이것을 모르고 있으니 이해할 수 없다. 차를 마시면 충치를 예방할 수 있고 입 냄새도 제거한다는 사실은 차인들이 다 알고 있는 상식이다. 따라서 신종플루의 바이러스도 차를 마시면 죽일 수 있다는 것도 당연한 이치이다.

어느 시대보다도 국민의 건강을 정책의 우선 순위로 두고 있는 이 시대의 정부는 이제 마땅히 차문화에 눈을 떠야 할 때다.

차를 마시면 몸이 건강해지고 다도를 하면 가정이 건강해진다는 우리 차인들의 외침에 정부가 귀를 기울일 때다. 국민 모두가 차를 마셔서 건강한 몸으로 행복을 누리고 가정마다에 다도가 있어 건강한 가정이 될 때 대한민국은 세계에서 가장 건강하고 품격 높은 문화 선진국이 될 것이다.

나는 이 기회에 정부에 건의한다. 문화체육관광부에 차문화 담당국을 신설하여 차문화를 국민적 생활 문화로 확산 발전시키는 정책을 강력히 시행할 것을 전국 차인들의 뜻을 모아 건의하는 바이다.

(《차인》 / 2010. 3)

차의 날 선포 30주년 기념비

올해 차의 날(2010년 5월 25일)은 차의 날 선포 30주년이 되는 날이다. 1979년에 창립된 한국차인연합회는 1980년에 일지암(一枝庵)을 복원하고 이어 당나라 때에 사신으로 갔다가 차씨를 가져와 왕명으로 지리산에 심은 김대렴(金大廉) 공(公)의 지리산 차 시배지(始培地) 추원비(追遠碑)를 세웠고 이어 1981년 5월 25일에 진주(晉州) 촉석루에서 '5월 25일은 차의 날'로 제정했음을 만천하에 선포하였다. 그로부터 한국차인연합회에서는 매년 5월 25일 차의 날 기념 축제를 열어 차문화 중흥 운동의 기폭제로 삼았다.

차의 날은 해를 거듭할수록 국민 속에 차문화에 대한 인식을 높이고 차를 마시면 몸이 건강해지고 다도를 하면 가정이 건강해진다는 홍보 효과를 증대시켜 왔다.

그 동안 한국차인연합회는 1993년 한국다도대학원을 개설, 올해(17기)까지 1,500여 명의 다도교수를 배출했으며, 차회를 500개로 확장하였다. 1996년에는 제4회 국제 차문화 연토(研討)대회를 유치

차의 날 선포 30주년 기념비 제막식(박동선 이사장과 함께)

하여 중국, 일본 등 외국 차인만도 200명이 참여한 성대한 대회를 치렀으며 1997년 5월의 문화인물로 초의선사를 추천하여 성사시켰고, 중국과 적극적인 차문화 교류를 전개, 중국 절강성 호주시에 있는 육우묘에 일주문을 세움으로써 중국 차문화의 성지가 된 그 곳에 한국의 이미지를 뚜렷이 각인시켰다.

한국차인연합회가 출범한 그 당시에는 한국에 녹차가 생산된다는 사실을 아는 사람이 극히 적었으며, 다기를 만드는 사람도 매우 드물었다. 지난 30여 년 동안 줄기찬 차문화 중흥 운동의 결과로 이제 차를 마시는 인구가 500만은 될 것으로 추산되고 있고 다기를 만드는 도예인도 수천 명이 될 정도로 발전하였으며 차 산업도 크게 확대되었다. 한국차인연합회는 '오늘의 한국 차문화'를 있게 하는 데 결정적인 기여를 한 '차의 날 선포 30년'의 뜻을 기념하는 '차의 날 선포 30년 기념비'를 진주에 세우게 되었다.

기념비를 진주에 세우는 것은 차의 날 선포식이 진주 촉석루에서 있었기 때문이다. 이 기념비는 마땅히 촉석루 경내에 세워야 하나 촉석루에 세울 자리가 마땅치 않을 뿐만 아니라 그 곳은 문화재 보호구역이어서 절차가 매우 어렵기 때문에 진주시와 협의한 결과 진주 시내 신안녹지공원에 세우게 되었다.

다산(茶山) 선생은 강진에서 18년 간 유배 생활을 마치고 귀향할 때 그 당시 차를 함께 마셨던 후학들을 묶어 다신계(茶信契)를 만들어 남겼다. 다신계에 관한 기록(「茶信契節目」)을 남겼기 때문에 오늘날 귀중한 역사적 자료가 되었다.

기념비는 전면에 '차의 날 선언문' 전문을 새기고 후면에 건립기와 동참 차인록을 새기기로 했다. 2010년 이 시대에 어떤 차인이 활

동했는가를 먼 훗날까지 후손들에게 전하는 것이 매우 뜻있는 일이
될 것이다.

서기 48년 가락국 허황옥(許黃玉) 공주가 인도에서 시집올 때 차
씨를 가져와 심은 것이 차문화 역사의 시작이라고 보면 우리 민족의
차문화 역사는 무려 2,000년에 가깝다. 시대마다 역사를 움직였던
그 시대의 선각자들이 거의 모두 차인이었다. 누가 차인이었던가는
모두 기록으로 알게 되었다.

차의 날 선포 30년 기념비는 먼 훗날 귀중한 역사적 기록이 되리
라 믿는다.

(《차인》 / 2010. 5)

중국의 다성^{茶聖}, 한국의 다성^{茶聖}

지난 5월 22일 중국 절강성 호주시에서는 호주시 정부 주최 〈육우다경문세(陸羽茶經問世) 1,230주년 기념대회〉라는 축제 행사가 있었다. 육우 선생이 차문화의 모든 것을 기록한 『다경』을 완성해서 세상에 펴낸 것이 1,230주년 되는 시점을 기념하여 이와 같은 국제 행사를 벌이는 이유가 무엇일까? 그것은 한 마디로 차 산업 발전을 차문화로 뒷받침하자는 정책이다.

〈육우다경문세 1,230주년 기념대회〉와 때를 같이하여 호주시 장흥현에서는 〈제2회 호주시 육우 국제 차문화절〉이라는 큰 축제를 벌였다. 전야제 공연은 엄청나게 큰 무대를 만들어놓고 만여 명의 관중이 동원되어 중국뿐만 아니라 아시아에서 이름을 날리는 가수들을 초대해서 일대 장관을 이루었다. 폭이 50미터나 됨직한 엄청나게 큰 무대를 만들고 무대에서 폭죽을 쏘아 올려 밤하늘을 두 시간 동안 오색으로 물들였다. 그 규모가 큰 데 놀랐다. 그 공연비용만도 수십억(한화로)이 투입됐을 것 같다.

호주시 정부는 2008년에 육우가 지도 관리했던 것으로 알려진 장흥공차원을 복원하고 거기에 기념관을 세워 그 속에 육우 동상을 세워 제막식도 가졌는데 그 규모가 매우 컸다.

나는 〈육우 다경 1,230주년 기념대회〉에서 축사를 하면서 한국은 육우가 『다경』을 발표했을 그 당시 중국과 차문화 교류를 했다고 말하였다. 그 무렵 고운(孤雲) 최치원(崔致遠) 선생이 당나라에 유학 가서 벼슬살이를 하면서 어머니에게 차를 보낸 기록이 있지 않는가.

그러면서 2001년 한국차인연합회가 육우묘 앞에 일주문을 세운 것을 상기하면서 이것은 1,230년이나 이어진 한중 차문화 교류 역사 속에 가장 뜻 있는 일이었다고 강조해서 크게 박수를 받았다. 호주는 육우묘가 있고, 당나라 때 왕실에 차를 바쳤던 공차원(貢茶院)이 있어 중국의 차문화 성지로 뚜렷이 자리매김한 것 같다.

중국에는 인류에게 최초로 차를 마시면 건강에 좋다고 가르쳤다고 하여 다신(茶神)으로 불리어지는 염제(炎帝) 신농씨(神農氏)의 능이 서안(西安)지방에 있고 인류 최초로 차를 인공 재배한 오리진(嗚里眞) 선생의 유적지가 사천성 아안시 몽정산(蒙頂山)에 있지만 역시 중국 차문화의 성지는 지리적으로 중국의 중심 지역인 호주시가 다성(茶聖) 육우(陸羽)를 모셨기 때문에 당연히 차문화의 성지로써 앞으로 크게 발전할 가능성이 높아졌다. 육우묘에 헌다제를 할 때 호주시장과 한국차인연합회 회장이 함께 헌향을 하고 첫 잔은 임미숙 한국차인연합회 부회장이 올렸다. 중국의 다성은 이렇게 대우를 받는데 한국의 다성 초의선사는 어떤가?

1997년 한국차인연합회의 건의를 받아 문화공보부가 그 해 5월의 문화인물로 채택, 포스터와 책자를 만들어 배포 홍보해주었지만 그것 뿐이었다. 한국차인연합회가 1979년에 창립되면서 초의스님이 기거했던 일지암을 복원하고 1993년부터 개설한 한국다도대학원에서 핵심 교재로『동다송』을 가르치고 졸업식 때마다 다성(茶聖) 초의선사(草衣禪師)에게 헌다를 해왔다. 정부가 다성 초의를 위하여 투자한 것이 아무것도 없지 않는가.

육우와 초의의 시대는 달라도 닮은 점이 있다.

육우는 당시 중국의 대표적 서예가 안진경(顔眞卿) 선생과 어울려 시를 짓고 차를 마셨고, 초의도 당시 대표적 서예가 추사(秋史) 김정희(金正喜) 선생과 깊이 교류하면서 시를 짓고 차를 마셨다. 안진경 서예체는 오늘의 한국에까지 서예 교재로 채택되고 있고 추사 서예체도 오늘날 이 나라 서예 교육의 교재로 널리 사용되고 있지 않는가?

우리나라 정부도 이 나라 차 산업의 발전을 위하여 한국 차문화의 세계 진출을 위해서 우리나라의 다성(茶聖)에 대해 과감히 투자할 때다.

《차인》 / 2010. 7)

남북 두 황^黃 씨의 황천^{黃泉}길에 명복을 빈다

남북의 두 황(黃) 씨가 황천(黃泉)길로 떠났다.

남쪽의 황인성(黃寅性) 씨와 북쪽의 황장엽(黃長燁) 씨가 하루를 사이에 두고 앞서거니 뒤서거니 황천길을 떠난 것이다. 남황(南黃), 북황(北黃) 두 황 씨는 조선 초기 명재상이었던 황희(黃喜) 정승 이후 황 씨 인물로서는 가장 유명했던 사람들이다.

남의 황인성 씨는 육사 4기 출신으로 소장까지 올라간 장군으로서 김종필(金鍾泌) 총리 시절(1973년) 총리비서실장으로 발탁되어 전북지사, 교통부장관, 국제관광공사 사장을 거쳐 11대, 12대 국회의원까지 지낸 후 문민정부를 표방한 김영삼(金泳三) 정부의 국무총리를 역임했다. 황 씨 문중으로서는 황희 정승에 이은 두 번째 재상이 된 것이다.

그의 관운은 승승장구였지만 막상 그의 인품을 아는 사람이면 그 정도는 당연하다고 말할 것이다. 필자와의 개인적인 인연을 말하자면 그는 나의 고향 경북 청도군 각북면 면민들에게는 은인으로 오래 기억되어야 할 사람이다.

1986년 내가 국회 문공위원장을 할 때 그는 농수산부장관이었다. 그 때 비가 조금만 와도 홍수가 나고 가뭄이 조금만 와도 모심기를 못하는 내 고향 각북에 저수지 두 개를 만들어 달라고 부탁했을 때 신규 사업을 하지 않는 것이 정부의 방침이지만 박 위원장의 부탁이니 거절할 수 없다면서 1,000세대 밖에 안 되는 산골 면에 60억의 예산을 지원해 주었다. 각북면은 이제 가뭄 없고 홍수 없는 살기 좋은 고장이 되었다.

북의 황장엽 씨는 북한 노동당비서, 김일성대학 총장까지 지낸 북한의 대표적인 지식인으로서 김일성 전성 시대에는 북한의 실세로서 김일성 정권에 막강한 영향력을 행사하던 인물이다. 남의 황인성 씨가 반공으로 무장된 국군 장성의 입장에서 보면 북의 황장엽 씨는 주적의 괴수쯤 되는 인물이지만 그는 사선을 넘어 탈북에 성공, 대한민국 국민으로서 이 시대에 북한 체제 비판의 기수가 되었다. 그래서 북한이 자객을 보내 그를 살해하고자 했던 간첩이 검거되기까지 했는데 공교롭게도 북한이 3대 세습 김정은의 후계 공식화와 때를 같이 해서 시신으로 변해 버렸다. 스탈린이 수정주의자 트로츠키를 남미의 숨어있는 곳까지 자객을 보내 보복 살해한 역사를 생각할 때 김정일이 가만히 있을 리 없다. 황장엽 씨가 남한에 와서 꽤 오랜 세월 살았으니 그 동안 두 황 씨는 종친으로서 만났는지 안 만났는지 알 수 없지만, 두 황 씨가 똑같이 대전 국립현충원에 안장되게 되었으니 그 인연이 보통은 아닌 것 같다.

남의 황인성 씨가 대한민국 최고훈장을 받은 것은 당연하고 국립현충원에 안장되는 것 또한 총리 출신이니 당연하다. 그러나 북의 황장엽 씨는 총리를 지낸 사람도 아니고 장군도 아닌데 최고 훈장에 다가 현충원에 안장하는 데는 논란의 여지가 없지 않지만, 그 분이 이 시대의 역사에 끼친 비중으로 보면 이해할 만도 하다. 그래도 시 비를 거는 사람이 있다면 북의 황 씨가 만든 김일성 주체사상에 영 향 받아 아직도 전향하지 않고 정계 일각에 잠복, 친북 좌파 세력으 로 대한민국 파괴 행동을 하고 있는 일부 사람들일 것이다.

북의 황장엽 씨는 10월 10일 작고했고 남의 황인성 씨는 10월 11 일 하루 뒤에 세상을 떠났다.

두 분이 황천에서 가난을 낙으로 사셨던 차인 황희 정승을 만나 향기 짙은 우리 녹차를 나누면서 '대한민국은 이제 부자 나라가 되 었다.'고 보고해 주기를 바라면서 명복을 빈다.

《차인》 / 2010. 11)

두 마리 토끼를 잡아야 할 토끼의 해

호랑이해 경인년(庚寅年)이 가고 토끼의 해 신묘년(辛卯年)이 밝았다.

호랑이해에는 호랑이 같은 세계의 정상 20명이 서울에 와서 G20 정상회의를 하였다. 우리나라는 그 호랑이들 가운데 의장이 되어 세계 경제의 앞날에 크나큰 영향을 주는 역할을 잘 감당하였다. G20으로 우리는 크게 위상을 높였고 무역 규모로서는 G7의 위치에까지 올라섰다. 말하자면 무역 규모로서는 세계 7등이 되었다는 이야기이다. 거기에다 G20정상회의에 이어 중국 광저우에서 열린 아시안게임 메달 경쟁에서 일본을 저 멀리 따돌리고 아시아에서 2등을 달성하여 스포츠 강국의 위치를 차지하였다. 인구 5,000만의 한국이 인구 1억 2,000만의 일본을 압도하였으니 아시아의 다른 나라에서는 한국 선수들이 대단하다는 생각을 하게 되었을 것이다. 그런데 북한은 한국 잘되는 것이 그렇게 배 아팠는지 천안함 폭침에 이어 연평도에 포격을 가하여 쑥대밭을 만들었다. 광저우에서 승리의 소식이 줄줄이 이어질 때 북한은 이 평화로운 땅에 폭탄을 퍼부었으니 대한민국 국민의 분통은 물론 세계의 분통이 하늘을 찔렀다. 민간인 2명, 군인 2명이 희생되었다.

기쁜 일과 슬픈 일이 함께 했던 경인년을 보낸 이 시점에 우리의 할 일은 무엇인가.

토끼의 해에 두 마리 토끼를 잡아야 한다. 한 마리의 토끼는 안보고, 또 한 마리의 토끼는 경제다. 안보는 한미동맹의 틀에서 김광진 신임 국방장관이 말하는 대로 북의 도발에 대비하는 만반의 태세를 갖추고 재도발 시에는 굴복할 때까지 보복 응징한다고 하니 북의 불장난이 전화위복의 계기가 될지도 모르겠다. 경제는 지속적으로 발전할 것으로 보인다. 이명박 대통령은 '한국은 경제 영토가 세계에서 가장 큰 나라다.'라고 말했다. 과연 그렇다. 우리나라에서 만들어진 자동차가 육대주를 누비고 우리나라에서 만든 배가 오대양을 휘젓고 다닐 뿐만 아니라 한국제 핸드폰을 사용하는 세계인이 얼마나 많은가.

이제 우리나라는 이 좁은 땅 안에서 지지고 볶고 할 것이 아니라 우리의 무대는 세계 오대양육대주라는 사실을 깨닫고 시야를 넓혀야 한다. 국회는 이제 후진국 행태에서 벗어나야 한다. 국회가 싸우니 서울시의회가 똑같은 모습으로 싸운다. 안보가 위기에 있을 때도 정치 싸움은 그대로 계속되었으니 저 국회가 과연 대한민국 국회인지 의심이 갈 정도다.

두 마리 토끼를 잡아야 할 토끼의 해에 대한민국 국민들이 가져야 할 마음의 자세는 무엇인가. 그것은 '나라 사랑'이다.

첫째도 '나라 사랑', 둘째도 '나라 사랑', 셋째도 '나라 사랑'. 모든 사람이 자기 위치에서 '나라 사랑'의 마음으로 책임을 다해야 안보, 경제 두 마리 토끼를 잡을 수 있을 것이다.

《차인》 / 2011. 1)

내가 본 박권흠 의원

조일문(趙一文, 전 건국대총장, 국회의원)

국회의원 박권흠.

몇 년 전까지만 해도 나는 박 의원에 관하여 아는 것이라곤 전혀 없었다. 내가 그를 처음 만난 것은 3년 전 국회의원이 되고 나서 문공위원회(文公委員會)에 배속된 때였다.

그는 '국회(國會)'라는 정치 1번가에서 어릿어릿하는 이 촌뜨기에게 무뚝뚝하게 대하지는 않았으나 그렇다고 나긋나긋하지도 않았다. 그저 덤덤할 뿐이었다.

그러나 나는 다선의원(多選議員)이자 당의 간부인 그에게 항상 경의를 표하였다. 그래도 그의 태도가 나에게만 그런 것은 아니었다. 여당의원이건 야당의원이건 누구에게나 그랬다. 장차관이나 당의 고위간부를 만나도 교연영색으로 일부러 꾸미는 일은 결코 없었다.

오랜 시간이 지나는 동안 나는 그의 덤덤한 표정에서 오히려 구수한 맛과 소박한 정을 느낄 수 있었다.

상임위원장으로 사회봉을 잡았을 때도 그의 그러한 태도는 평소와 별로 다르지 않았다. 한 번 방망이를 두드리면 의사당이 쩌렁쩌렁 울리거나, 한 번 소리치면 산천초목(山川草木)이 고개를 숙이는 위풍은 없었다.

세계적으로 유명하였던 영국의 정치가인 디즈레일리 같은 날카로움도 없었고, 글래드스턴 같은 현하(懸河)의 변(辯)도 없었다. 그러나 그의 생경한 음성에는 언제나 진실이 있고 조리가 정연하였다.

그는 남의 말을 가로막거나 꼬투리를 잡는 일이 거의 없었다. 어쩌다가 의원의 발언이 지나치게 길어진다고 생각되는 경우, 슬그머니 자리에서 일어나 시계를 보았다.

"발언 시간이 지났단 말씀입니까?"

"네."

"5분만 더……."

"이제 그런 정도로 마무리를 지으시면 어떨까요?"

대개의 경우 여기에서 끝이 났다.

한 번은 불자의원(佛者議員)의 발언이 너무 길어져 저녁 식사 시간을 훨씬 넘긴 적이 있었다. 그러자 그가 '의원님, 중생에게 자비를 베푸사이다.' 하고 호소를 하는 순간, 그 불자의원의 발언은 그만 끝이 났다.

박 위원장은 의원들의 발언에 대해 최대한 자유를 인정하고 최소의 제약을 가하였다. 그러면서도 지나치게 법궤(法軌)를 벗어났다고 생각될 경우에는 주의를 환기시키거나 속기록에서 삭제하는 등 필요한 조치를 서슴없이 취하였다.

그의 상위(常委) 운영이 원체 공평무사하여 질서나 준법의 자로 재더라도 한 치의 어긋남도 없었으니 어느 누가 감히 이의(異議)를 달았겠는가?

내가 당초 문공위원회를 택하게 된 것은 오랜 교편생활을 통하여 터득한 지식과 경험이 그 쪽에서 근사치(近似値)를 찾을 수 있으리라는 기대감도 작용을 하였지만 그보다 더욱 중요한 것은 문공위원회가 교육, 문화에 관한 고담활론(高談闊論)의 마당으로써 탈정쟁(脫政爭)의 무공해지대라고 생각되었기 때문이다.

그러나 실제는 나의 생각과는 전혀 딴판이었다. 창여(槍矛)는 울울하고 검광(劍光)은 휘황하였다. 어떨 때는 신경이 곤두서기도 하였고 또 어떨 때는 지루한 논쟁에 하품이 나기도 하였다. 그러나 내가 그 길고도 어두컴컴한 터널을 무사히 지나올 수 있었던 것은 양식(良識)의 촛불을 높이 켜들고 손을 잡아준 박 위원장의 덕분이었다. 또한 동료 의원들의 따뜻한 격려가 큰 힘이 되었다. 그리하여 우리 문공위원회는 가장 험준한 길을 가장 평온하게 넘을 수가 있었다. 그것도 빈손으로 허둥지둥 넘어온 것이 아니다.

6조원이나 되는 막대한 교육·교원 장기근속수당지급, 농어촌 출신 학생 장학금 지원 등의 묵직한 보따리들을 짊어지고 그 험난한 고개를 무사히 넘어와 국민 여러분 앞에 끌러 놓은 것이다.

나는 박권흠 위원장이 번쩍거리는 학력이나 학위를 취득하였다는 이야기를 들어보지 못하였다. 그러면서도 그의 한문, 영어, 그리고 문장력의 비범함은 널리 알려진 사실이다.

지금도 그는 두옥삼간(斗屋三間)에 제자백가(諸子百家)를 쌓아놓고 주경야독(晝耕夜讀)하는 독실한 학구파라고 들었다. 겉은 남루한 무명을 걸치고도 속은 알찬 비단으로 감싼 외빈내실(外賓內實)의 사람이라 할 것이다.

그의 책상 한 귀퉁이에는 벼루 위에서 먹이 자동으로 갈리는 장치가 되어 있다. 의원들을 맞고 손님을 대하는 동안에는 계속하여 먹이 갈린다. 그런데 이튿날 아침에 가보면 그 많은 먹물은 거의 다 화선지에 옮겨져 있었다.

그가 즐겨 쓴 글귀 중에는 '민유방본(民惟邦本)', '본고방녕(本固邦寧)', '근심엽무(根深葉茂)' 등이 있다. 이는 '백성을 나라의 근본으로 여기고, 근본이 튼튼해야 나라가 편안하며, 뿌리가 깊어야 잎이 무성하다.'는 말로써 그의 민주 신념과 애국의 맥박을 감지할 수 있다.

그의 글씨는 구비치는 시냇물처럼 유려(流麗)하지는 않으나 대하(大河)처럼 유유히 흐른다. 모란처럼 현란하지는 않으나 난(蘭)처럼 은은하다.

그는 한국서화작가협회를 이끌고 해마다 큰 향연(전시회)을 베풀어 왔다. 거기에서 나오는 수익은 고스란히 어려운 학생들을 위한 장학금으로 쓰고 있다.

또한 그는 가난한 심장병 환자들의 수술을 도와 그들에게 건강하고 희망찬 새 삶을 열어주었다. 유광수(남, 17세), 권정희(여, 26세), 이은숙(여, 13세), 서소연(여, 9세), 김지만(남, 4세), 이선경(여, 9세), 함내금(여, 12세), 조헌중(남, 10세) 등등. 이들은 보석처럼 찬란한 생명의 환희와 더불어 길이길이 그 은인인 박권흠 의원을 기억하리라.

그는 말수가 적은 편이지만, 한 번 입을 열면 때때로 촌철(寸鐵)로써 급소를 찔렀다. 그렇지만 그의 말은 상대방에게 상처를 내거나 아픔을 주지는 않았다. 다만 웃음을 자아낼 뿐이었다.

한 번은 내가 30여 년간 교수 생활만을 하다가 국회에 들어와 번번이 개의시간(開議時間)이 늦어지는 것에 대해 짜증을 내자, 그는 나에게 이렇게 충고를 하는 것이었다.

"국회의원은 '대기만성'이라야 합니다."

"대기만성(大器晚成)이라니요?"

"대기만성(大器晚成)이 아니라 '대기만성(待機慢性)'이란 얘깁니다. 기다림에 익숙해져야 한다는 말씀이지요."

그제서야 나는 그의 유머와 함축을 알아듣고 낯이 붉어졌다.

돌이켜보면 나는 그가 주재한 문공위원회에 속해 있었기에 초년의 의원생활이 결코 우울하지 않았다고 생각된다. 동빙한설(凍氷寒雪) 속에서도 따뜻한 햇살을 받을 수 있었고, 폭양(曝陽)의 사막 속에서도 한 줄기 시원한 빗줄기에 젖을 수가 있었다.

이처럼 문공위원회가 원만히 운영되고 거기에서 한 가닥 보람을 느낄 수 있었던 것은, 그가 남다른 설득력을 가졌기 때문도 아니요, 그의 의사 진행 솜씨가 특별히 뛰어났기 때문도 아니다. 그것은 오로지 그가 가식이 없고 중후한 인격의 소유자였기 때문인 것이다.

진광불휘(眞光不輝)!

참 빛은 빛을 내지 않는다. 다만 은은히 빛날 뿐이다.

이는 참으로 박권흠 의원의 불휘지명(不輝之明), 불채지광(不彩之光)을 두고 한 말인 것 같다.

이 글을 쓴 조일문 전 의원은 중국 남경중앙대학(南京中央大學) 정치과를 졸업하고 중화학술원(中華學術院)에서 명예철학박사, 경북대학교에서 명예정치학박사 학위를 수여받은 교육자이자 정치인이다. 일찍이 백범(白凡) 김구 선생의 비서를 지낸 바 있으며, 숙명여대, 성균관대, 건국대 교수를 거쳐 건국대학교 총장과 독립유공자협회 부회장, 독립기념관 이사장을 역임했다. 저서로 『인권론』을 비롯한 12권의 저·역서와 논문으로 「한국인의 정치적 무관심」 등 50여 편이 있으며, 건국포장, 중화민국 문화장장(文化裝章), 국민훈장모란장 및 자색대수경성훈장 등을 수훈하였다.

1932年　(壬申) 陰 1月 2日生(戶籍 기록 陽 3月 12日)

　　　　慶北 淸道君 角北面 南山洞 270번지에서 密陽朴氏 杏山派 菊潭先生 十三代孫 으로 出生

1945年　3월 角北國民學校 졸업

1945年　解放을 맞아 漢文修學을 시작함

1947年　12월 密陽君 山外面 茶竹里 安東孫氏(甲憲)와 結婚

1948年　淸道君 伊西面 흥선동 固城李氏 書堂 興仁堂에서 漢文修學하다 빨치산 출몰로 중지(明心寶鑑, 小
　　　　學, 大學, 孟子 二卷에서 중지)

1948年　뒤늦게 豊角高等公民學校(豊角中學 전신) 1학년에 편입

1950年　6.25를 맞아 北韓軍이 낙동강 전선까지 밀고 온 7월 경찰에 연행되어 左翼에 協力했다는 혐의로
　　　　전기고문 등 갖은 악형을 당한 끝에 억류 되었다가 戰勢가 반전되던 9월에 석방됨. 이 때 함께
　　　　연행된 從兄 元欽씨는 끝내 행방불명, 불귀의 객이 되었음

1951年　12월 釜山으로 피난. 陸士 2기 출신으로 당시 陸軍 憲兵 中領이던 再從叔 朴載烈氏를 만나 軍屬
　　　　으로 수행, 8師團 憲兵隊(全州) 제3憲兵大隊(安東) 제3捕虜수용소(釜山) 등에서 勤務

1952年　高麗速記高等技術學校(釜山)에 입학, 速記를 배우다.

1953年　高麗速記高等技術學校를 졸업하면서 國際通信社 速記士로 취직. 그 후 合同通信社로 옮겼다가
　　　　1955년 釜山 民主新報社 取材部 記者로 登用

1959年　民主新報 취재부 차장이 되고 1960년 29세의 젊은 나이로 民主新報 取材部長으로 승진. 4.19
　　　　학생혁명을 맞았다.

1961年　5.16 군사혁명이 일어나자 民主新聞報가 자진 폐간하는 바람에 일시 실직자가 되었으나, 國際新
　　　　聞社(釜山) 政治部 次長으로 옮겨 오히려 轉禍爲福의 길을 찾았다.

1962年　12월 國家再建最高會議 출입기자로 서울로 진출

1964年　國際新聞 政治部長으로 승진. 그 해에 韓日會談 反對 6.3계엄사태를 만난다. 6.3 데모의 배후 核
　　　　心으로 지목받은 당시 民政黨 代辯人 金泳三 議員이 美 國務省 초청으로 美國을 비롯, 인도 유럽
　　　　등지를 120일간 여행하고 돌아와 여행기 저서를 집필해 달라는 부탁을 받음. 한 달 동안의 집필
　　　　끝에 金泳三 著,『우리가 기댈 언덕은 없다』제호의 여행기가 출판되고 그것을 계기로 金泳三 議
　　　　員의 스피치라이터가 됨

1966年　1월 朴正熙 大統領의 東南亞 巡訪에 수행기자로 참여, 말레이시아, 홍콩, 태국, 대만을 여행하여
　　　　견문을 넓히다.

1968年　京鄕新聞 정치부 차장으로 中央紙에 진출

1969年　만화가 鄭雲耕 화백과 함께『熱國前夜』출판

1969年　金泳三 議員의 新民黨 대통령 후보 출마 선언. 선언문 작성

1969年   서울대학교 新聞大學院 특수과정 수료

1970年   大阪엑스포70을 맞아 일본 신문협회 초청으로 일본 시찰

1971年   대통령 선거에서 야당이 패배한 뒤 金泳三 의원이 1975년에 있을 대통령 선거에 대비하기 위해
         韓國問題硏究所를 개설하자 경향신문사에 사표를 내고 特別輔佐官으로 참여. 野黨의 길에 들어
         섰다.

1974年   金泳三 議員이 新民黨 總裁 경선에서 당선되자 總裁秘書室長으로 승진

1975年   1월 金泳三 總裁 일본, 미국 순방길에 수행

1975年   5월 21일 朴正熙, 金泳三 영수회담이 靑瓦臺에서 열렸을 때 비서실장으로 수행

1975年   8월 金泳三 총재 홍콩, 필리핀, 대만 공식 방문에 수행

1975年   金泳三 총재 긴급조치 위반으로 입건. 김 총재가 출두를 거부하자 비서실장 朴權欽을 소환, 구속
         영장을 발부, 일시 입감했다가 영장집행을 보류, 석방

1978年   4월(陰 3월 25일) 아내 사별

1978年   12월 12일에 실시한 제10대 國會議員 선거에 신민당 공천으로 출마(淸道, 慶 州, 月城)하여 당선

1979年   1월 18일 서울 그린파크호텔에서 慶州 金氏 蘭玉과 결혼식(주례 金泳三 총재)

1979年   5월 金泳三 총재가 다시 신민당 총재로 당선되자 신민당 대변인으로 임명

1979年   8월 11일 麻浦 신민당사에서 일어난 YH사건 현장에서 기동 경찰에 구타당하여 일시 실신까지
         한 끝에 메디컬센터에 입원, 약 1개월간 입원치료.《뉴욕 타임스》에 부상당한 얼굴이 보도됨.

1979年   10월 26일 朴正熙 대통령이 弑害되고 新軍部의 동태가 심상치 않은 12월 12일 金泳三 총재를
         비롯하여 金東英, 崔炯佑, 芮春浩 의원 등 중요 참모들이 반포동 한신아파트 朴權欽 대변인 댁
         에서 만찬 모임을 갖고 시국대책을 논의하고 헤어졌는데 그날 밤 12.12 사태가 발생

1980年   3월 미국을 방문 國防委員으로서 韓美국방위원회의에 참석. 귀로에 일본에 들러 일본 防衛委員
         과도 접촉

1980年   5월 17일 소위 5.17 사태를 맞아 金泳三 總裁는 연금되고 여야 국회의원들이 사실상 휴업상태
         에 들어가자 書藝에 열중

1980年   8월 13일 金泳三 신민당 총재의 정계 은퇴 성명을 대변인으로서 대신 발표

1980年   11월 28일 民主正義黨 創黨 發起 宣言 15인의 한 사람으로 참여

1981年   2월 25일 실시한 제11대 국회의원 선거에 민주정의당 공천으로 출마(淸道, 慶州, 月城)하여 당선

1981年   慶州에 援護會館 건립

1981年   국회 交通通信委員會에 배속, 경주 관광개발 지원에 힘쓰다.

1981年   5월 著書『孟子의 直言』출판

1982年   2월 8일 민주정의당 정책위 부의장에 임명(全斗煥 總裁)

1982年   국회의원 친선 사절로 수단, 케냐, 말라위 방문 시찰

1982年   著書『政治의 現場』출판

1983年   국회 건설위원장 당선

1983年 9월 제4대 韓國書畵作家協會 會長 취임

1983年 대한 速記協會 會長 선임

1984年 2월 심장병 어린이 환자 수술 기금 조성 書畵展示會

1984年 3월 제3회 韓國書畵作家協會 委員展(世宗文化會館)

1984年 國會 佛敎 正覺會 부회장

1984年 스위스 류체룬에서 개최된 국회 速記打字聯盟(intersteno) 총회에 참석. 한국의 가입을 확정하고
　　　　同聯盟 이사에 선임

1984年 저서『정치가 가는 길』출판

1984年 리비아 정부 초청으로 리비아 공식 방문. 대수로사업 현장을 시찰하고, 귀로에 사우디아라비아,
　　　　싱가폴, 말레이시아 등에 있는 해외 건설 현장을 시찰하여 근로자를 위로

1984年 한 · 리비아 친선 부회장

1985年 2월 12일 제12대 국회의원 선거에 민주정의당 공천으로 출마(淸道, 慶州, 月城)하여 압도적으로
　　　　당선(7만 6천표)

1985年 국회 文敎公報委員長 당선. 재임 중 사립학교법 개정, 대학 설립자도 총학장에 취임할 수 있도록
　　　　허용

1985年 88서울올림픽 조직위원회 집행위원 선임

1985年 3월 제4회 韓國書畵作家協會 委員展(世宗文化會館)

1985年 3월 韓日 親善 展示會(世宗文化會館)

1985年 12월 제5대 韓國書畵作家協會 會長 重任

1986年 3월 韓國名士 書畵展(大韓老人會)

1986年 3월 제5회 韓國書畵作家協會 委員展(世宗文化會館)

1986年 慶山大學 財團理事

1986年 慶州 황성공원 忠魂塔再建立時 ‘忠魂塔’ 글씨를 쓰다.

1986年 尹奉吉義士記念館 건립 추진위원회 집행위원장에 취임하고 그 사업을 주도함. 양재동 시민의 숲
　　　　에 尹奉吉義士記念館 건립

1986年 86아시안게임에서 하형주 유도선수에게 금메달을 걸어줌

1986年 統一路변에 세운 盖馬고원 반공유격대 위령탑 題號 글씨를 쓰다.

1986年 新羅五陵崇德殿 春享祭 初獻官으로 참례

1986年 경주 한일친선협회를 조직. 경주 대표단장으로 일본 島根縣 松江市와 出雲市를 시찰

1986年 스웨덴, 덴마크, 노르웨이, 핀란드 등 국회 문공위 시찰단을 인솔하고 북유럽을 순방, 교육 및 체
　　　　육제도 및 시설을 시찰

1987年 3월 제6회 韓國書畵作家協會 委員展(世宗文化會館)

1987年 4월 평화의 댐 건설기금 書畵陶藝展(商工會議所)

1987年 8월 18일 民正黨 國策 조정위 상근위원 임명(盧泰愚 總裁)

변정환 총장으로부터 명예정치학박사 학위를 받고 있는 필자(대구한의대, 2010년)

1988年 3월 제7회 韓國書畵作家協會 委員展(世宗文化會館)

1988年 6월 中華民國書畵硏究會(慈暉紀念畵廊)

1988年 10월 88장애자 올림픽 書畵交流大展(제5회, 世宗文化會館)

1988年 11월 訪中 招待 書畵交流展(上海美術館)

1989年 1월 韓國道路公社 이사장 임명(盧泰愚 大統領)

1989年 3월 제8회 韓國書畵作家協會 委員展(世宗文化會館)

1990年 7월 民自黨 정책평가 위원회 부의장 겸 지역갈등해소 위원장 임명(盧泰愚 總裁)

1991年 1월 민자당 시도의회 선거중앙대책위 자문위원 위촉(金泳三 總裁)

1991年 大邱日報 명예회장 취임

1991年 『政治 이대로는 안 된다』 출판

1992年 大邱日報 대표이사 사장 취임

1992年 헝가리 부다페스트에서 열린 IPI(國際新聞協會 總會) 참석

1992年 6월 사단법인 韓國茶人聯合會長 취임. 그 후 19년간 본 연합회를 발전시켜 회원 茶단체 500개
로 확장

1992年 8월 1일 草衣文化祭 집행위원회 고문으로 추대

1992年 10월『닭의 목을 비틀어도 새벽은 온다』題下 金泳三, 그 투쟁과 사상과 경륜에 관한 저서 출판

1993年 이태리 베니스에서 열린 IPI(國際新聞協會) 총회에 참석

1993年 韓國茶人聯合會 자체 교육기관으로 韓國茶道大學院을 개설 2010년(17기) 현재 茶道 교수, 부교
수 1,500명 배출

1995年 5월 18일 민자당 정책자문위원에 임명됨(金泳三 總裁)

1996年 5월 제4회 國際茶文化硏討大會를 서울에 유치, 대회를 성공적으로 개최. 한국 차문화의 국제적
위상을 높임

1996年 6월 대구일보 사장직을 사퇴하고 88서울올림픽 기념 국민체육진흥공단에 상임고문으로 임명됨

1997年 中國 國際茶文化硏究會 王家楊 회장 초청으로 중국을 방문. 茶學科 客座敎授 中國 國立茶葉博物
館 고문 및 中國 國際茶文化硏究會 명예 부회장에 추대됨

1997年 10월 草衣文化財團이 시상하는 草衣文化賞 수상함

1997年 8월 사단법인 韓國自動車競走協會長에 추대됨

1997年 10월 파리에서 열린 국제자동차연맹(PIA)총회에 참석

1998年 10월 중국 抗州에서 열린 제5회 國際茶文化硏討大會에 참석, 陸羽墓에 一住門을 세우기 위한 성
금 1만불을 王家楊 國際茶文化硏究會長과 湖州市 陸羽茶經硏究會 董淑鐸會長에게 전달

1999年 3월 菊潭先生閭表碑文을 쓰다. 이 비는 밀양시 삽포리 菊潭齊 앞에 세움

1999年 4월 중국 湖州市에서 열린 陸羽墓 앞 一柱門 陸羽坊 준공식에 참석, 又史 親筆 현판을 제막함.
귀로에 武夷山을 탐사, 朱子記念館을 방문

2000年 4월 密城大君壇春享祭 初獻官으로 참례

2000年   4월 중국 湖州市에서 열린 陸羽茶經問世 1,220年 기념 국제다회에 참석, 陸羽茶經研究會 명예
        회장에 추대됨

2000年   4월 上海에서 열린 2000년 國際茶文化祭에 참석, 동 조직위원회 고문으로 추대됨

2000年   4월 中國 江西省 九江市에서 열린 天下第一泉國際茶會에 참석, 명예고문으로 추대됨

2000年   5월 사단법인 四溟堂記念事業會 부회장에 선임됨

2000年   9월 24일 중국 광주시에서 열린 제6회 國際茶文化研討大會에 참석, '21세기와 차문화'라는 演
        題로 연설함. 마카오, 珠海를 거쳐 武夷山을 다시 탐방. 朱子記念館을 두 번째 방문

2004年   『나의 茶사랑 이야기』 출판

2004年   대한민국 헌정회 서화위원장

2006年   『한국의 茶文化』 출판

2006年   대한민국 헌정회 편집의장

2008年   대한민국 헌정회 이사

2008年   사단법인 四溟堂記念事業會長 선임

2009年   社團法人 壬辰亂精神文化宣揚會 會長 선임

2010年   大邱 世界茶文化祝祭에서 제1회 대한민국 茶文化大賞 수상

2010年   6월 大邱 韓醫科大學校에서 명예 政治學 박사 학위 받음

2010年   10월 世界茶聯合會(WTU) 회장으로 선임

著書———·

熱風前夜

孟子의 直言

政治의 現場

政治가 가는 길

政治 이대로는 안 된다

닭의 목을 비틀어도 새벽은 온다

나의 茶사랑 이야기

한국의 茶文化

YS와 나 그리고 茶

초판 1쇄 인쇄 2011년 2월 24일
초판 1쇄 발행 2011년 2월 28일

지은이 又史 朴權欽

발행인 박권흠
기　획 김영희
발행처 (사)한국차인연합회

제작 및 공급자 도서출판 이른아침
주　소 서울시 마포구 마포동 324-3 경인빌딩 3층
전　화 02)3143-7995
팩　스 02)3143-7996
등　록 2003년 9월 30일 제 313-2003-00324호
이메일 booksorie@naver.com

ISBN 978-89-93255-62-1 03810
정가 15,000원

※잘못 만들어진 책은 구입하신 서점에서 교환해 드립니다.